U0153389

故事與劇本寫作

文創、電影、電視、動漫、遊戲

施百俊　著

五南圖書出版公司 印行

序：新文創！文創以故事為核心

　　文化創意產業是國家產業重點發展方向。論產值與重要性，內容產業（電影、電視、動畫、漫畫、出版、遊戲）是最大宗，重中之重。而無論哪一種形式的內容，都需要以故事為基礎，以戲劇形式作表現。而劇本作為一種文學藝術，向來缺乏專業化、系統性的教科書，本土化的中文教材更是難覓，本書的目標即為滿足這項需求。

　　再就其他文創周邊產業（廣告、觀光、文化資產、創意生活……等）來觀察，「舊文創」講究以故事為商品與服務添加價值，導致定位不清、綜效不佳、本末倒置的現象。因此，本書倡導「文創以故事為核心」的「新文創」概念，闡述故事的意義與功能、傳授說故事的技藝，以及介紹說故事的人與人生。

　　故事是劇本的基礎，劇本是故事的形式。就個人經驗而言，寫故事遠比寫論文難多了。寫論文用理性思考，重視邏輯、井井有條；寫故事卻是感性過程，得直接與讀者的潛意識溝通、訴求體會和感動。書中每次說「最重要的是……」其實相當矛盾卻又十分合乎邏輯——說故事的技藝中，每一件都重要，每一件都做好了，才是好作品。

　　藝術創作首重風格，風格不能定於一尊。然而，從教學的角度看，標準化才能方便學習推廣。因此，在本書中，我們並不強調藝術形式的風格問題，以實務出發，少談文學與戲劇理論、少作詮釋與批評；多談技巧和門道、多作模仿與學習。也就是說，這本書講的並非「文藝」，而是「技術」。先求有再求好，學習目標在於能夠寫得出合格的故事和堪用的劇本，至於美感和風格，就得靠個人修行了。

　　故事與劇本都與語文傳統密切相關，再考慮到著作權相關規範，近代優秀作品都無法在書中引用。因而，我們主要將使用古文的通俗作品來作範例，實作上則會儘量翻譯成淺易白話文，排除學生中文程度參差不齊的問題。課程設計也並非從導演的視覺設計角度出發，著重將隱性的創作經驗，化成顯性可以文字傳述的教材。

　　本書適合作為大專「故事與劇本」相關課程的基礎教科書，分量足

夠一學期十八週授課。各講長短難易不均，不一定每週就是一講，進度請自行斟酌調整。書中有幾講如：結構、角色、情節、主題……等，屬於進階課程，弄懂了對寫故事大有助益；但若只是技術層次的需求，如後期製作，也可以略過。各節中均有範例及課堂練習，建議於課堂上由老師指導習作。各講後均附習題，可供學生回家複習及平時作業。本書並有教學投影片，歡迎教師來信索取。期中期末測驗時，可以讓學生參加相關比賽來代替考試，累積寫作經驗又能拿大獎，一舉數得。

學故事就要讀故事，學劇本就要看戲。讀得不夠、看得不夠，就寫不出像樣的玩意，這道理應該再淺顯不過了。課程期間，建議每週最少要讀一本小說、看一場電影，而且最好要進戲院看。不要在電腦小螢幕看，那是糟蹋了影像創作。另外，千萬要記得尊重著作權，不可看盜版。這是創作者的（職業）道德問題，你不尊重別人靠創作養家活口的權利，就沒資格進來這一行。

再次強調，本課程是實作課程，並非理論課程。很多初學者常會問：「為什麼老師肯透露那麼多寫作的祕訣？」答曰：「因為你根本不會動手去寫！」寫作祕訣無他，就是寫、寫、寫……一直寫，不寫，什麼都沒有。

最後想講的是，一本書的完成通常是數十人、甚至上百人心血的結晶。作者之功，十分之一罷了。因此，我想先感謝金鐘編劇吳洛纓老師、劉叔慧總編輯、施如齡博士、李欣蓉老師等專業人士，如果沒有他們的熱心貢獻，本書將無法完成。感謝策畫出版本書的五南圖書出版公司，陳念祖主編以及其他辛勤同仁的敬業精神，無人可比；協助本次改版工作的陳妙津、郭士豪、王昱棋、吳思蝶，以及國立屏東大學文創系的各屆同學，辛苦了。本書內容若有任何可取之處，全歸功以上各位；若有任何疏漏缺失，則全是作者本人的責任。有任何批評指教，歡迎寫信告訴我：bj@bjshih.idv.tw

施百俊
www.bjshih.idv.tw
2016年於臺灣屏東

目

錄

c o n t e n t s

第一講

故事是什麼？

以故事的形式來呈現相關的史實，將能發揮很大的力量，
因為這就像是寓言故事一樣。

——華德・迪士尼（Walt Disney, 1901-1966）[1]

---

1 《迪士尼的劇本魔法》，**p.24**。

如何說故事？5W1H！

「很久很久以前……」

很久很久以前，所有的故事（story）都從這一句開始。

故事就是過去的事、已經發生的事，所以叫做「故」事。

「說故事」這回事，就是講述事件的「人事時地物」五項要素，讓讀者、聽眾、觀眾、玩家……（以下簡稱為「閱聽人」Audience）瞭解事件的全貌。在英文當中，我們用5W1H來表示：

Who?　　是誰做了這件事？

What?　　到底發生啥事？

When?　　何時發生？

Where?　發生於何處？

Why?　　為何會發生此事？

How?　　事情發生的經過為何？

把以上這些交代清楚了，就完成說故事的基本任務；也可以說，描述這五項要素的文本（Text），就是故事。

範例 5W1H

天網恢恢

一輛日系百萬休旅車，行經嘉義市新民路時，引擎室突然冒煙起火，車輛瞬間燒成一團火球。附近居民見狀，主動協助滅火，消防車也在隨後趕到，火勢在五分鐘後撲滅。有名死者不幸

遇難，車子前半部燒得只剩骨架。

　　目擊民眾指出，這輛白色進口休旅車冒出陣陣濃煙，火舌竄出後，路過民眾見狀大都紛紛走避，另外還有人拿起手機拍攝火燒車，只有一名義消拿出滅火器企圖滅火。只是火勢太大，效果有限。

　　還好消防車隨即趕到，架起水線進行灌救，熊熊火勢在五分鐘後被撲滅，不過車子幾乎已經全毀。由於汽車是在行駛中冒煙起火，專家不排除是漏油或是電路故障造成，確實原因還要釐清。

　　經查死者身分為新北市土城正在通緝中的「香油錢大盜」賴姓嫌犯。他為買毒品，專偷寺廟的香油錢——把黏蟑螂專用的「蟑螂屋」加裝塑膠繩，垂到香油桶，用釣魚的方式黏走現金。一年多來已偷了七十萬元。

　　監視畫面中，賴姓小偷戴口罩，鬼鬼祟祟摸進廟裡，躲在金紙堆旁，確定沒人就開始黏金。沒多久，大把大把鈔票，全部「黏」出檯面。突然有香客靠近，他就藏好工具，若無其事走開。

　　香油錢短少，廟方才發現有賊。但賴姓小偷為了偷錢買毒，連好兄弟也不怕，半夜摸進陰廟，偷了超過二十次。他還異想天開，把鐵尺切出杓子狀，伸進香油桶，能把錢攪得更集中。加上超黏蟑螂屋，成了生財工具。

　　廟公認為，小偷把香油桶當銀行，每次都穿這件黑色T-shirt下手，不僅遭員警鎖定，連好兄弟也看不下去。鬼門關前，竟慘死於無名火舌中。

（by陳妙津、郭士豪）

　　以上是追蹤近年新聞，改寫而來的故事。你看，比偵探小說還要曲折離奇！

　　主線故事的5W1H如下：

Who：賴姓嫌犯、好兄弟、廟方、員警

What：休旅車無故大火

When：2011-2015

Where：嘉義

Why：慣竊偷取香油錢在逃

How：在逃途中死於無名火燒車

好，接下來讓我們來練習看看。

課堂練習 5W1H

以5W1H的方法寫週記，本週發生在你身上哪件事最值得記錄？

Who　：＿＿＿＿＿＿＿＿＿＿＿＿＿＿＿＿＿＿＿＿＿＿＿＿＿＿

What　：＿＿＿＿＿＿＿＿＿＿＿＿＿＿＿＿＿＿＿＿＿＿＿＿＿＿

When　：＿＿＿＿＿＿＿＿＿＿＿＿＿＿＿＿＿＿＿＿＿＿＿＿＿＿

Where：＿＿＿＿＿＿＿＿＿＿＿＿＿＿＿＿＿＿＿＿＿＿＿＿＿＿

Why　：＿＿＿＿＿＿＿＿＿＿＿＿＿＿＿＿＿＿＿＿＿＿＿＿＿＿

How　：＿＿＿＿＿＿＿＿＿＿＿＿＿＿＿＿＿＿＿＿＿＿＿＿＿＿

試著串成一段三百字以內的小故事：

＿＿＿＿＿＿＿＿＿＿＿＿＿＿＿＿＿＿＿＿＿＿＿＿＿＿＿＿＿＿＿＿

＿＿＿＿＿＿＿＿＿＿＿＿＿＿＿＿＿＿＿＿＿＿＿＿＿＿＿＿＿＿＿＿

＿＿＿＿＿＿＿＿＿＿＿＿＿＿＿＿＿＿＿＿＿＿＿＿＿＿＿＿＿＿＿＿

＿＿＿＿＿＿＿＿＿＿＿＿＿＿＿＿＿＿＿＿＿＿＿＿＿＿＿＿＿＿＿＿

不要說廢話，講重點！第六個W！

從5W1H來分析，幾乎什麼都是故事——不但國語課本裡每篇文章都是故事，甚至連數學課本裡的文章也是故事；每天翻開報紙，新聞裡也都是故事：誰做了善事？誰又殺了誰？甚至，現在連媒體社論都是在說故事；打開電視，主播對著我們講故事，而演員們則為我們「表演」故事；電影是以影像來說故事，遊戲則是讓玩家在關卡中「體驗」故事……生活中充滿了故事。

也可以說，故事承載著我們自己或他人的生活經驗，這就是故事的基本功能。

正確的故事能讓人起而行動。[2]故事裡的5W1H提供了情境資訊，可讓閱聽人「模擬」（simulate）如何行動；故事的情節則提供了因果關係，能讓人預測種種可能情形，進而啟發行動。我們能從他人的故事裡記取教訓、避開危險，雖然這種模擬的情境和因果，在真實情況下不見得正確，但絕對已經是「真的去死一次」以外的次佳選擇了。

但俗話說得好，並非「撿到籃子裡都是菜」，大部分的故事都被「說壞了」，不是個好故事，也無法有效傳遞生活經驗。最明顯的特徵是：我們翹課、不想讀書（據統計，臺灣人年平均讀不到兩本書）；我們寧可看胡扯瞎扯的談話節目，也不願進場去看戲；看電影會睡著；打電動只想切西瓜和撿糖果……故事沒有「梗」，就不是好故事。

我認為，好故事至少還要加上一個「Wow！」也就是故事的「梗」——讓人看了眼睛一亮、聽了深深感動、頭皮發麻、心跳加速、回味再三——6W1H都兼顧到了，才能算是完整的好故事。

2　《創意黏力學》，p.262。

最難的也就是這個「Wow！」

人類文明史上所有偉大的說故事者、大文豪、大劇作家、大藝術家……辛苦一生，也不過就是為了這個Wow！

說故事的人　司馬遷

司馬遷是《史記》的作者，在歷史五千年的悠悠長河中，算是說故事的第一把好手。這本書一百三十篇，篇篇都是精彩的故事。他在此書最末，寫了一篇《太史公自序》，道出他的心路歷程——

《史記：太史公自序》

太史公既掌天官，不治民。有子曰遷。

遷生龍門，耕牧河山之陽。年十歲則誦古文。二十而南游江、淮……是歲天子始建漢家之封，而太史公留滯周南，不得與從事，故發憤且卒。而子遷適使反，見父於河洛之間。太史公執遷手而泣曰：「……余為太史而弗論載，廢天下之史文，余甚懼焉，汝其念哉！」遷俯首流涕曰：「小子不敏，請悉論先人所次舊聞，弗敢闕。」卒三歲而遷為太史令，紬史記石室金匱之書。

譯：自從太史公談掌天文之後，便不再執管民事。太史公有子名遷。司馬遷生於龍門，在黃河之北、龍門山之南過著耕種、畜牧生活。十歲時開始習誦古文，二十歲便南游江淮地區……這年，天子開始舉行漢朝的封禪典禮，太史公談被滯留在周南，不能參與這場盛事，心中憤怒不平，致病將死。司馬遷剛好出使歸來，在黃河、洛水交會處拜見了父親。太史

公談握著司馬遷的手哭著說：「……我身為太史而不加以論述記載，斷絕天下的歷史文獻，相當惶恐不安，希望你多考慮吧！」遷低頭流淚說：「我雖然不才，但願意全力編撰先人所記的歷史材料，不敢有所缺漏。」太史公談死後三年，司馬遷做了太史令，開始整理研究史官記載的文獻與國家典藏的圖書。

「太史公」是朝廷裡專門記錄歷史的官職，代代相傳。司馬遷小時候到處遊歷，增廣見聞，成為他日後說故事的材料。他父親年老，擔心以往的歷史失傳，牽著他手哭泣叮嚀的畫面，是此段的「Wow！」。

五年而當太初元年，十一月甲子朔旦冬至，天曆始改，建於明堂，諸神受紀。

太史公曰：「先人有言：『自周公卒五百歲而有孔子。孔子卒後至於今五百歲，有能紹明世，正易傳，繼春秋，本詩書禮樂之際？』意在斯乎！意在斯乎！小子何敢讓焉。」

上大夫壺遂曰：「昔孔子何為而作春秋哉？」太史公曰：「余聞董生曰：『周道衰廢，孔子為魯司寇，諸侯害之，大夫壅之。孔子知言之不用，道之不行也，是非二百四十二年之中，以為天下儀表，貶天子，退諸侯，討大夫，以達王事而已矣。』子曰：『我欲載之空言，不如見之於行事之深切著明也。』」

譯：過了五年就是太初元年，十一月初一日冬至，漢朝修改曆法，在明堂宣布頒行天下，所有神道都受到瑞記。太史公說：「先父曾說過：『自周公去世五百年後而有孔子。孔子死後到現在又五百年了，應該有人繼承孔子遺志，昌明世間的教化，整理《易傳》，接續《春秋》，意本《詩》、《書》、《禮》、《樂》嗎？』其用意就在於此，在於此吧！

我又怎敢推讓這個歷史的重任呢？」

至聖先師孔子曾經周遊列國，想要宣揚他心中的「道」，結果不盡人意。所以臨老才想通，與其空泛地說教，不如把以前聖賢的故事記錄下來，讓後人來體會，會更深刻。

夫春秋，上明三王之道，下辨人事之紀，別嫌疑，明是非，定猶豫，善善惡惡，賢賢賤不肖，存亡國，繼絕世，補敝起廢，王道之大者也。易著天地陰陽四時五行，故長於變；禮經紀人倫，故長於行；書記先王之事……「孔子之時，上無明君，下不得任用，故作春秋，垂空文以斷禮義，當一王之法。今夫子上遇明天子，下得守職，萬事既具，咸各序其宜，夫子所論，欲以何明？」

譯：《春秋》一書，向上闡明三代君王治道，往下辨正人事綱紀，分別嫌疑，判斷是非，論定猶豫不決之事，獎善懲惡，褒揚君子，鄙視小人，使滅亡國家生存，斷絕世系延續，補救衰敝之事，振興廢弛之業，這都是王道最重要的內容。《易》載述天地、陰陽、四時、五行的現象，所以擅長於說明變化的規律；《禮》規範人倫關係，所以擅長於講述行爲處事規範；《書》是記述先王事蹟……「孔子在世時，上沒有聖明君主，處下位又得不到任用機會，所以創作《春秋》，留下筆墨文章來斷定禮義，作一代帝王的法典。現在先生上遇聖明天子，下能當官任職，萬事已俱備，全都各得其所，井然得當。先生所撰述的，是想闡明什麼呢？」

這一段中，司馬遷講述孔子擔心社會失序，所以才作《春秋》，用先人的故事來警惕當今社會。他以古托今，點出故事具有教化人心的功能，另一

方面，其實也自比為孔子。

太史公曰：「……余所謂述故事，整齊其世傳，非所謂作也，而君比之於春秋，謬矣。」

司馬遷很妙，他明明想學孔子藉歷史故事來說道理，但卻又說自己這本書和《春秋》不一樣。《春秋》是孔子「創作」的，但《史記》只是想把皇上聖賢功臣的故事整理記載下來罷了。言下之意，自稱內容都是史實，並非虛構，以免被當道所害。這是當時政治風氣使然，不實言論會倒大楣。

於是論次其文。七年而太史公遭李陵之禍，幽於縲紲。乃喟然而嘆曰：「是余之罪也夫！是余之罪也夫！身毀不用矣。」退而深惟曰：「夫詩書隱約者，欲遂其志之思也。昔西伯拘羑里，演周易；孔子戹陳蔡，作春秋；屈原放逐，著離騷；左丘失明，厥有國語；孫子臏腳，而論兵法；不韋遷蜀，世傳呂覽；韓非囚秦，說難、孤憤；詩三百篇，大抵賢聖發憤之所為作也。此人皆意有所郁結，不得通其道也，故述往事，思來者。」於是卒述陶唐以來，至于麟止，自黃帝始。

可惜的是，司馬遷自己卻沒能堅持原則。在「李陵投敵」事件中亂發議論，觸怒皇帝，結果遭受「宮刑」閹掉。被關在獄中的時候，想起孔子、屈原、孫臏、呂不韋……等說故事先人的經歷，終於大徹大悟，發憤著作，寫下了這本震鑠古今的名著《史記》。

Wow！你看，說故事的人要遭受多大的苦難，才能寫出好故事？

專心搞定一條線！

那你會問：連莎士比亞、司馬遷都覺得很難的事，我們平凡人作得到嗎？

答案是：要做到大文豪的程度當然很難，但最起碼讓聽的人覺得聽得進去，有效的傳遞生活經驗，還不算太難。

畢竟，人類文明發展了幾千年，說故事就說了幾千年，多少前人的努力形成的智慧結晶，還是發展出了一套說故事的技藝──

不說教，只說故事。

簡單、有效、可操作──那就是本書所想達到的目標。

劇情故事

故事有千千萬萬種，具有人物、情節、主題等所謂的「劇情三要素」者，我們稱之為「劇情故事」。

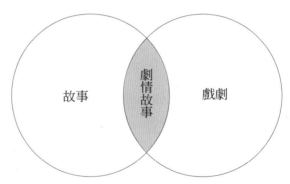

圖1　劇情故事：在故事與戲劇之間

對比希臘悲劇的舊「三一律」，明代戲劇理論家李漁認為，「一本戲中有無數人名，究竟俱屬陪賓，原其初心，止為一人而設。即此一人之身，自

始至終，離合悲歡，中具無限情由，無窮關目，究竟俱屬衍文，原其初心，又止為一事而設。此一人一事即作傳奇之主腦也。」也有人把這稱為戲劇的新「三一律」，請諸君務必牢記，我們在後面的課程會常常用到。

說故事的人 李漁

李漁（1610-1680）是中國文藝史上一位被刻意忽略的大天才，也是怪才。他的生平和作品都相當值得一讀，但世人對他的評價毀譽參半。他創作劇本、小說、詩文集、雜著等。小說取材於當時社會生活，以描寫男女婚姻居多；戲曲創作數量較多，成就最高的是融合戲劇理論、自身戲劇經驗及生活美學的著作《閒情偶寄》。

《閒情偶寄》內容包含詞曲、演習、聲容、居室、器玩、飲饌、種植和頤養八部，「詞曲部」與「演習部」屬於戲曲創作和演出的專論，對戲曲發展相當重要，甚至被後人單獨抽取印製成書，獨到的理論見解使中國戲劇理論有全新的面貌。後六部分別為女性治裝打扮、建築相關、傢俱古玩、飲食烹調、種植花木、養生方法等，對娛樂與生活經驗的看法，此書曾被林語堂先生譽為是「中國人生活藝術的指南」。

立主腦

古人作文一篇，定有一篇之主腦。主腦非他，即作者立言之本意也。傳奇亦然，一本戲中，有無數人名，究竟俱屬陪賓，原其初心，止為一人而設。即此一人之身，自始至終，離合悲歡，中具無限情由，無窮關目，究竟俱屬衍文，原其初心，又止為一事而設。此一人一事，即作傳奇之主腦也。然必此一人一事果然奇特，實在可傳而後傳之，則不愧傳奇之目，而其人

其事與作者姓名皆千古矣。如一部《琵琶》,止為蔡伯喈一人,而蔡伯喈一人又止為「重婚牛府」一事,其餘枝節皆從此一事而生。二親之遭凶,五娘之盡孝,拐兒之騙財匿書,張大公之疏財仗義,皆由於此。是「重婚牛府」四字,即作《琵琶記》之主腦也。一部《西廂》,止為張君瑞一人,而張君瑞一人,又止為「白馬解圍」一事,其餘枝節皆從此一事而生。夫人之許婚,張生之望配,紅娘之勇於作合,鶯鶯之敢於失身,與鄭恒之力爭原配而不得,皆由於此。是「白馬解圍」四字,即作《西廂記》之主腦也。餘劇皆然,不能悉指。後人作傳奇,但知為一人而作,不知為一事而作。盡此一人所行之事,逐節鋪陳,有如散金碎玉,以作零出則可,謂之全本,則為斷線之珠,無梁之屋。作者茫然無緒,觀者寂然無聲,無怪乎有識梨園,望之而卻走也。此語未經提破,故犯者孔多,而今而後,吾知鮮矣。

　　李漁再次提醒劇作家,「一人一事」!

　　人物(或稱「角色」)是故事的支柱,也是情節發展的核心,也就是李漁的「一人」。當然,大部分故事的人物不只一個,有主角、有配角,這些人物的所作所為,和世界的遭遇,就是故事敘說的重心。

　　情節(或稱「劇情」)是指故事發生的過程,也就是李漁「一事」的發展過程。隨著時間的推進,故事人物在某一情境(context)中,做出某些行為,那就是情節。故事就是在傳達人物的生活經驗。

　　主題(或稱「概念」)是故事的目的,是故事所傳遞的生活經驗概念化的結晶。舉例而言,「狼來了」的故事主題是「不可說謊」;「醜小鴨」的故事主題是「不要以貌取人」;「蜘蛛人」的主題是「能力越強、責任越大」……等等。主題有時候簡單,有時候複雜;有時候明顯,有時候隱晦,但基本上,好故事總是有一個(或以上)想要傳達的人生智慧,形成故事的主題。

　　人物、情節、主題之間連結相當緊密,「三位一體」──因此才叫作

「三一律」——有人物才有情節，有情節才有故事，有故事才浮現主題。

由於觀眾的注意力有限，劇情故事永遠聚焦在「一人一事」。

這也就是說，要講好故事，「一人多事」：一個人經歷了很多事件；「多人一事」：很多人共同經歷同一個事件；「多人多事」：很多人經歷了很多事件——都不太可行，初學者請斷了這個念頭。（有原則就有例外。）

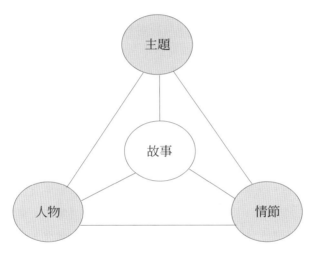

圖2　三位一體：人物、情節與主題

首先，情節發展、人物關係太過複雜，有礙於觀眾的理解，也降低了審美的樂趣。另一方面，聽故事也是一種「體驗」的過程，觀眾會把自己投射進入戲劇中，除了獲得前人的生活經驗以外；更進一步，是探討人生的目的性，也就是命運。為了這個神聖的任務，「一人一事」也是必要條件。

《聶隱娘》唐‧裴鉶

　　聶隱娘者，唐貞元中，魏博大將聶鋒之女也。年方十歲，有尼乞食於鋒舍，見隱娘，悅之。云：「問押衙乞取此女教。」鋒大怒，叱尼。尼曰：「任押衙鐵櫃中盛，亦須偷去矣。」及夜，果失隱娘所向。鋒大驚駭，令人搜尋，曾無影響。父母每思之，相對涕泣而已。後五年，尼送隱娘歸。告鋒曰：「教已成矣，子卻領取。」尼欻亦不見。

　　一家悲喜。問其所學。曰：「初但讀經唸咒，餘無他也。」鋒不信，懇詰。隱娘曰：「真說又恐不信，如何？」鋒曰：「但真說之。」曰：「隱娘初被尼挈，不知行幾里。及明，至大石穴之嵌空，數十步寂無居人，猿狖極多，松蘿益邃。已有二女，亦各十歲，皆聰明婉麗，不食，能於峭壁上飛走，若捷猱登木，無有蹶失。尼與我藥一粒，兼令長執寶劍一口，長二尺許，鋒利吹毛，令剚逐二女攀緣，漸覺身輕如風。一年後，刺猿狖，百無一失。後刺虎豹，皆決其首而歸。三年後能飛，使刺鷹隼，無不中。劍之刃漸減五寸，飛禽遇之，不知其來也。至四年，留二女守穴，挈我於都市，不知何處也。指其人者，一一數其過，曰：『為我刺其首來，無使知覺。定其膽，若飛鳥之容易也。』受以羊角匕首，刀廣三寸。遂白日刺其人於都市，人莫能見。以首入囊，返主人舍，以藥化之為水。五年，又曰：『某大僚有罪，無故害人若干，夜可入其室，決其首來。』又攜匕首入室，度其門隙，無有障礙，伏之樑上。至暝，持得其首而歸。尼大怒曰：『何太晚如是！』某云：『見前人戲弄一兒，可愛，便未忍下手。』尼叱曰：『已後遇此輩，先斷其所愛，然後決之。』某拜謝。尼曰：『吾為汝開腦後，藏匕首而無所傷。用即抽之。』曰：『汝術已成，可歸家。』遂送還。云『後二十年，方可一見。』」鋒聞語甚懼，後遇夜即失蹤，及明而返。鋒已不敢詰之，因茲亦不甚憐愛。

忽值磨鏡少年及門，女曰：「此人可與我為夫。」白父，父不敢不從，遂嫁之。其夫但能淬鏡，餘無他能。父乃給衣食甚豐，外室而居。數年後，父卒。魏帥稍知其異，遂以金帛署為左右吏。如此又數年。至元和間，魏帥與陳許節度使劉昌裔不協，使隱娘賊其首。隱娘辭帥之許。劉能神算，已知其來。召衙將，令來日早至城北，候一丈夫、一女子，各跨白黑衛。至門，遇有鵲前噪，夫以弓彈之，不中，妻奪夫彈，一丸而斃鵲者。揖之云：「吾欲相見，故遠相祇迎也。」衙將受約束，遇之。隱娘夫妻曰：「劉僕射果神人，不然者，何以洞吾也。願見劉公。」劉勞之。隱娘夫妻拜曰：「合負僕射萬死。」劉曰：「不然，各親其主，人之常事。魏今與許何異，顧請留此，勿相疑也。」隱娘謝曰：「僕射左右無人，願舍彼而就此，服公神明也。」知魏帥之不及劉。劉問其所須，曰：「每日只要錢二百文足矣。」乃依所請。忽不見二衛所之。劉使人尋之，不知所向。後潛收布囊中，見二紙衛，一黑一白。後月餘，白劉曰：「彼未知住，必使人繼至。今宵請剪髮，繫之以紅綃，送於魏帥枕前，以表不回。」劉聽之。至四更，卻返曰：「送其信了。後夜必使精精兒來殺某，及賊僕射之首。此時亦萬計殺之。乞不憂耳。」劉豁達大度，亦無畏色。是夜明燭，半宵之後，果有二幡子，一紅一白，飄飄然如相擊於床四隅。良久，見一人自空而踣，身首異處。隱娘亦出曰：「精精兒已斃。」拽出於堂之下，以藥化為水，毛髮不存矣。隱娘曰：「後夜當使妙手空空兒繼至。空空兒之神術，人莫能窺其用，鬼莫得躡其蹤。能從空虛之入冥，善無形而滅影。隱娘之藝，故不能造其境，此即繫僕射之福耳。但以于闐玉周其頸，擁以衾，隱娘當化為蠛蠓，潛入僕射腸中聽伺，其餘無逃避處。」劉如言。至三更，瞑目未熟，果聞頸上鏗然，聲甚厲。隱娘自劉口中躍出。賀曰：「僕射無患矣。此人如俊鶻，一搏不中，即翩然遠逝，恥其不中。才未逾一更，已千里矣。」後視其玉，果有匕首劃處，痕逾數分。自此劉轉厚禮之。

　　自元和八年，劉自許入覲，隱娘不願從焉。云：「自此尋山水，訪至

人，但乞一虛給與其夫。」劉如約。後漸不知所之。及劉薨於統軍，隱娘亦
鞭驢而一至京師，柩前慟哭而去。開成年，昌裔子縱除陵州刺史，至蜀棧
道，遇隱娘，貌若當時。甚喜相見，依前跨白衛如故。語縱曰：「郎君大
災，不合適此。」出藥一粒，令縱吞之。云：「來年火急拋官歸洛，方脫此
禍。吾藥力只保一年患耳。」縱亦不甚信。遺其繒彩，隱娘一無所受，但沉
醉而去。後一年，縱不休官，果卒於陵州。自此無復有人見隱娘矣。

　　人物：聶隱娘、聶鋒（父）、神尼（師）、磨鏡少年（夫）、劉僕射
　　　　　（主）、精精兒（敵）、空空兒（敵）
　　情節：聶隱娘向神尼學劍→聶隱娘堅持嫁磨鏡少年→ 聶隱娘仗義保護劉
　　　　　僕射
　　主題：女性的力量

　　這一篇唐代傳奇，我們在後面還會用到，請試著用白話文再重寫一次。

寫出一本可以拍的劇本！

　　對應劇情三要素，說故事有三種主要方法：角色先行、情節先行與主題
先行，這我們都會在後面的課程中一一說明。

劇本是什麼？

　　在奧斯卡頒獎典禮上，最後一個頒獎的獎項，一定是「最佳劇情片」
（Drama）。為什麼？因為這是公認最重要、最有影響力的電影類型，賣座
票房向來也都遠遠超過其他的電影類型。電視節目則可以概分為「戲劇」、
「綜藝」和「新聞」三大類，收視率最高，扛負電視臺營收主力的，也是戲
劇節目。就遊戲產業而言，市場上的旗艦遊戲通常是含有劇情元素的「角色

扮演」（RPG, Role Playing Game）──

　　內容為王，而內容中的王者，就是劇情故事。

　　反觀當今藝文界，能夠在學院中被研究的作品，大多是專注在傳達某種藝術概念，在形式上有突破的創新作品，反而鮮少有人處理「主題內容」。這有兩個原因：其一，經典作品經過數十年、甚至數百年的研究，值得研究的內容素材早已被摸透，缺乏可供評論之處。所以，研究者轉而在較次要的「形式」上下功夫；其二，後現代主義流風所及，頂尖創作者忙於「解構」，而不重視劇情結構。為了擺脫這個流弊，我們在本書中只處理劇情故事，也就是以戲劇性情節為發展主軸所建立的故事型態。有時候，為了行文簡便，我們也簡稱為「故事」。故事就是劇情故事，不談其他。

　　劇情故事可以用不同的媒體類型來呈現，在文化創意產業中，我們可以找到舞臺劇、廣播劇、舞蹈劇、音樂MV、電視、電影、動漫畫、小說、繪本、電玩遊戲等，我們統稱為「內容」。這些內容在製作時，所必須參考的「企劃書」最原始的形式，就是「劇本」，又稱「腳本」。

劇本就是內容製作用的企劃書（Plan）。

　　劇本（Playscript）一詞，最早是由舞臺劇發展出來的。Play就是表演，script就是腳本，合起來，是用來記載演出時所有大小細節用的紀錄簿，用現代術語來說，就是企劃書。

　　古時候娛樂不多，人們工作完畢想放鬆一下，走到廣場邊坐在舞臺下，看著演員在舞臺上扮演人生的喜怒哀樂，那就是戲劇的由來。然而，時至今日，各種媒體形式日漸發達，加上表演空間的限制，舞臺劇反而日漸式微，成為藝文人士孤芳自賞的表演形式。

　　實務上，必須以經濟價值以及對社會的影響力來論重要性。於是，本書將把討論的焦點放在電影、電視、動漫畫、遊戲等以「螢幕」演出的戲劇，其劇本也就是Screenplay。其他內容形式，我們就不談了。

這也揭示出本書將採取「實務導向」，而不是文藝性的寫作指導。我們打算提出在內容製作上一套「可操作」的故事與劇本寫作技術，讓讀者，也就是有志於內容製作的從業人員，可以按表操課，一步一步照著做，就能編織出水準以上的劇情故事，並寫作可執行的內容劇本。

這種作法有其風險。因為，在藝文圈，「說故事」幾乎是一種可以視為古老又神祕的魔法，只有夠格的魔術師才能從事。而我們都知道，魔術界的第一條行規就是「不揭穿他人的魔術」。我個人也很喜歡這種神聖的私密傳承。然而，作為文化創意產業的研究者，我認為自己有責任，盡可能將這門技藝赤裸裸地攤開在陽光下，建立SOP標準作業流程。那麼它就容易被傳播、容易被學習，也就為整個產業立下可大可久的基礎。

換言之，魔法歸魔法、技藝歸技藝。我們尊敬說故事的魔法師，但還是要努力學習說故事的技藝！

衝突與轉折

劇情故事是由「衝突」與「轉折」所構成。

我們常常會說：
「你這個人很戲劇性耶，一下子哭、一下子笑……」
「這個新聞好戲劇性，好好一樁喜事，怎麼忽然間變衰事呢？」
所謂的「戲劇性」（Dramatic），就是衝突。我們利用「角色衝突」和「情節轉折」來推進劇情，完成概念性的主題。

「為人要直，為文要曲。」這句話的意思是說：做人要正直，但寫文章要曲曲折折，才會耐人尋味。相信小時候老師都教過「起承轉合」的基本道理，那是老掉牙的作法了。時至今日，媒體隨處不在，多元化的結果，閱聽人常接受許多具有刺激性內容，單純的起承轉合已經不能滿足他們了。現在的戲劇作法，大概都要求「起轉轉合」、甚至「起轉轉轉………（不一定要

合）。」別讓閱聽人覺得乏味才行啊！

　　情節轉折要求劇情要有高低起伏，時常與角色的動機與挑戰有關係，通常來自於預先設計好的角色衝突。

　　角色的衝突可以分作兩大類：「角色的內在衝突」和「角色的外在衝突」──這兩者又有時候是同一件事，界線並沒有那麼清楚──角色的內在衝突指的是，角色的性格上具有多面性、相當「立體」。從心理學的角度看，有一些內心衝突或未解的「情結」；角色的外在衝突指的是，角色與角色之間的性格差異、角色的動機與戲劇情境之間產生衝突；高明的劇作家會把「內在衝突外部化」，也就是把角色內心的衝突，用外在另一個角色來具體呈現。

　　要記住，不衝突就不成戲。平庸無趣的人物和缺乏轉折的劇情，是故事的致命傷。犯了其中一項，或許還能做出勉強及格的故事，還有救；兩項皆犯，故事鐵定完蛋！

　　當然，有些前衛劇作家根本不理會這套「衝突」理論。我的建議和電視秀旁邊走馬燈常出現的那行很類似：「以上純為藝術效果，須經專業訓練，初學者請勿輕易嘗試。」

　　衝突是作用力和反作用力的結果：你創造了一股力量想把劇情往這邊拉，就要創造另一股相等的力量往相反的方向拉。故事中的主角很想要什麼，你偏不給他什麼；他想要到這邊，你偏偏把他拉往另一邊；他最痛恨的事物，你偏偏讓他每天遭遇……最狠的是，海明威曾說：「你必須殺了你的摯愛。」他最愛的女人（或男人），你必須殺了她！

　　製造衝突和轉折，就是這本書的重點。

習題

1. 仔細回想，你一生當中，第一個聽過的故事是什麼？（三隻小豬？醜小鴨？還是小紅帽？）用你自己的話把它寫下來。「這個故事告訴我們什麼？」

2. 哪一位說故事的人你最喜歡？為什麼？

3. 以白話文改寫唐代傳奇《聶隱娘》，請注意劇情三要素的表現。

第二講

說故事的技藝

透過巧妙說謊、透過栩栩如生的虛構而將真相拽到另一場
所，投以另一光照……來抓住真相的尾巴。
但為此必須首先在自己心底明確真相的所在，這是巧妙說
謊所需要的重要資格。
——村上春樹，《高牆與雞蛋》耶路撒冷文學獎獲獎演講

故事的威力是「使人相信」！

虛構與真實

根據教育部國語辭典的定義，故事是「傳說中的舊事，或杜撰的事情。」如：「小朋友聽老師說故事。」《西遊記》第十三回：「又念一卷孔雀經，及談苾蒭洗業的故事。」

除了舊事以外，還多了個「杜撰的事情」。

這個定義相當耐人尋味──「杜撰」意味「虛構」，憑空捏造出虛假的事情，一點都不「真實」。

從這回頭看故事的原始定義，所謂「傳說中」的舊事，又有啥證據可資證明其真實發生過呢？

舉例而言：盤古開天地？

人類擁有語言文字，也才不過一萬年。直到大約一百年前，科學才以歸謬法間接證明宇宙的起源應該不是這樣的。那也就是說，文明史上99%大多數的時間，我們都相信世界是由某一個人（或神）所開闢，如同「盤古開天地」的傳說一般。

類似的傳說在別的文明系統中也有，讓我們來看《聖經‧創世紀》：

起初，神創造天地。

地是空虛混沌，淵面黑暗；神的靈運行在水面上。

神說：要有光，就有了光。

神看光是好的，就把光暗分開了。

神稱光為晝，稱暗為夜。有晚上，有早晨，這是頭一日。

神說：諸水之間要有空氣，將水分為上下。

神就造出空氣，將空氣以下的水、空氣以上的水分開了。事就這樣成了。

神稱空氣為天。有晚上，有早晨，是第二日。

……各從其類。神看著是好的。

神說：我們要照著我們的形像、按著我們的樣式造人，使他們管理海裡的魚、空中的鳥、地上的牲畜，和全地，並地上所爬的一切昆蟲。

神就照著自己的形象造人，乃是照著他的形象造男造女。

神就賜福給他們，又對他們說：要生養眾多，遍滿地面，治理這地，也要管理海裡的魚、空中的鳥，和地上各樣行動的活物。

神說：看哪，我將遍地上一切結種子的菜蔬和一切樹上所結有核的果子全賜給你們作食物。

至於地上的走獸和空中的飛鳥，並各樣爬在地上有生命的物，我將青草賜給他們作食物。事就這樣成了。

直到今天，我相信有很多朋友還堅持這一切都是「真的」。

這就是一個好故事的威力。它根本不需要是真實的，它的功能是「使人相信（making believe）」，而不是寫實。

所有經過「人」所「創作」出來的故事，本質都是虛構（fictional）。

那你一定會問：「老師，傳說是未經證實的民間故事，那歷史總該是真的了吧？」

中國歷史上的至尊之作就屬《史記》，讓我們來讀讀這第一篇〈五帝本紀〉：

軒轅之時，神農氏世衰。諸侯相侵伐，暴虐百姓，而神農氏弗能征。……軒轅乃修德振兵，治五氣，藝五種，撫萬民，度四方，教熊羆貔貅貙虎，以與炎帝戰於阪泉之野。三戰然後得其志。蚩尤作亂，不用帝命。於是黃帝乃徵師諸侯，與蚩尤戰於涿鹿之野，遂擒殺蚩尤。

　　司馬遷明明記載著黃帝軒轅氏能教「熊羆貔貅貙虎」各種猛獸來與炎帝作戰。也就是說，黃帝本人比馬戲團馴獸師還厲害就對了啦？你信嗎？

　　更不用說後來有更多虛構的歷史文本了。這些歷史都是故事，請當作故事來讀就可以了。

　　那你或許會問：「老師，那我們在學校學的物理化學等『科學』文章，那總該不是虛構的吧？」

　　請想想看大科學家牛頓所寫的科學理論文章，到今天還有多少是真實可應用？在極大與極小的物理世界中，牛頓力學根本不成立。至於牛頓是不是坐在樹下，被蘋果打到頭才頓悟地心引力的故事，就更無人能夠證實了。

　　那你或許會再問：「老師，那今天的新聞報導總該是真的了吧？」

　　這樣說好了，請回想你今天起床後所遇到第一個人（多半是你的家人），你和他說了什麼？請寫在紙上，然後再去和那人對質。如果你們兩個寫得一模一樣，那才真是有鬼了。如果連你最親近的家人記述都可能有誤（也有可能根本是你的記憶錯誤），那遠在事件發生現場千里之外所報導的新聞，也可能是以訛傳訛，那又如何傳達事件的「真相」呢？

　　在學習創作故事之前，這一個信念非常重要，所以在此特別要提出來——說故事的人沒有義務、也沒有能力報導真實，請從腦海中抹除「真實的故事」這念頭。你應該做的是：儘管放肆想像力，盡情虛構、盡情創作！名導演小津安二郎這麼說：「如果說，沒結過婚就無法描繪中年哀樂、婚姻倦怠等沒有體驗過的事情，那麼沒犯下扒竊、殺人、通姦等惡行的人，估計也

不能準確拍出這樣的劇情囉？[1]」

在故事的世界中，我們不講究是否真實，只講究故事好不好聽？「故事會有力量，就是因為它提供了抽象文章裡所缺乏的語境。這就是故事所扮演的角色──把知識放在一個更生活化的框架中，更接近我們的日常生存狀態。它比較像是飛行模擬器。[2]」

這時你又或許會問：「咦？老師，你的意思是叫我們『說謊』嗎？」

當代最優秀的類型小說家卜洛克（Lawrence Block, 1938-）在著作《卜洛克的小說學堂》（*Telling lies for fun & profit*）中大方地教導我們，說故事就是「為了樂趣和賺錢而說謊」。對已經有故事創作經驗的同學來說，這本書相當值得一看。我也會在許多地方引用或闡述其觀點。

東方文化正好與西方相反，向來不尊重藝術虛構的傳統。儒家教條下的教育方式，告訴我們「文以載道」，寫文章就是要教化人心，道德和藝術概念之間並沒有界線。也就是說，藝術必須背負道德義務。如此一來，創作者的手腳就被一道無形的道德枷鎖所束縛，倍增創作的困難。

結果就是，在東方的文類傳統中，向來就是以「散文」（essay）為尊，小說、戲曲等文類都是末流小道。想認真說故事的人，反而要裝作是在說夢話、說假話，以免惹禍上身。

1　《我是賣豆腐的，所以我只做豆腐。》，p.39。

2　《創意黏力學》，p.271。

紅樓夢 假作真時真亦假，無為有時有還無

說故事的文學作品就是「小說」。中國四大小說，我認為《水滸傳》第一，但有更多人認為是《紅樓夢》。

《紅樓夢》一書由曹雪芹（1715-1763）所著，他在第一回中剖析了自己創作的心路歷程，這也是一段說故事心態的極好教材：

第一回　甄士隱夢幻識通靈　賈雨村風塵懷閨秀

此開卷第一回也。作者自云：因曾歷過一番夢幻之後，故將真事隱去，而借「通靈」之說，撰此《石頭記》一書也。故曰「甄士隱」云云。但書中所記何事何人？

自又云：「今風塵碌碌，一事無成……已往所賴天恩祖德，錦衣紈之時，飫甘饜肥之日，背父兄教育之恩，負師友規談之德，以至今日一技無成，半生潦倒之罪，編述一集，以告天下人……又何妨用假語村言，敷演出一段故事來……

此回中凡用「夢」用「幻」等字，是提醒閱者眼目，亦是此書立意本旨。

曹雪芹年輕荒唐，辜負許多女子。到老決定將這段「夢幻」般的往事，用「假言蠢語」敘說出來，寫就本書。

……我師何太痴耶！若云無朝代可考，今我師竟假借漢唐等年紀添綴，又有何難？但我想，歷來野史，皆蹈一轍，莫如我這不借此套者，反倒新奇別致，不過只取其事體情理罷了，又何必拘拘于朝代年紀哉！再者，市井俗人喜看理治之書者甚少，愛適趣閑文者特多。

曹雪芹認為，以往說故事都喜歡假借「漢唐」等朝代，他偏偏不幹。他偏偏想特別強調這是發生在作者身上的「真人真事」，反而別出心裁。說到底，說故事重要的是「事體情理」，也就是故事想要傳遞的人生經驗，不必拘泥於考證。

　　再說，一般人不喜歡聽人說道理，喜歡聽故事。

　　……歷來野史，或訕謗君相，或貶人妻女，奸淫凶惡，不可勝數。更有一種風月筆墨，其淫穢污臭，屠毒筆墨，壞人子弟，又不可勝數。至若佳人才子等書，則又千部共出一套，且其中終不能不涉于淫濫，以致滿紙潘安，子建，西子，文君，不過作者要寫出自己的那兩首情詩艷賦來……

　　曹雪芹點出了有三類故事難入大雅之堂，第一類是「訕謗君相，或貶人妻女，奸淫凶惡，不可勝數」專門講別人壞話的書不好；第二類是教壞小孩的書；第三種是「千部共出一套」裡面主角每個都是帥哥美女，讀來讀去沒啥新意。

　　（本書）雖其中大旨談情，亦不過實錄其事，又非假擬妄稱……因毫不干涉時世，方從頭至尾抄錄回來，問世傳奇……並題一絕云：
　　滿紙荒唐言，一把辛酸淚！
　　都云作者痴，誰解其中味？

　　最後一段最重要，他說「實錄其事，又非假擬妄稱」，但書中分明就是假擬妄稱，這世上不可能真有林黛玉、賈寶玉，更沒有劉姥姥大觀園；但仔細想想，沒有這些虛構的人物、場景，《紅樓夢》就不成立嗎？就沒有藝術價值嗎？

　　最後四句詩是全文「文心」，也就是Wow！

這些純屬藝術虛構的言語，都是作者的苦心孤詣所創作，讀者會認為這真是痴人，但又有幾人能瞭解這才是人生的「真實」滋味？

具象化：騙倒眾生的技藝！

　　「假作真時真亦假，無為有時有還無。」曹雪芹的名句揭露了故事創作的本質——號稱是真實的，往往都是虛構，而號稱虛構的，卻更接近真實——這是公然說謊嗎？不不不，請再仔細想想，誠心誠意的虛構，才是最負責任的寫實啊！

　　戲劇性的內容為了情節推進的需要，可能必須杜撰人物、捏造史實、倒錯敘述觀點與順序、武斷推測因果關係、任意添加表現用的細節……等等，那在藝術虛構的世界中都可以被容許。對此，小津安二郎曾說：「電影總有刻意的不合理或矛盾，情節不符合事實很正常。如果沒有刻意的不合理或矛盾，那就不是戲劇，而是紀錄片了。[3]」

從抽象到具象

　　寫出《悲慘世界》（*Les Misérables*）、《鐘樓怪人》（*Notre-Dame de Paris*）的大文豪雨果（Victor-Marie Hugo, 1802-1885）曾說：「世界上最廣闊是海洋，比海洋更廣闊是天空，比天空更廣闊的是人的心靈。」所有好文學都描寫人的內在世界，故事目標也是要傳遞人類的生活經驗，除此以外無其他。

　　外在世界的事物，透過我們眼耳鼻舌等感官，投射到我們的大腦中。然後大腦反應、分析、思考、判斷……進而形成了內在的經驗。我們常以身體

3　《我是賣豆腐的，所以我只做豆腐。》，p.189。

感官記憶抽象概念，如視、聽、嗅、味、觸……等多種感覺，大腦藉這些資訊連結抽象概念，並使人們能自然的在腦海喚起印象。——這是一個由外而內，由具體到抽象的過程。你可以想像成投影機將影像投影在螢幕上，世界在我們的腦中虛擬成像，所以雨果才會說，小小一方心靈，居然比世界更廣闊。

說故事正好相反，「作家總是懂得善用心理印象，好讓故事變得生動。[4]」我們必須將腦中這些內在經驗，透過圖像、語言、文字、音樂……等，轉換成可以傳遞給他人的形式——這是一個從抽象到具象的過程。從訊息理論來說，傳遞難免會有遺失損漏、會有誤差，技藝就在於如何將這誤差降到最低，將經驗在他人的腦海中再現。說故事的能力是可以後天培養的，但是很多人卻忽略了這一點。他們都以為自己有說故事的能力，卻不知道說故事是一種專門的技藝。

說故事就是「從抽象到具象」的技藝，也就是「形象化」。

關於這技藝的本質，大文豪康拉德（Joseph Conrad, 1857-1924）說：「我的工作……就是讓你們聽到，讓你們感覺——最重要的是，讓你們看見，如此而已，而這也就是一切了。」

4　《微寫作》，p.88。

形象化 《少年行》

說故事的人──杜甫vs.王維

這裡有兩首唐詩，題目均為《少年行》。「少年」就是臺語中的「少年仔」，指遊手好閒的年輕人，文雅的說法是「遊俠」，粗魯的說法就是「流氓」。

〈少年行一〉

新豐美酒斗十千
咸陽遊俠多少年
相逢意氣為君飲
繫馬高樓垂柳邊

〈少年行二〉

馬上誰家白面郎
臨階下馬蹋人床
不通姓字粗豪甚
指點銀瓶索酒嘗

請就詩中所表現的意象情境畫圖。張數不限，畫工也不重要，畫下來就是了。

〈少年行一〉

（by林靜兒）

〈少年行二〉

（by林靜兒）

相信你所畫出來的也差不多吧？

發現了嗎？〈少年行二〉的畫面，無論數量、形象的生動程度都勝過〈少年行一〉。我們看到了一個白面少年躍然紙上，下了馬就跳進酒館裡大辣辣坐下，名字都不說就指著架上的銀瓶說：「少廢話，拿酒來！」（連對白都有了。）這一篇是「詩聖」杜甫所作，現在瞭解所謂「聖手」的厲害了吧？28個字寫活一個少年仔。

〈少年行一〉是號稱「詩中有畫、畫中有詩」的王維所作，也不是不好，它是以抽象的手法來描寫少年遊俠的心境，以「意境」取勝，形象就差很多了。文學造詣稍遜的一般大眾，就比較難以體會「相逢意氣為君飲」的況味，只「看」到一匹馬被繫在高樓垂柳邊了。

故事可以使讀者腦中產生具體的影像。文字形象化就是將人物、情境栩栩如生地描寫出來。重點在於「細節」，要把腦海中的形象具體化，描寫人物的細部動作。閱聽人應該看到什麼？聽到什麼？鉅細靡遺，不厭其煩地寫出來。

說謊要「說得像真的一樣」，細節存在的意義就要爭取閱聽人的「信任」，大導演Frank Hauser說道：「說故事要儘量說得可信而且興奮。任何與故事無關的元素，都必須接受懷疑檢驗。有時，裝飾確實能夠搶救一齣薄弱的戲，不過，我們關心的是強而有力的戲，而且觀眾到戲院來是為了相信，為了回應那句神奇的話，『很久很久以前……』，不是來欣賞雷射表演的。[5]」

尤其是將要轉換成戲劇類內容的故事，更重視形象化的表現。所以當編劇在寫劇本時，就應該以影像方式思考。缺乏具體的形象細節，是最普遍的錯誤。簡單來說，就是「假大空」──虛假、大而無當、空泛，充滿「敘述

---

5 《導演筆記》，p.55。

性」的文字。舉例而言：

　　抗戰一年的經過，敵我兩方有一個很顯著的不同之點，這就是敵人是「狼顧豕突，百出其伎」，而我們的方針和決心則「堅定明確，始終如一」。從敵人方面說，軍費預算增加了一次又一次，兵員增調了一回又陸續不斷的增調二回三回到無數回；在策略上，始而宣稱速戰速決，繼而標榜長期作戰，繼而又聲言猛力結束戰事；至於政局的變換，經濟的動盪，處處可以看得出敵國的阢隉不安，也處處顯出敵寇的不顧一切而將悍然求逞。至於我們一方面，自始就從最危險最惡劣的局面上作澈底的打算，早已定下了始終一貫的決心，早已作承受一切艱難痛苦的準備。

——《抗戰建國週年紀念告全國軍民書》

　　明明屈居下風，卻說敵人「狼顧豕突，百出其伎」……那就是「虛假」。

　　「阢隉不安」、「悍然求逞」……並沒有具體內容，那就是「空泛」。

　　「自始就從最危險最惡劣的局面上作徹底的打算」，誇大了局勢，因而提出了不適當的判斷。

　　另一種新手常犯的錯誤，就是喜歡敘述「內心的感受」——為賦新詩強說愁，內心戲太多。其實想一想，別人、和你素不相識的讀者，幹嘛關心你內心的感受呢？老是看著自己肚臍眼幹嘛？舉例而言：

　　尋尋覓覓，冷冷清清，淒淒慘慘戚戚。乍暖還寒時候，最難將息。三杯兩盞淡酒，怎敵他晚來風急。雁過也，正傷心，卻是舊時相識。

　　滿地黃花堆積，憔悴損，如今有誰堪摘？守著窗兒，獨自怎生的黑！梧桐更兼細雨，到黃昏點點滴滴。這次第，怎一個愁字了得！

——李清照〈聲聲慢〉

這是非常棒的純文學作品，但卻是個差勁的劇情故事。不信你描繪看看，如此長的篇幅，大約只有一個畫面：下雨天，一位美人坐在窗前喝酒，有一株梧桐樹，掉了滿地黃花。然後，你再把圖拿給另一位朋友看，問他這張圖中故事是啥？絕對看不出畫中人「怎一個愁字了得！」的心思，說不定他會說，「美人正在欣賞庭園景色」對吧？那麼，生活經驗的傳達也就失敗了。

「文學的本質就是透過『形象』來抒情表意的語文藝術。[6]」故事描寫人生，當然必須表現人的內在世界，但是，不必直接講出來。要將內在的心思外部化，表達成他人可以經驗的畫面、聲音。「透過形象的取捨、改造、誇張、虛構、連綴等構成思維軌跡；其中形象還同時將想像、情感、審美等因素組合再一起，使形象歷經表意到意象再到形象的發展過程。[7]」

從現在開始，學會正確的說故事方法，好好的形象化你的文字。

課堂練習 **看圖說故事：如何形象化？**

以下有兩張圖，請用短短一行文字將圖中情境描寫出來。目標是讀者不看圖也能藉你的文字把圖像重現出來。

---

6 《生命的窗口》，p.63。

7 《生命的窗口》，p.62。

圖一

（by王昱祺）

圖二

（by王昱祺）

參考文案：

圖一：皇后竊笑，遞給白雪公主一顆毒蘋果。

缺乏形象化，錯誤的寫法：

- 皇后終於找到機會陷害白雪公主。
- 白雪公主不知道自己正身陷險境。

圖二：醜小鴨被其他鴨子們排擠斥罵。

缺乏形象化，錯誤的寫法：

- 醜小鴨不懂自己到底做錯了什麼才被討厭。
- 鴨子們很在意美醜。

　　切記，不要說明，千萬不要說明。儘量不要說明故事的意義，也不要說明角色內心的想法。「形象越精準、越凝鍊越好，說明多了，形象被稀釋，就不好了；因為變抽象了。[8]」閱聽人想要的是「體驗」故事中角色所遭遇的情境，自己去發現故事的意義，自己產生內心的想法，而不是由你作者去告訴他。把從小國文老師教過的論說文、說明文的技巧先放在一旁吧！

搞定文創的第一步：學會說好的故事！

文創以故事為核心

　　一個真正的故事，每個人都可以把自己跟故事連結在一起。

　　　　　　　　　　　　　　　　　　　　　　　——華德・迪士尼[9]

8　《生命的窗口》，p.62。

9　《迪士尼的劇本魔法》，p.28。

「文化創意產業」是當前世界性的發展潮流。這個複合名詞可以分作「文化／創意／產業」三部分，簡單的說，就是以文化累積作為基礎來發展創意，進而產業化、創造價值。

　　什麼是文化？根據維基百科的解釋，「文化是指人類活動的模式以及給予這些模式重要性的符號化結構……包括文字、語言、地域、音樂、文學、繪畫、雕塑、戲劇、電影等。大致上可以用一個民族的生活形式來指稱它的文化……廣義上的文化指所有人類的活動，都可以叫作文化。」從以上定義，我們大致可以同意，文化是群體性的，是一群人所共有的價值觀、生活方式和對群體的認同感等等。然而，群體存在的時間與規模，遠超過個體的存在。比如，個人最多活個百來歲，而社會可能延續個幾千年。那麼，群體的文化如何傳承呢？勢必得透過生命有限、必朽的個人。於是我們可以看到，從遠古時代起，人們聚集在火堆旁歌舞、傳頌詩歌；在洞穴裡畫圖，述說英勇的冒險──那就是文化的傳承。

　　我們每一個人其實都是活在一個以故事構成的複雜體系中。我們都屬於自己身邊如同心圓般的各個社群，如家庭、學校、社會等，我們影響社群裡的人，也被社群的文化影響、制約，兩者互相影響彼此的命運。

　　假設有兩個完全一模一樣，僅有出生地不同的人，一個出生在臺灣，另一個出生在美國。我們能肯定兩人命運絕不會相同。他們的命運會被當地的風土民情、信仰、語言等各種因素決定。以語言來說，以英文為母語的人，和到了某個年齡才開始學英文的人，兩者就有明顯的差異。這兩個人會從小被教導的故事也大不相同。在臺灣，長輩可能會講「虎姑婆」、「媽祖」、「唐山過臺灣」……的故事；在美國，講的就是「小紅帽」、「大衛打巨人」、「仙履奇緣」……。故事讓小孩瞭解，未來的生活形式會是像怎樣？在這個社群中生活，重視的是什麼樣的道德標準？進而導致未來不同的命運。在臺灣，小孩必須聽大人的話，否則會被虎姑婆抓去；在美國，小孩要有冒險精神，勇於挑戰巨人……都是故事作用的結果。

因此，故事中有清楚的人、事、時、地、物很重要。我們相信的是故事，而不是知識性的描述。要讓人家滿意你的故事，你就要先找出他所相信的神話信仰是什麼？從小被教導的故事是什麼？

說故事就是文化傳承的主要手段。個人必朽，而故事可以穿透時間，不朽而永恆。華德‧迪士尼說道：「自人類起源以來，說寓言故事的人帶給我們的就不只是娛樂，而且還傳達了一種智慧、幽默和對世界的理解，就像所有真正的藝術一樣，其本質歷久而不衰。[10]」

「文化」是文化創意產業的根基，根據《文化創意產業發展法》，是指「源自創意或文化積累，透過智慧財產之形成及運用，具有創造財富與就業機會之潛力，並促進全民美學素養，使國民生活環境提升之下列產業：

一、視覺藝術產業。

二、音樂及表演藝術產業。

三、文化資產應用及展演設施產業。

四、工藝產業。

五、電影產業。

六、廣播電視產業。

七、出版產業。

八、廣告產業。

九、產品設計產業。

十、視覺傳達設計產業。

十一、設計品牌時尚產業。

十二、建築設計產業。

十三、數位內容產業。

---

10 《迪士尼的劇本魔法》，p.33。

十四、創意生活產業。

十五、流行音樂及文化內容產業。

十六、其他經中央主管機關指定之產業。」

從這裡我們可以看出這新興產業，勢必成為未來物質富裕後、人們追求充實精神生活的巨大潮流。為了深入瞭解其特性，我們可以將這「十五加一」的子產業定義，約略可以概分為三種類型：

（一）內容產業：包括五、六、七、八、十三、十五項的產業，以「內容」為主要商品來創造價值。

（二）設計產業：包括九、十、十一、十二、十四項的產業，以「設計」來創造主要商品價值。

（三）藝文工作：包括一、二、三、四項的工作類型，是傳統藝術管理與文化保存工作的範圍，其實不太具有產業化的潛力。

從價值分布的角度來觀察，內容產業具有「原生價值」。主要價值來自於人類的創意，而創意來自於文化的累積──沒有希臘神話，就不會有《尤里西斯》；沒有北歐神話，就沒有《雷神索爾》、更沒有《復仇者聯盟》。其他所有產業都是「衍生價值」，價值從內容衍生而出──迪士尼樂園來自於卡通，是動畫的衍生產業；數百年媽祖廟值得保存，是因為人們相信林默娘救苦救難的故事。

再進一步分析，內容的價值來源就是「故事」。人們之所以受感動，進一步想把荷包裡的錢掏出來，都是因為故事。

沒有故事，就沒有價值。於是我們可以這麼說，文創以故事為核心。

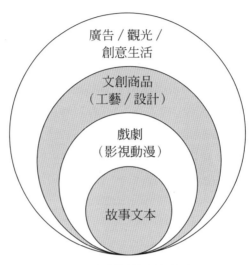

圖3　文創以故事為核心

這與過去大家對於文化創意產業的價值論述基礎有非常大的不同。

先前，我們都認為，「文化創意」只不過是種「附加價值」——先有實體的商品（或無形的服務），然後用文化創意為其添加附加價值——這完全是臺灣式「生產導向」製造業的思維——我們姑且稱其為「舊文創」。

於是，在經營實務與教學上產生了「本末倒置」的現象。常常是東西賣不動了，才想到要回來為它編織故事；學生們面對著一項舊文物，才翻找它的老故事；老房子要拆掉了，拼命抗爭守護，卻不知所以然。

大導演伍迪・艾倫（Woody Allen, 1935-）在《午夜巴黎》（Midnight in Paris）一片中，設計了巧妙的對比橋段——美麗的女孩身在巴黎，每天吃高級餐廳、品名酒、逛博物館、狂買世界名牌。但對海明威、羅丹、畢卡索……一無所知，也不願意在雨中的巴黎街道散步——她真的體會到巴黎的美嗎？

文化之所以偉大，是因為無形的故事，而不是有形的物質。請各位再

思考一下，是不是這樣呢？到了某個層次以後，科學性、物質性的明確邏輯已經無法說服事實上是活在模糊世界的人了。我們所能賴以生存者，唯有故事。「人生就像是小說。當現實和故事的界線消融，合為一體，就能清楚看到重要真相。[11]」

　　文創產業的價值核心是「故事文本」，然後經過有層次的內容加值過程，由內而外，形成了各級子產業。內層是戲劇類型的內容，包括電影、電視、動漫畫……等純內容產品；然後是與實體產品結合的混合型產品與服務，如：工藝與各類設計服務；最外層才擴大到廣告、觀光、食衣住行創意生活等相關其他產業。

　　這就是文化創意產業OSMU（One Source, Multi-Use）的概念，價值來源的故事只有一個，但可以變形、轉化成多種用途。如電影、電視、動漫畫……等內容。這些內容又成為下一層各種內容／服務／商品的價值來源，產生更多的用途。

　　看起來像「洋蔥」對吧？我們就把它叫做文創產業的「洋蔥」價值模型。把任何一個子產業的價值來源，抽絲剝繭、層層剝開，都會看到有一個以故事文本作為核心的主要價值。

　　這顆洋蔥也指引出「新文創」的經營概念——故事是核心，也是火車頭；基於故事文本，就可以發展各式內容；然後是各類設計商品；然後才有創意化的生活。

　　老實說，這不算嶄新的概念，只不過以前的從業人員知其然不知其所以然罷了，直到本書第一個提出這個概念。想想動畫名導宮崎駿的生涯，不都是先有個故事，然後發展出動畫作品；然後才據以設計各類周邊產品？（請看看你家裡的龍貓玩偶吧！）最後，他甚至建了自己的美術館、博物館，成

---

11 《活著，就是創造自己的故事》內文。

了日本知名的觀光地標！

再強調一次──新文創是以故事為核心。

說故事的能力就是最重要的基本能力。

OSMU 《千年赤壁變變變》

赤壁，是一個地名，現代指1998年改名為赤壁市的原湖北省蒲圻市。此地之所以出名，是由於東漢末年在此發生的「赤壁之戰」，來自北方大陸的曹操大軍對抗以孫權、劉備為首的南方聯軍。南軍在都督周瑜的領導下，以火攻大敗北軍，從此天下鼎立，開啟了三國時代。

這一場大戰役，雙方參戰人數高達百萬，造成了既深又遠的影響，於是產生了更多的歷史故事與民間傳說。經過時間的淘洗流變，虛構的故事往往比真實的史事生動精彩。其中，群英會、草船借箭、借東風、火燒連環船等莫辨真假的情節，慢慢地凝聚、變形，後經羅貫中的巧筆編寫，變成了流傳千古、膾炙人口的《三國演義》故事。

第四十九回：七星壇諸葛祭風，三江口周瑜縱火

（略數段）

卻說曹操在大寨中，與眾將商議，只等黃蓋消息。當日東南風起甚緊，程昱入告曹操曰：「今日東南風起，宜預隄防。」操笑曰：「冬至一陽生，來復之時，安得無東南風？何足為怪？」

軍士忽報江東一隻小船來到，說有黃蓋密書，操急喚入，其人呈上書。書中訴說：「周瑜關防嚴緊，因此無計脫身。今有鄱陽湖新運到糧，周瑜差蓋巡哨，已有方便。好歹殺江東名將，獻首來降。只在今晚三更，船上插青

龍牙旗者,即糧船也。」操大喜,遂與眾將來到水寨中大船上,觀望黃蓋船到。

且說江東,天色向晚,周瑜喚出蔡和,令軍士縛倒,和叫:「無罪!」瑜曰:「汝是何等人,敢來詐降!吾今缺少福物祭旗,願借你首級。和抵賴不過,大叫曰:「汝家闞澤,甘寧,亦曾與謀!」瑜曰:「此乃吾之所使也!」蔡和悔之無及。瑜令捉至江邊皂纛旗下,奠酒燒紙,一刀斬了蔡和,用血祭旗畢,便令開船。黃蓋在第三隻火船上,獨披掩心甲,手提利刃,旗上大書「先鋒黃蓋」。蓋乘一天順風,望赤壁進發。

是時東風大作,波浪洶湧。操在中軍遙望隔江,看看月上照耀江水,如萬道金蛇,翻波戲浪。操迎風大笑,自以為得志。忽一軍指說:「江南隱隱一簇帆幔,使風而來。」操憑高望之,報稱:「皆插青龍牙旗。內中有大旗,上書先鋒黃蓋名字。」操笑曰:「公覆來降,此天助我也!」

來船漸近。程昱觀望良久,謂操曰:「來船必詐。且休教近寨。」操曰:「何以知之?」程昱曰:「糧在船中,船必穩重。今觀來船,輕而且浮;更兼今夜東南風甚緊;倘有詐謀,何以當之?」操省悟,便問:「誰去止之?」文聘曰:「某在水上頗熟,願請一往。」言畢,跳下小船,用手一指,十數隻巡船,隨文聘船出。聘立在船頭,大叫:「丞相鈞旨,南船且休近寨,就江心拋住。」眾軍齊喝:「快下了篷!」

言未絕,弓弦響處,文聘被箭射中左臂,倒在船中。船上大亂,各自奔回。南船距操寨止隔二里水面。黃蓋用刀一招,前船一齊發火。火趁風威,風助火勢,船如箭發,煙燄障天。二十隻火船,撞入水寨。曹寨中船隻一時盡著;又被鐵環鎖住,無處逃避。隔江砲響,四下火船齊到,但見三江面上,火逐風飛,一派通紅,漫天徹地。

故事流傳至宋代,大文豪蘇軾被貶至黃州(今日湖北黃岡一帶),心有所感,乃撰著震鑠古今的前後《赤壁賦》,更從三國故事中得到養分,寫成

《念奴嬌．赤壁懷古》一詞：

　　大江東去，浪淘盡，千古風流人物。故壘西邊，人道是，三國周郎赤壁。亂石崩雲，驚濤裂岸，捲起千堆雪。江山如畫，一時多少豪傑。

　　遙想公瑾當年，小喬初嫁了，雄姿英發。羽扇綸巾，談笑間，檣櫓灰飛煙滅。故國神遊，多情應笑我，早生華髮。人生如夢，一樽還酹江月。

　　真是曠世傑作啊！

　　然而，後人的考證才發現，蘇軾實際遊覽的赤壁，是黃州東北的赤鼻磯，而不是發生赤壁之戰的蒲圻或嘉魚赤壁。這誤會可就大了。

　　但是，請想想，這有減損作品的價值嗎？

　　「故國神遊，多情應笑我，早生華髮。人生如夢，一樽還酹江月。」的人生經驗，是否更是亙古彌新？

　　直到1970年代，湖北省赤壁市西北的赤壁山和長江對岸的烏林連續出土了東漢銅鐵器、箭簇、貨幣等大量文物，成為現代主導赤壁所在地爭議的重要證據。

　　現在赤壁是赤壁市的重要旅遊地，距離市區40公里，主要由赤壁山、南屏山、金鸞山組成。附近有很多相關景點，除了江邊懸崖的「赤壁」二字外，還有湖北省境內最大的人物石雕巨型周瑜塑像，以及武侯拜風臺、鳳雛庵、碑廊、陳列館等。（引自維基百科）

　　根據這些傳說與史料，吳宇森導演後來製作了電影《赤壁》，賣座相當好。但看官不知有無發覺，大部分的場景，根本不是在赤壁當地拍攝。

　　故事流傳到日本，在KOEI公司的巧手打造下，更變形轉化成一系列的《三國志》遊戲，風靡全球數十年。妙的是，這些遊戲的文本根據並非不是正統史書《三國志》，而是民間傳說為基礎的《三國演義》。這些創意也刺激了更多文本的產生，動畫、漫畫、小說、戲劇……作品不可勝數。

發現了嗎？有形之史蹟文物易朽，而且隨著時間流逝，剩下的越來越少。

　　而無形的故事卻在千年的流變中，不斷的成長、變形、歷久彌新。而且，每一代人都可以添加創意進去，成為嶄新的故事，變得更豐富。

　　千年後的現在，我們當然已經知道孔明不曾借過東風，故事完全是虛構的。

　　但虛構的傳說為何仍能一代傳一代，人們樂於相信呢？

　　因為，我們相信弱小的人只要運用智慧和勇氣，就能戰勝強大的敵人。

　　如果不相信這點，像我們這樣弱小的人，要憑藉什麼活下去呢？

全民說故事　《以愛相會》

　　主管文創產業發展的文化部提出了「國民記憶庫」[12]的構想，將在全國各地設置配錄音設備的「國民記憶庫行動列車」，「希望所有高中生帶著爺爺奶奶去錄自己的故事！」，邀請各地文化局與中央合力，打造臺灣為「故事之島」。

　　英、美兩國皆有類似「國民記憶庫」組織，邀請全民以錄音或寫作說出自己的故事，並公開讓全民聆聽或使用。這些真實發生在臺灣各角落的故事，不僅是導演、作家創作電影和小說的好題材，也是文創事業的靈感。

　　那麼就讓我們來練習看看吧！

---

12 http://www.techlife.com.tw/01News/01news.asp?NID=60670

《以愛相會：228紀念繪本》繪本原著故事
施百俊著，高雄市文化局、明日工作室聯合出版

1. 花之名

我們這個故事的主角，名字叫「姚陳會」。她是我的外婆，今年已經八十三歲了。

日據時代，她來自澎湖西嶼，海風終年怒號之地。

在臺語中，「會」與「花」同音；日語中「花」念作「Hana」，因此小時候街坊都叫她Hana。

直到七、八十年後的今天，她回到西嶼，坐在咾咕石矮牆邊泡茶的老人們，還是會熱情地招呼。「Hana喲，阿會仔回來了！」

2. 生離

阿會照理說應該姓「呂」，出生於大林，父母在她一歲多時即相繼過世。大她十三歲的大哥只能背著她，在菜市場門口撿爛菜爛水果維生。

某日，有一位姓「陳」的阿婆從嘉義尋來菜市，自稱養子無後，乏人送終。廟裡童乩指點，「東北方大林市場，有一朵紅花待人養。」

菜販指著正咬著爛柿子的阿會說：「就這個啦，這個沒人養！」於是，大哥咬著牙揹著她走了十幾公里，送她到了阿婆家。

從此阿會有了阿嬤。而大哥含淚離去的眼神，至今她還記得。

3. 鍋巴

過了幾年，阿嬤帶著阿會回到故鄉西嶼終老。其地荒僻又沒頭路，兩人只能每天在海岸撿被凍死的死魚吃。

澎湖之冬，寒風凜冽。海水冰涼透骨，咾咕石動輒割破手腳。

才七、八歲的阿會肚子又累又傷又餓，只能哭。阿嬤就罵：

「汗若流，嘴就腥。」（只要流下汗水，嘴裡就有魚腥可吃。）

後來她說，這一生，她再苦都不哭。

4. 鳳山丸

阿會漸漸長大，阿嬤也不忍心再留她在澎湖，決定送她到臺灣投靠親戚。

坐著蒸汽船「鳳山丸」在黑水溝上顛簸一整日，差點連胃都吐出來了，才終於看到高雄港外，那打狗山和旗后山夾峙的「打狗門」。

她到今天還心有餘悸，不敢坐船渡黑水溝。

「看到打狗門，目屎就滾下來……」

5. 免聘免餅

十九歲時（1947，民36年，昭和4年），阿會流落在東港的餐廳幫傭，十分勤快。老闆娘很喜歡她，於是逢人就說：「花未嫁，免聘免餅看誰來娶！」

當時，有一個二十四歲的窮木匠名叫「姚玉杉」，為了看這朵餐廳之花，每天都來報到。聽見老闆娘這麼嚷嚷，當然毫不客氣地決定把阿會娶回家。

玉杉自然沒下聘禮，結婚時只準備了一個假的銀戒子以及十二個祭祖的香餅。

然而，他摘了紅花一朵，插在她的鬢邊。那是她最美麗的一天。

從此阿會有了第三個姓──「姚」。

結婚紀念日是陰曆二月十二，正好是二二八事件後四天，陽曆三月四日。臺灣掀起暴亂，而新婚夫妻沉浸在愛的甜蜜中，毫無所悉。

6. 花見

正好是櫻花季節。

全臺灣只有阿里山有美麗的吉野櫻，阿會求著玉杉帶她去賞花。

「一期一會。一生只要一次就好！」

自幼苦命的妻子如此要求，玉杉決定馬上就走。

於是，兩人一大早就到東港車站，跳上北行的火車。

7.　鐵支路斷

空嘍空嘍、空嘍空嘍，兩人手牽著手坐在開往嘉義的慢車上，天荒地老也無所謂。

沒想到才開到屏東，站務員氣急敗壞地衝上車來，揮著木棍大喊停駛。

「頭前鐵支路斷了！下車，通通下車！」

他那麼兇，沒人敢問為什麼？玉杉牽著阿會，乖乖地下車。

我查了一下，那天國民政府宣布戒嚴。

8.　七月半鴨

兩人漫步在屏東街上也不知怎辦，阿會只好問路人：「屏東哪裡好玩？」路人指了指屏東公園的方向。

屏東公園裡的舊城牆今日還在，雄偉壯觀；大水池中種了荷蓮之屬，紅白紫花、煞是好看。想必兩人當時玩得也很過癮吧？

「七月半鴨不知死活……」玩到一半，忽然有個歐巴桑跑過來，滿頭大汗向她們告誡：「臺灣大亂，趕快離開！趕快跑！」

9.　豬標

玉杉也不知要跑去哪裡，忽然想起潮州有個開杉行（木材行）的叔伯兄弟。於是牽著阿會跳上客運車，轉而南下去拜訪。

一路上，巴士走走停停，一波又一波的鄉下人持刀上車攔檢。

「喂！你們當中敢有『豬標』的？」

以前，臺灣人蔑稱外來者為「豬標」，日本人也是，外省人也是。

一旦乘客被認為是外省人，一律拖下車。

阿會只看到那些人高叫、哀嚎著被拉進蔗叢中「處理」，沒看到他們出來。

10.日本話

玉杉相貌清秀，不像作工人，於是有人來盤問他：「你看來不像臺灣人！你會講臺灣話嗎？」

「我，我……」玉杉嚇得講話支支吾吾。

持刀的大漢發怒了，伸手要拉走他。

「馬鹿野郎（日：混蛋），你當作恁祖媽好欺負？」阿會猛地甩開那大漢的手，指著他罵道：「若無咱來說日本話，看誰才是正港臺灣人！」

外省人是絕對不會講日本話的，大漢一聽，聳聳肩就下車走了。

11. 蓋世太保

好不容易到了潮州，兩人受杉行兄弟招待吃了午飯，攜手去潮州大戲院看電影。

正好上映《真善美》（Sound of music），故事敘述世界大戰時，一個愛好音樂的奧地利家庭，在互相欽慕的父親和女教師帶領下，如何逃離德軍蓋世太保的魔爪。

──老人的記憶可能有誤，當時電影應該是默片，我不太瞭解茱莉亞安德魯斯唱歌時聽起來如何？但外婆至今仍然會哼：「小白花，小白花，每天清晨妳讓我喜悅……」這想必是當時玉杉的心境吧？！

然而，電影才看到一半，燈光忽然大亮。一群穿著卡其服的警察衝了進來，說要搜捕暴民。

兩年輕夫妻看起來幸福喜樂，自然沒事。但，電影也看不成了，悻悻然離開。

12. 孔明車

杉行兄弟生意忙，沒空招待兩人。玉杉只好向他借了孔明車，要載阿會回東港。

「孔明車」就是腳踏車，當時還是木輪，踏起來嘎啦嘎啦地響──

玉杉載著嬌妻行進在鄉間小路上，吹著口哨，狀甚悠然。

阿會也幸福地依偎在木匠厚實的背上。

直到香蕉欉中刺出許多「槍尾刀」（刺刀）！

玉杉急閃！

13. 新婚之夜

沿路上，蔗林、蕉欉，都有人拿著槍尾刀、鐮刀……出來盤問。才不到十里路，兩人直騎到星月西沉，才疲憊地回到東港的家。

家裡並沒有留她們的飯，肚子餓也沒辦法，只好去睡。

──窮人家的新房，不過是兩座屏風和公婆、叔伯兄弟隔開罷了。

阿會枕在玉杉粗壯的臂彎中，心想：這真是難忘的新婚之夜啊！

肚子咕嚕咕嚕地叫，玉杉沉沉睡去。

14. 未諳公婆意

照臺灣例，隔天一早，阿會是要早起作羹湯以侍奉公婆的。

她蹲在灶邊弄著火時，大官（公公）從外頭回來，趕緊將門上閂。告誡她說：「千萬不可出門，登記所（戶政）那裡已經『砰』掉兩個。」

玉杉揉著惺忪的睡眼起床，正好聽到了。

15. 草蓆與兵仔鞋

玉杉才二十四歲，大概就是今天大專畢業生的年紀，少年心性猶存。趁父親不注意，他就偷偷跑出門了。阿會連忙追出去要拉他回來。

登記所旁有座防空碉堡，碉堡旁躺著兩具用草蓆掩蓋著的屍體，看不出是誰。

玉杉走近一瞧，草蓆底下露出一雙破舊的兵靴。

那兵靴他認得，那是他結拜兄弟阿郎的兵靴──阿郎十七八歲就被日本人拉去海南當兵伕，二戰終結才剛回來。

一旁有兩個穿中山裝的人叼著菸，正在翻反政府名冊，其中一個斜睨了玉杉一眼。

連眼淚都不敢流，阿會趕緊拉著他回家。

16. 替身

隔天一早──

「姚秋水！姚秋水在家嗎？」有人拍著門，操著有鄉音的北京話。

阿會前去應門。來人穿著整齊便服，應該是情治人員，問道：「姚秋水在哪？有些話要問他！」姚秋水是玉杉的大哥，在新聞報社當記者。姚家的兄弟長得都很像，尋常走在街上常被錯認。

　　此時秋水躲在屏風後面，悄悄地跟阿會搖手。

　　阿會點點頭，正要應話，玉杉卻從後門走進來了。情治人員看看手上的照片，也點點頭，指著玉杉說道：「你跟我們來，長官有話要問你！」

　　玉杉一頭霧水，跟著去了。

17. 救命螺聲

　　玉杉被帶到公會堂廣場，那裡已經站了幾十個鄉親了，有男有女，大家都不知道怎麼回事。烈日炎炎，人人滿頭大汗，這一站就是三四個小時。

　　直到中午十二點，響起螺聲——

　　嗚～～嗚～～

　　這是日治留下來的習慣，到了中午十二點，村里廣播就響，通知工作的人午休吃飯。

　　木匠玉杉覺得肚子好餓，趁看守人不注意，偷偷溜回家吃飯。

18. 晝寢

　　他回到家時，阿會趕緊端上午飯。玉杉像餓虎一般地吃，阿會笑著看他。「玉杉，到底是怎回事？為啥調你去問？」

　　玉杉聳聳肩，只顧吃。心想：娶對人了，她作飯真好吃。

　　阿會轉頭一看，正主兒秋水正抱著薄被，在房裡呼呼大睡！

　　當然，那時她還不知道身為記者的秋水已簽署了報社的異議名冊。

　　後來，同在公會堂罰站訊問的數十鄉親，被軍用大卡車載走。直到六十餘年後的今天，訊息全無，無一返家。

19. 十胎

　　事件過後，阿會在東港天主堂受洗，自此篤信天主一輩子。

　　夫妻一起生了十胎，養活了七個女兒，一個兒子。並且買了新房子，就

在天主堂附近。三女嫁了屏東地方記者，姓潘。

20. 甲子

二二八一甲子的時候，潘記者前去採訪全國唯一一個民辦二二八紀念館，在屏東林邊。館中陳列著一本泛黃的舊名冊，都是異議分子。他翻到其中一頁，赫然有「姚秋水」的名字。

那時玉杉已經走了好多年，阿會聽到了只是笑笑說：「秋水比玉杉還早了七、八年就死了，可見上帝很公平，別人替身而賺來的性命，終究是要還。」

阿會常和秋水的女兒鬥嘴，比賽誰去過的國家多。一甲子中，阿會把全世界都走遍了，歐洲、美洲、澳洲……就沒去過夏威夷。秋水的女兒只去過夏威夷，總是說嘴，阿會很遺憾。

21. 新生

阿會第二十四個結婚紀念日時，也是農曆二月十二，長女生下長子，也就是我。每年那一天，我們都聽外婆講一次這段故事，二二八的驚險故事，然後再慶祝我的生日。

第四十八個結婚紀念日時，她找到當年背她去菜市場的大哥。兩人相擁而泣，還上了報紙。

22. 愛的紀念日

阿會從來沒想弄清楚誰對誰錯，或爭辯、或仇恨；因為人生很短，到頭來大家都要回到上帝的懷抱，以愛相會。

——仇恨無法成就，愛能包容一切。

她只是記住每個人的名字。

那是愛的紀念日。

好吧，換你來練習看看！

課堂練習 全民講故事

請把你爺爺、奶奶（或最親近的長輩）的生命故事寫下來。（2,000字以內）

 習題

1. 閱讀一則新聞故事，不看原稿，用你自己的話把它改寫一遍。寫完後，討論其真實性。

2. 以下是詩仙李白的《俠客行》，試以白話文將其中敘說的故事寫下來，然後配上插圖。

趙客縵胡纓	吳鉤霜雪明	銀鞍照白馬	颯沓如流星	十步殺一人
千里不留行				
事了拂衣去	深藏身與名	閒過信陵飲	脫劍膝前橫	將炙啖朱亥
持觴勸侯嬴				
三盃吐然諾	五嶽倒為輕	眼花耳熱後	意氣素霓生	救趙揮金槌
邯鄲先震驚				
千秋二壯士	烜赫大梁城	縱使俠骨香	不慚世上英	誰能書閣下
白首太玄經				

參考資料：《史記：魏公子列傳第十七》

魏公子無忌者……為人仁而下士，士無賢不肖皆謙而禮交之，不敢以其富貴驕士。士以此方數千里爭往歸之，致食客三千人。當是時，諸侯以公子賢，多客，不敢加兵謀魏十餘年。

……魏有隱士曰侯嬴，年七十，家貧，為大梁夷門監者。公子聞之，往請，欲厚遺之。不肯受，曰：「臣脩身潔行數十年，終不以監門困故

而受公子財。」公子於是乃置酒大會賓客。坐定，公子從車騎，虛左，自迎夷門侯生。侯生攝敝衣冠，直上載公子上坐，不讓，欲以觀公子。公子執轡愈恭。侯生又謂公子曰：「臣有客在市屠中，願枉車騎過之。」公子引車入市，侯生下見其客朱亥，俾倪，故久立與其客語，微察公子。公子顏色愈和。當是時，魏將相宗室賓客滿堂，待公子舉酒。市人皆觀公子執轡。從騎皆竊罵侯生。……侯生謂公子曰：「臣所過屠者朱亥，此子賢者，世莫能知，故隱屠間耳。」公子往數請之，朱亥故不復謝，公子怪之。

　　魏安釐王二十年，秦昭王已破趙長平軍，又進兵圍邯鄲……公子自度終不能得之於王，計不獨生而令趙亡，乃請賓客，約車騎百餘乘，欲以客往赴秦軍，與趙俱死。行過夷門，見侯生，具告所以欲死秦軍狀。辭決而行，侯生曰：「……竊符救趙，此五霸之伐也。」……「臣宜從，老不能。請數公子行日，以至晉鄙軍之日，北鄉自剄，以送公子。」公子遂行。

　　至鄴，矯魏王令代晉鄙。晉鄙合符，疑之，舉手視公子曰：「今吾擁十萬之眾，屯於境上，國之重任，今單車來代之，何如哉？」欲無聽。朱亥袖四十斤鐵椎，椎殺晉鄙……

3. 試舉出一個例子，故事隨著時間的流傳變形，演變成為不同形式的文化創意產業。並論述「文創以故事為核心」的道理。

4. 回家訪問你的長輩，將他們生命中最精彩（或驚險）的一段經歷，分成約二十個段落，每個段落配上簡易的插圖，練習形象化的能力。並在課堂上公開發表並討論。完稿後記得上傳至「臺灣故事島」網站喔！期待明日的文創之星。

第三講

劇情結構

盲從每一個衝動，實際上是一種奴從。
古典作家遵守一些已知的規則寫悲劇，
比那些寫下進入他腦海中的一切、都受縛於別的他一無所
知之規則的詩人，還更自由。
　　　　　　——卡爾維諾（Italo Calvino, 1923-1985）[1]

1　《卜洛克的小說學堂》，p.17。

三幕式：照著戲劇的SOP走，就不會凸槌！

　　希臘先哲亞里斯多德（Aristotélēs, B.C. 384-B.C. 322）在他的《詩學》中首度有系統的整理出「三幕劇結構」，戲劇便以這種作法延續了兩千年。既使是在現代最商業化的好萊塢電影中，你仍然可以發現三幕式結構。若違反了這傳統規則，作品會變得鬆散：問題意識不夠清楚、過程交代得不是太多、就是太少；解決問題也不乾不淨。更嚴重的是，觀眾沒法確實的感受到戲劇所要傳達的概念，無法產生感動。

　　三幕式其實很簡單，它只是告訴我們故事必須要有「開局」、「中段」、「結局」；三幕之間各有一個「轉折點」。典型的作法中，這三者的時間分配大約如下：開局約占25%，結局也大概25%，中間50%是由中段所構成。示意圖如下：

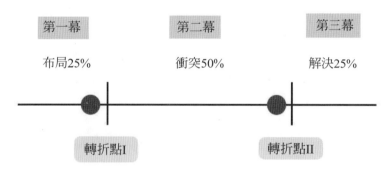

圖1　三幕式結構劇情

　　三幕式結構是一個「範式」（paradigm），也就是標準的結構原則、企劃原型。照這樣做不見得就好，但最起碼不會出太大的差錯；不照這樣做也不一定差，但出錯的機會就相對高。三幕

各有其功能，以1.5～2小時的電影而言，像這樣記就很好記：「第一幕，角色爬上樹；第二幕，朝它丟一個小時左右的石頭；第三幕，角色爬下樹。[2]」

在第一幕中，主要任務是「布局」（setup），設定角色和場景，建立問題意識；第二幕是「衝突」（confrotation），主角的需求受到挑戰，導致一連串逐漸升高的衝突；第三幕是「解決」（resolution），主角必須面對最困難的挑戰，解決第一幕所建立的問題。兩個轉折點都是「鉤子」（hook），將劇情轉往另一個方向。轉折點I通常是一個「召喚」，主角不得不爬上樹；轉折點II通常是一個悲劇性的「失落」，主角被石頭打得很慘。劇情的高低起伏可以化成下列的示意圖：

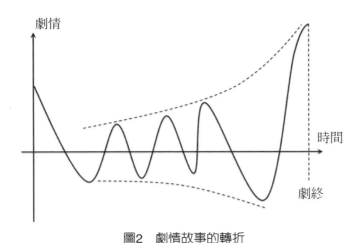

圖2　劇情故事的轉折

以下，我們就來介紹這個「三幕兩轉折」的作法：

2　《迪士尼的劇本魔法》，p.87。

好的開局：別只是把故事說下去，還要留住觀眾！

開局約占全劇的20%-25%，又粗分作前後兩段。前段的任務是提供「戲劇性」，吸引觀眾的注意力；後段則必須引進「問題意識」，把戲路打開。另外，在開局的段落，要將全劇的人物和背景情境（context）設定完成，以便後來的段落注入內容。

在前段，也就是一部九十分鐘的電影開始十分鐘以內，也就是你的劇本的前十場戲，「必須」立刻吸引住你的讀者。這個作法，在好萊塢已經形成牢不可破的慣例了。古時候的觀眾，或許一個月才看一場戲，對劇情充滿期待，也就十足有耐心，會慢慢去理解劇情，等待真相大白的那一刻。現代的觀眾則不然，每天都被數以百計的內容轟炸，從電視、報紙、網路、廣告……到處都是唾手可得的故事，他們才沒耐心慢慢等待──是個標準的「注意力缺乏」時代。讀新聞只看標題、看電視拼命轉臺、看網頁更是連一分鐘都停不下來。電影一開始的十分鐘沒戲，馬上拍拍屁股走人。對作者而言，如果不在一開始抓好觀眾的注意力，後面的戲都白做了。

有人或許會說：「金獎大導李安的《少年Pi的奇幻漂流》（Life of Pi），開局整整用了四十分鐘為觀眾上哲學課，還不是很好看？」我的回答是：「你是李安嗎？」不是的話，就乖乖照規矩來。

附帶一提，看戲讀小說也是一樣，前十分鐘、前十頁沒有梗，不吸引你，就可以把它丟開了。天下好看的玩意那麼多，何必單戀那一部？

回歸正題，吸引注意力的方法為何？

爆炸、爭鬥、羶色腥，感官上富於刺激的動作場面是最簡單的手段，用各種吸引人的方式作故事的開頭，像是場景、驚奇、行動、祕密……引起觀眾往後看的好奇心。──

《金牌特務》（Kingsman）的開局是主角的父親用肉身抵擋爆炸，拯救同伴……Wow！

《黑暗騎士：黎明昇起》（The Dark Knight Rises）的開局是兩方人馬的爭鬥與飛機爆炸……Wow！

《來自星星的PK》（PK）開局是外星人登陸地球，唯一能遙控飛船的遙控器被搶走……Wow！

《出神入化》（Now You See Me）的開局是一場精彩至極的魔術……Wow！

《瘋狂麥斯：憤怒道》（Mad Max: Fury Road）的開局是主角望著因核爆而崩毀的世界，倏然踩死腳下的蜥蝪，一口吃下……Wow！

作戲最好不要先說教、先談道德問題，那觀眾很容易一下就睡著了；不然就是轉臺，那麼，後面的戲也就沒有了。甚至，開局這幾分鐘的戲，也不需和後面的劇情有太大的關係，把場面炸開，釣住觀眾了再說。

當然，也有所謂「平淡」的開局手法，用人物演說、角色對話、風景描繪、背景口白……等等來開局。那作者就必須冒比較大的風險，也必須要更高超的技巧才能留住觀眾的注意力。這些手法，就等你的功夫更厲害後，再慢慢去琢磨了。

在後段，主要任務是引進全劇的問題意識，也就是主角在戲中到底要追求什麼？障礙又是什麼？卜洛克說得好，「問題就是故事的關鍵。小說，不管長篇、短篇，講的都是一個主角試圖解決一個問題。如果角色描繪得宜、有人性、可信度高、引人同情；如果讀者強烈認同主角，希望問題能夠順利解決；又如果問題不是無病呻吟，而有強大的急迫壓力，那麼主角一旦脫離困境，自然會贏得讀者衷心的讚賞。[3]」

3　《卜洛克的小說學堂》，p.214。

《自由之心》（12 Years a Slave）：黑奴想要自由。

《趙氏孤兒》：趙氏孤兒要報仇。

《魔戒》（The Lord of the Ring）：哈比人佛羅多得把魔戒丟進末日火山，才能拯救世界。

這些就是問題意識。

我們必須在開局段落，提出一個有待解決的「問題」，以角色在劇中的行動來解決（或不解決），奔向結局。因此，開局通常和結局密切相關，戲成為一個環狀結構，如常山之蛇，首尾相銜。

想通了這一點，提出問題意識也就不那麼困難──編作故事時，要先想好結局，然後才回頭來設計開局。

《自由之心》：結局是黑奴獲得了自由。那麼，開局就必須先讓黑奴受迫害，而且無法輕易得救。

《趙氏孤兒》：結局是趙氏孤兒成功報仇。那麼，開局就得表現仇恨有多深！

《魔戒》（The Lord of the Ring）：結局是魔戒被丟進火山，世界得拯救。那麼，開局就得提出魔戒為什麼那麼重要？

這就是以結局來思考開局，提出問題意識的作法。（這絕招寫論文也用得上喔！）

貫穿開局前後段，還有個重要目標必須達成，那就是必須清楚的設定人物和背景情境。（而這一些，必須在十分鐘內完成。Wow！）也就是「布局」。

所有的主要角色都必須出場，並且清楚的交代他的過往背景，在這齣戲中擔任什麼功能？角色設定的作法，我們在後面章節會再詳述。

這齣戲是發生在什麼樣的戲劇情境中？也就是「何時」（When）／「何地」（Where）／「為何造成這般局勢？」（Why）等三項要素。

《自由之心》：1841年，原是自由人的美國黑人，遭到奴隸販子的欺騙而被賣為奴。

《趙氏孤兒》：春秋時代大臣被奸人謀害，毀宗滅族，唯一血脈身負血海深仇。

《魔戒》：很久很久以前，奇幻的中土世界，魔戒再現，導致魔王復活。

這就是布局的方法。

範例 開局

以下是十部著名電影的開局方式：

《大法官》（The Judge）：開局是主角在法庭上游刃有餘地辯護，突然接到家中電話，得知母親過世，於是中止這場官司，趕回家鄉出席喪禮，以及面對他逃避已久的父親。

《MIB星際戰警》（Men in Black）：開局是警方攔查非法移民的貨車，神祕黑衣人出現，並出手解決暴起傷人的外星人，隨後俐落消除警方的記憶，祕密運作的外星人管理組織——MIB今晚依舊在執行任務，守護地球，而新的危機也悄悄展開了⋯⋯。

《熔爐》：開局是主角為了養家，前往小鎮擔任聾啞學校的美術教師，

不料先是被校長索賄，後又發現了聾啞學校中老師們惡意虐待孩子們的惡行。他挺身而出捍衛孩子們的權益，卻面對著來自社會、學校的巨大壓力，讓觀眾也為是否能成功拯救孩子們緊張擔心。

《桃色交易》（Indecent Proposal）：開局是主角夫妻二人遇上經濟不景氣，同時失業，更欠下鉅額負債，最後決定帶著僅有的錢，到賭城拉斯維加斯放手一搏，卻全部輸光。正當兩人不知如何是好時，一名億萬富翁開出令他們震驚的要求：如果妻子肯與富翁共度一晚，就付給他們現金一百萬美元。

《明日邊界》（Edge of Tomorrow）：在被外星人攻占的世界裡，貪生怕死的主角被上級用陰險的手段逼上戰場，與異種外星人同歸於盡，卻因此陷入無限的輪迴，回到戰死的前一日。

《絕命賭局》（Cheap Thrills）：主角在龐大的經濟壓力下身心俱疲，於是前往酒吧放鬆一晚。主角遇見許久不見的好友，接受陌生夫婦的邀約，為他們的慶祝會來點餘興節目。一開始只是無傷大雅的小賭局，逐漸地，隨著賭金的提高，主角必須完成的事越來越危險。

《永遠的0》（永遠の0）：主角前往各處拜訪曾與外公同是神風特攻隊隊員的戰友們，卻發現所有人對外公的印象都不一致，有人敬佩，有人鄙夷，令觀眾開始好奇外公到底是個什麼樣的人？

《來自星星的PK》（PK）：一艘太空船登陸地球，外星人身上的唯一物品鑰匙被搶走，他不明白地球的語言、文化、生活，在重重困難中，觀眾也不禁好奇他究竟能否重新找回遺失的鑰匙？

《藥命效應》（Limitless）：身為作家的主角在江郎才盡、眾叛親離之際，獲得了一款能夠「變聰明」的實驗藥物，搖身一變，成為金融界的新寵兒，使得他不僅要面對身體所受的副作用，還有凶狠敵人在暗處的覬覦。

《大亨小傳》（The Great Gatsby）：無名作家尼克來到紐約，夜夜笙歌的富豪是他的鄰居，每晚在家舉行盛大宴會，與富豪認識越深，尼克越好奇

富豪的過去。得知富豪曾有個未能相守的初戀情人，尼克深受感動，決定為兩人重牽情緣，未料竟是一場悲劇的開端。

（by郭士豪&陳妙津）

第一支鉤子：不轉就沒戲！

第一轉折點像支「鉤子」（Hook），作用是將劇情從第一幕「鉤往另一個方向」，而開啟了第二幕的劇情，「是眾所皆知的催化劑，即所謂的刺激誘因。[4]」一般而言，主角在第一轉折點會受到一個「召喚」（Request），要求他脫離他所熟悉的生活軌道，進入另一個旅程（Journey）。（我們在後面章節會談到「英雄的旅程」）

《白鯨記》：經驗豐富的船長在捕鯨過程中，被鯨魚咬斷一條腿，決定要捕殺牠。

《貝武夫》：聽聞怪物襲擊友族，懸賞高額獎金，貝武夫決定前往幫助。

《笑傲江湖》：令狐沖日子過得好好的，路上遇到兩個邪派高手，被師門誤解，慘遭放逐。

記住，一定要「轉」！把劇情導入另一個方向。絕不可不轉，不轉就沒戲了。

4　《迪士尼的劇本魔法》，p.88。

課堂練習 轉折點I

比照範例，找出十部電影的第一轉折點

片名：第一轉折點

1. ＿＿＿＿＿＿：＿＿＿＿＿＿＿＿＿＿＿＿＿＿＿

2. ＿＿＿＿＿＿：＿＿＿＿＿＿＿＿＿＿＿＿＿＿＿

3. ＿＿＿＿＿＿：＿＿＿＿＿＿＿＿＿＿＿＿＿＿＿

4. ＿＿＿＿＿＿：＿＿＿＿＿＿＿＿＿＿＿＿＿＿＿

5. ＿＿＿＿＿＿：＿＿＿＿＿＿＿＿＿＿＿＿＿＿＿

6. ＿＿＿＿＿＿：＿＿＿＿＿＿＿＿＿＿＿＿＿＿＿

7. ＿＿＿＿＿＿：＿＿＿＿＿＿＿＿＿＿＿＿＿＿＿

8. ＿＿＿＿＿＿：＿＿＿＿＿＿＿＿＿＿＿＿＿＿＿

9. ＿＿＿＿＿＿：＿＿＿＿＿＿＿＿＿＿＿＿＿＿＿

10. ＿＿＿＿＿＿：＿＿＿＿＿＿＿＿＿＿＿＿＿＿＿

對你的角色丟石頭！越丟越大顆！

　　劇情中段的分量約占全劇一半（以上），但其實是最好做的一部分。作者的任務很單純，就是千方百計、想盡辦法阻撓人物想要達成的目標。設置重重阻礙（Obstacles）、製造種種衝突（Conflict）、讓角色與角色、角色與戲劇情境相抗衡（Confrontation）──那就是戲劇，那就是故事。

　　隨著故事推進，阻礙強度會逐漸升高。在前面是較容易突破的關卡，在後面的挑戰則越來越難。主角用各式各樣的方法突破障礙，能力也隨之變強，成為一個更好／更糟糕的人。也因為主角變強了，挑戰也越來越強……

如此反覆循環、變化挑戰的形式，湊足中段所需要的劇情分量，就可以準備邁向結局了。

故事一定要充滿衝突。

「為了你和觀眾好，那些石頭最好就製作得精良一點、分量大一點，來得又快又有力，並不時就打中他們的目標。如果不能的話，你的觀眾只會坐在底下，看著某人懶洋洋的躺在樹上整整一個小時──你可以想像這種場景有多『刺激』。[5]」

範例 中段劇情設計

初學者，尤其是少年男女，最大的問題就是「愛好和平」，寫出來的故事缺乏衝突，也就沒有戲劇性。小情小愛小清新，令人昏昏欲睡。你可以想想看，如果有一個故事是這樣說：

（開局）很久很久以前，公主在舞會上遇到王子，兩人一見鍾情。
（中段）國王很贊成、皇后也很贊成、雙方家長很贊成……全國人民都很贊成他們在一起。
（結局）最後，王子和公主就在一起，永遠過著幸福快樂的生活。

有比這個更無聊的故事嗎？

我的建議是，千萬要把自己的生活態度和道德標準，與作品裡的世界分

5　《迪士尼的劇本魔法》，p.90。

開——現實歸現實、故事歸故事，不需要混在一起——我們如果把上面的故事稍改一下，馬上就有看頭了：

（開局）很久很久以前，公主在舞會上遇到王子，兩人一見鍾情。

（中段）國王反對，把公主臭罵了一頓，公主哭了一整夜，決定……；（衝突）

皇后也反對，不准她見王子，於是公主想辦法……；（衝突）

雙方家長都反對，決定把公主嫁給蠢蛋富二代馬文才。（衝突）

王子於是很生氣地拿起劍……；（衝突）

全國人民都反對他們在一起，引起了兩國的戰爭……（衝突）

（結局）最後，王子和公主克服萬難，終於在一起，永遠過著幸福快樂的生活。

範例 障礙與挑戰

《王者之聲：宣戰時刻》（The King's Speech）：口吃的喬治六世因兄長不負責任退位，不得不登基為王。面對風雲詭譎的歐洲情勢與崛起的納粹，喬治無法順利發表演說。於是找來語言治療師羅格，經歷了一系列、艱苦的語言訓練。他與羅格成為好友，口吃也顯著好轉，並對全英國人發表了二戰時期的一次著名演說。

《冰雪奇緣》（Frozen）：艾莎公主天生會使用冰雪魔法，卻不慎誤傷妹妹安娜。因不想再傷害任何人，艾莎把自己鎖在房內，也不讓安娜接近。然而，國王夫婦遇到意外過世，艾莎必須出現人前，以繼承王位。無法有效控制魔法的她卻誤傷眾人，而被別有居心的鄰國王子塑造成怪物。艾莎因此

自我放逐到雪山。為挽救王國於王子手中，安娜必須前往雪山，設法說服艾莎回來。

《正義辯護人》：軍事獨裁的韓國社會，高中畢業的佑碩苦讀七年，終於成功考上法官，並轉為律師，賺到大筆財富。此時，窮困時期總是給予佑碩幫助的大嬸之子鎮宇和其友人，卻因為讀了一本書而遭到毆打，還強迫簽下承認是赤色分子的自白書。沉重的國家壓力下，受到良知驅使的佑碩，仍然決定冒著危險，在不公正的法庭中為鎮宇等人辯護。

《鋼鐵擂臺》（Real Steel）：前拳擊運動員查理投入機器人拳擊，自負造成負債累累。落魄的查理帶著兒子，找到廢棄機器人「亞當」。在兒子的鼓勵與陪伴下，查理用亞當贏得多場勝利。沒想到情況漸入佳境時，過去的債主突然出現，搶光父子倆的錢，還將他們毒打一頓。灰心的查理認為自己無法當個好父親，準備將兒子送到親戚家中，並放棄鋼鐵拳擊之路……。

《KANO》：1929年，來自臺灣嘉義農林學校的一群少年組成了棒球隊，這支由臺灣原住民、日本人和漢人組成的隊伍以最單純的心熱愛棒球。近藤兵太郎看到了他們對棒球的熱忱，主動擔任他們的新教練，並以「進軍甲子園」為目標，實施嚴格訓練。原本被日本人輕視嘲笑的散漫隊伍，在經歷多次嘲笑、失敗與嚴格訓練後，反而越挫越勇，最後一路進軍到甲子園球賽。

（by陳妙津）

第二支鉤子：讓主角哭出來的石頭！

根據亞里斯多德的黃金比例原則，第二轉折點通常發生在全劇六成多將近七成的地方。作用也是一個「鉤子」，把劇情從第二幕的「阻礙─挑戰」模式鉤往另一個方向，奔向第三幕的結局。

與第一轉折點不同的是，第二轉折點常常都是一個「悲劇性的失落」。

主角在第二幕中遇到了重重挑戰，一件又一件的克服，也逐漸變得更強大。正當志得意滿，覺得沒啥難得倒自己的時候，忽然出現了最重大的挑戰。這次，主角徹底的失敗了，損失了家人、朋友、夥伴，信心大受打擊，心情跌到谷底，抱頭痛哭，簡直想放棄了。

這次的失落是悲劇性的，看似一切都無法挽回……music in：放低沉感傷的音樂；畫面套暗色濾鏡；來個以往種種快樂感傷的回顧蒙太奇……觀眾被吊足了胃口，詫異不知會是怎樣的結局。主角重新整理自己，準備迎向命運的挑戰。

《鋼鐵擂臺》：逐漸改善的拳擊賽與生活，卻在債主的掠奪下，一夕之間墜入谷底……。

《浩劫重生》：海上漂流克服重重難關，不料唯一的心靈慰藉，排球「威爾森」竟然掉入海中……。

《心靈勇氣》：終於成功說服小鎮居民開採天然氣，卻發現原來為公司所做的一切努力，不過是場連自己也身陷其中的騙局……。

課堂練習 轉折點II

> 比照範例，找出十部電影的第二轉折點
> 片名：第二轉折點
>
> 1. ＿＿＿＿＿＿＿ ：＿＿＿＿＿＿＿＿＿＿＿＿＿＿＿
> 2. ＿＿＿＿＿＿＿ ：＿＿＿＿＿＿＿＿＿＿＿＿＿＿＿
> 3. ＿＿＿＿＿＿＿ ：＿＿＿＿＿＿＿＿＿＿＿＿＿＿＿
> 4. ＿＿＿＿＿＿＿ ：＿＿＿＿＿＿＿＿＿＿＿＿＿＿＿

5. _____	：	_____
6. _____	：	_____
7. _____	：	_____
8. _____	：	_____
9. _____	：	_____
10. _____	：	_____

所有戲的結局都在開場的時候決定！

關於結局，Frank Hauser說得太好了！「要知道結局就在戲的開場……所有最好的戲劇，結局必定就存在於戲開場的那一刻，及其之後的每一刻。從觀眾的角度來看，只有在戲結束之後，回過頭來想才會瞭解、欣賞這一切。觀眾願意的話，會看到每一個元素都是不可或缺的；從頭到尾的每一刻都牽動著最後的結果。[6]」

還記得嗎？戲劇是一個頭尾相接的循環。「在現實生活中，一件事的結尾通常正是另一件事的開端。[7]」如蘋果公司創始人賈伯斯曾因為一些緣故遭到蘋果公司開除，但這件事卻因此成為成立NeXT公司的契機。開局必定來自結局，結局也必定來自開局。結局的主要任務，就是解決開局所提出的問題。到底主角如何解決那個問題？或者，問題到底有沒有解決？

一般而言，劇情故事都必須有解決，觀眾才會滿意。否則，保證影評、論壇上一片罵聲。藝術電影則不然，你大可把觀眾弄得一頭霧水，來個與問

---

6 《導演筆記》，p.50。

7 《實用電影編劇技巧》，p.92。

題毫不相關的結局。這本書就沒法教了。

說起來，解決的方式不外三種：

(1)「昂揚向上」（Up）：這是大多數故事的解決方式。主角克服了最後的挑戰，完成命運的任務；王子親吻公主、英雄抱得美人歸；戰爭勝利、計謀得逞；團圓美好、齊聲歡唱的大結局。

(2)「取決於觀眾」：互動式的劇情可以採取開放式的結局，由觀眾自行選擇劇情的走向；或者留下空間（如《歌劇魅影》），讓觀眾自行想像、詮釋。「在劇本結束時留下開口，編劇保留了讓壞人能再度回來，並給他再一次的用他變態的計劃來摧殘社會的機會。[8]」例如小說《哈利波特》（Harry Potter）裡的佛地魔，就不斷的在續集裡出現，而且一次比一次更危險。米奇‧史匹蘭（Mickey Spillane, 1918-2006）：「第一章可以賣掉這本書，最後一章，可以賣掉下一本書，我從來不敢駁斥這句名言。[9]」

(3)「消沉」（down）：悲劇性的解決方式。「問題無法解決」其實也是一種解決，主角挑戰最後的難關卻失敗了，大家難過得掉下眼淚（人生不如意事，十常八九）。或者，所有的困難都已經克服了，但英雄卻選擇放棄最後的獎賞，寧可遠離人群踽踽獨行。《鐵面無私》（Untouchable）主角看穿了命運的神話，理解到人生是一場悲劇。悲劇比喜劇更高，就是這道理。

無論採取哪種解決方式，切記，永遠要在高潮處結束！

「高潮的行動過程應該要感覺堅定不移、真實、正義，讓觀眾在電影敘事結束後，覺得故事世界裡的一切都走向應然的結局。[10]」然後，毅然決然地上演職員表，把整齣戲結束掉！

8　《編劇心理學》，p.15。

9　《卜洛克的小說學堂》，p.185。

10　《迪士尼的劇本魔法》，p.92。

範例 結局

《殺人回憶》：開放式的結尾，觀眾最後仍然不知道姦殺數名女子的兇手到底是誰，只知道在國家暴力之下，無論何種證據都是可以被偽造的。

《今天暫時停止》（Groundhog Day）：昂揚向上的結局，主角終於發現助人與關心別人的美好，開始以自己持續累積的經驗助人，不再獨善其身，又過了幾日，時間暫停就像當初悄悄發生般，悄悄結束了，。

《那夜凌晨，我坐上了旺角開往大埔的紅VAN》：開放式的結局，最終主角一行人乘坐著飽受摧殘的紅VAN，冒著紅雨，往大帽山駛去，觀眾最後還是不知道他們是否已逃出大埔。

《逆轉人生》：昂揚向上式的結局，黑人看護與富豪建立了深厚的友誼，並找到人生的意義，也幫助富豪鼓起勇氣找到真愛。

《終極追殺令》（Léon）：消沉的悲劇結局，殺手里昂幫助被惡警滅門的少女瑪蒂達報仇，最終卻與惡警同歸於盡。

（by陳妙津）

最差勁的結局方式就是囉哩八唆，拖泥帶水、畫蛇添足。明明高潮過了，偏偏還要說明一番，好像觀眾的腦筋不好，看不懂劇情一般。其實你應該這樣想，藐視觀眾是你可能犯下的最大錯誤。絕對不要在高潮後還要解釋，甚至說教！那就落下乘了。

範例 三幕式：《聶隱娘》

以下我們將以《聶隱娘》故事為例，分析標示出三幕兩轉折。

第一幕：聶隱娘學藝。《聶隱娘》在一開始即明確點出故事主角為將軍聶鋒之女聶隱娘，同時引入情景與問題，尼姑喜愛隱娘，願收之為徒，可受到將軍的拒絕，但隱娘還是被尼姑帶走，為文章設下一個懸疑的開端。過了五年後隱娘回到父母身邊，在父母的追問之下道出令人不可置信的修練過程。觀眾於是清楚「聶隱娘」是一個身懷絕世神功的人。

聶鋒從對隱娘溺愛有加，隱娘離去時甚至還以淚洗臉，一直到隱娘學成歸來時，他卻因害怕女兒神技而不再寵愛。

轉折點I：聶隱娘違逆父意，嫁磨鏡少年，將生命引向另一個方向。

第二幕：聶隱娘守護劉僕射，遭遇重重挑戰，一一克服。魏帥因為隱娘的武功而聘請她，也因為給了她殺掉劉昌裔的任務開啟第二轉折點，劉昌裔的神機妙算使隱娘感到佩服，決定留下來幫助他，成為故事中的轉折。魏帥派精精兒刺殺劉昌裔，隱娘將精精兒打得身首異處，化為血水。但之後，魏帥又派出連隱娘也無法打倒的妙手空空兒前來，使劉昌裔陷入了重大危機──不僅能吸引讀者目光，同時也維持高度緊張的張力。

轉折點II：劉僕射有新的事業規劃，隱娘不願追隨，於是隱遁。劇情又轉往另一個方向。

第三幕：「消沉」類結局。劉昌裔死後，他的兒子劉縱再度遇見隱娘，隱娘給予告誡，但他並未聽取，劉縱果真就發生意外。此處也印證隱娘神力未減。最後隱娘也如她的名字所暗示一般，隱沒於山野之中。

換你來練習看看！

課堂練習 三幕式：《俠客行》

先以白話文寫一次《史記·魏公子列傳》，然後標示出三幕兩轉折。

 習題

1. 試以三幕式結構，改寫「白雪公主」（或「三隻小豬」、「小美人魚」）的故事。
2. 標示出《西遊記》一書的「三幕兩轉折」。
3. 三幕式結構其實暗暗與人生歷程相符，所以才容易感動觀眾。請就諸葛亮的一生，標示出三幕兩轉折。
4. 分析你最喜歡的電影，是否符合三幕式結構？再與其影評和票房相比較，告訴我們，三幕式結構的優缺點何在？

第四講

劇本的形式

寫劇本最大的挑戰在於以很少的篇幅來說很多的話，
然後再把其中一半刪掉，仍然能自然地推進劇情，並顯得
游刃有餘。

——雷蒙・錢德勒（Raymond Chandler, 1888-1959）

寫劇本不只是寫故事！它還是本企劃書！

　　為了內容的需要，我們必須把故事改寫成適合製作的形式，那也就是「劇本」。故事與劇本是一體兩面——故事是劇本的基礎，劇本是故事用於戲劇演出所需要的形式。

　　劇本是戲劇的靈魂。李安導演在成為導演之前，寫了六年的劇本都沒有收入。魏德聖導演在拍攝《海角七號》以前，也寫了兩三年的劇本。寫劇本有助於你瞭解整個戲劇的精神與製作細節，這是成為導演和製作人的必要功夫。

　　然而劇本卻只是「中間產物」，如未成為最終的影視作品，也沒有獨立出版的價值。市面上所能看到的劇本，都是戲劇本身已經成功了以後，才把原始的劇本拿出來研究、出版的作品，鮮少有純粹為了文字欣賞而存在的劇本。好劇本必須建立在好故事之上，劇本只是把故事改編成可用來製作戲劇性內容的企劃書。

　　劇本的目的是為了製作團隊工作使用，而不是提供給一般外行大眾閱讀。因此，各行的劇本形式上都有一些細微但不可忽視的差異。在本書中，我們採用目前華文劇本所通用的格式。實際製作時，各製作團隊（劇組）會有各自的習慣和默契，稍作調整即可。

戲曲劇本　　《牡丹亭》

　　這是明代湯顯祖（1550-1616）戲曲《牡丹亭》「驚夢」的

一小段。我們可以看出古人如何做一齣戲，很有趣喔！

　　每一段最前面的【山坡羊】、【山桃紅】……是曲牌名稱，你可以想像作現代的卡拉OK曲目：固定的曲調格式，配上後面的詞就能唱了。

　　傳統戲曲有「生旦淨末丑」等角色，小生是男主角、小旦是女主角。（）中是各角色的表演，比如（生持柳枝上）代表男主角拿著柳枝上場。括號後面就是該角色的臺詞。

　　【山坡羊】沒亂裡春情難遣，驀地裡懷人幽怨。則為俺生小嬋娟，揀名門一例、一例裡神仙眷。甚良緣，把青春拋的遠！俺的睡情誰見？則索因循面覷。想幽夢誰邊，和春光暗流轉？遷延，這衷懷那處言！淹煎，潑殘生，除問天！身子困乏了，且自隱几而眠。（睡介）（夢生介）（生持柳枝上）「鶯逢日暖歌聲滑，人遇風情笑口開。一徑落花隨水入，今朝阮肇到天臺。」小生順路兒跟著杜小姐回來，怎生不見？（回看介）呀，小姐，小姐！（旦作驚起介）（相見介）（生）小生那一處不尋訪小姐來，卻在這裡！（旦作斜視不語介）（生）恰好花園內，折取垂柳半枝。姐姐，你既淹通書史，可作詩以賞此柳枝乎？（旦作驚喜，欲言又止介）（背想）這生素昧平生，何因到此？（生笑介）小姐，咱愛殺你哩！

　　……（略數段）

　　【山桃紅】（生、旦攜手上）這一霎天留人便，草藉花眠。小姐可好？（旦低頭介）（生）則把雲鬟點，紅鬆翠偏。小姐休忘了呵，見了你緊相偎，慢廝連。恨不得肉兒般團成片也，逗的箇日下胭脂雨上鮮。（旦）秀才，你可去呵？（合）是那處曾相見，相看儼然，早難道這好處相逢無一言？（生）姐姐，你身子乏了，將息，將息。（送旦依前作睡介）（輕拍旦介）姐姐，俺去了。（作回顧介）姐姐，你可十分將息，我再來瞧你那。「行來春色三分雨，睡去巫山一片雲。」（下）（旦作驚醒，低叫介）秀才，秀才，你去了也？（又作癡睡介）（老旦上）「夫婿坐黃堂，嬌娃立繡

窗。怪他裙衩上，花鳥繡雙雙。」孩兒，孩兒，你為甚瞌睡在此？（旦作醒，叫秀才介）咳也。（老旦）孩兒怎的來？（旦作驚起介）奶奶到此！（老旦）我兒，何不做些鍼指？或觀玩書史，舒展情懷？因何畫寢於此？（旦）孩兒適花園中閒玩，忽值春喧惱人，故此回房。無可消遣，不覺困倦少息。有失迎接，望母親恕兒之罪。（老旦）孩兒，這後花園中冷靜，少去閒行。（旦）領母親嚴命。（老旦）孩兒，學堂看書去。（旦）先生不在，且自消停。（老旦歎介）女孩兒長成，自有許多情態，且自由他。正是：「宛轉隨兒女，辛勤做老娘。」（下）（旦長歎介）（看老旦下介）哎也，天那，今日杜麗娘有些僥倖也。偶到後花園中，百花開遍，覩景傷情。沒興而回，畫眠香閣。忽見一生，年可弱冠，丰姿俊妍。於園中折得柳絲一枝，笑對奴家說：「姐姐既淹通書史，何不將柳枝題賞一篇？」那時待要應他一聲，心中自忖，素昧平生，不知名姓，何得輕與交言。正如此想間，只見那生向前說了幾句傷心話兒，將奴摟抱去牡丹亭畔，芍藥闌邊，共成雲雨之歡。兩情和合，真箇是千般愛惜，萬種溫存。歡畢之時，又送我睡眠，幾聲「將息」。正待自送那生出門，忽值母親來到，喚醒將來。我一身冷汗，乃是南柯一夢。忙身參禮母親，又被母親絮了許多閒話。奴家口雖無言答應，心內思想夢中之事，何曾放懷。行坐不寧，自覺如有所失。娘呵，你教我學堂看書去，知他看哪一種書消悶也。（作掩淚介）

這一段真是香豔刺激，可以說是古代羅曼史（Romance）故事的名作呢！

接下來，我們要動手把故事放進劇本裡，添加細節與表現、邊寫邊改。用「體驗」的方式來學寫作最有效率。

電影是最單純的直線劇情形式──用畫面講述故事。在下面的章節中，我們會先以電影劇本為例來說明劇本組織方法：

```
封面：劇名 / 高概念 / 作者與其他資訊
故事大綱
角色說明
（場景說明）
（分集大綱）
完整劇本
第1場
第2場
第3場
……
……
……
〈全劇終FIN〉
```

劇名

　　劇名只不過是個名字，卻能決定全劇的生死。

　　這也沒辦法，資訊爆炸的時代，每個人隨時都在被大量的資訊轟炸，只好依賴最原始最簡單的資訊篩檢本能：靠短短的名字，來決定要不要收看、要不要進戲院。

　　在產業的另一端，製作人、導演、主編……大老闆的桌上，也有堆積如山的劇本，每一本都有幾百頁，怎可能都讀過呢？如何選擇要不要拿起來讀讀看呢？通常都是劇本封面就決定一切了——這就像古時候的皇帝擁有後宮嬪妃三千人，每天晚上睡覺前，除了已經交往過、確定合得來的以外，就只能靠太監送來的那一堆名牌上短短的名字，覺得「最有感覺」的挑一個罷

了。

因此，劇名要讓人印象深刻，有感覺。

命名也是種創作，縱使再怎麼普通的名稱，都能使你喚起潛意識中和某些事物的連結。為故事取名字的第一原則，就是要與全劇的內容相關，切勿取個毫不搭軋、沒有意義的名字。（當然，有原則就有例外，2012奧斯卡最佳劇情片的《ARGO》，就根本看不出全劇葫蘆裡賣什麼藥。刻意創造出一種懸疑效果。）

人有好奇心，總是想找出其中的相關性。如果名字取得太淺顯易懂，一下子滿足了閱聽人的好奇心，缺乏想像的空間，他就不會再看下去，太直接的名字不見得好。要有相關性，又不能太直接，這就是命名困難的地方。

再進一步，劇名最好還要有新意，製造令人意想不到的效果，最好還帶有一些暗示、挑逗的意味，寧可刺激，不要平淡，這是讓人印象深刻的法門。

舉例而言，「借東風」就很棒。因為這點出了全劇的內容，又帶有懸疑效果——因為我們都知道，東風是借不來的。「赤壁之戰」就相對差勁了，太過淺白。

「聶隱娘」很棒，讓觀眾知道了這故事是有關聶隱娘的傳奇；而平常我們根本不曾聽過有女生名字叫做「隱娘」，令人耳目一新；再者，「隱」字本身就是懸疑。「陳志明」、「王淑芬」的菜市場名就差很多了，太平凡。（以上僅就劇名論，非指人名，冒犯請見諒。）

「The Great Gatsby」翻作「大亨小傳」，點出了戲劇的內容，但卻失去了原名的暗示性；但是若作「偉大的蓋茲比」，聽起來又落俗套；有人譯作「了不起的蓋茲比」，我倒覺得不錯，感覺有動感、有衝突。

有個訣竅是，在名稱中加入動詞，可以讓名字「活」起來、動起來。比如：《亞果出任務》、《捍衛戰士》、《致我們終將逝去的青春》……。

祕技 自動命名機

　　如果真想不出妥當的劇名，最近有玩家利用舊劇名重組結合，製作了自動化的命名產生程式。玩玩看，或許可以產生不同的靈感。（請上Google搜尋「自動命名」）。

　　這是我隨意拉霸產生的結果：〈末世真好〉、〈迴光阿凡達〉、〈霹靂夜總會〉、〈王牌，不用翻譯〉……聽起來都還不錯對吧？這就是利用「相關性」和「意外」所創造出來的效果。

　　更厲害的是當你的故事靈感枯竭時，或許也可以反過來，先隨意產生個劇名，然後強迫自己寫下一段相關的劇情大綱，搞不好會產生有趣的故事喔。比如說：

　　〈末世真好〉：一個潦倒沒人愛的宅男，在世界末日的前一天，終於遇到真愛……

　　〈迴光阿凡達〉：潘朵拉星球滅亡前，阿凡達駕駛「迴光」號星艦前來拯救納美族人……

　　〈霹靂夜總會〉：殺手們每週四定期聚會的所在，那一晚出現了神祕的少女……

　　〈王牌，不用翻譯〉：十八歲就被職棒大聯盟簽下的年輕投手，由於語言文化的隔閡，遭遇了許多的難關，直到她的出現……

高概念

　　1970年代，「高概念」（High concept）一詞在好萊塢產生，意指「the

Look, the Hook, and the Book」[1]——Look乃指好賣相，也就是帥哥美女、壯盛或瑰麗的景色等；Hook指劇情精采，能夠引人入勝，引起觀眾興趣；Book則是指電影拍攝的手法老練，例如陳述方式清楚、分鏡合理、敘事符合邏輯。（解釋引自維基百科）

高概念到底有多「高」呢？

熟練的編劇會在劇名之後加上一個「高概念」的副標題，最多就兩句話，把全劇的賣點畫龍點睛式地描繪出來。

全劇是個多達數百頁的作品，如何能夠三言兩語、畫龍點睛？

關鍵還是在於「相關性」，多利用讀者心中已經有的舊印象，讓你的作品與其發生相關。比如說：《異形》一片的高概念文案就是「太空中的《大白鯊》」，這麼一來，看過《大白鯊》的觀眾馬上就可以理解本片大概會像啥樣子，只不過場景搬到太空中去罷了。

《魔戒》：哈比人帶著劍客、精靈和魔法師對抗魔軍的《西遊記》。
《大亨小傳》：爵士時代的《紅樓夢》。
《血花熱蘭遮》：臺灣開拓時期的《七武士》。

作者及其他資訊

作者姓名和聯絡方式千萬不要忘了，如果有經紀人或經紀公司，記得也一併將聯絡方式寫上去。

封面下方可以加上版本編號及版權聲明，萬一遭到侵權，比較容易追查來源。

---

[1]　《High Concept: Movies and Marketing in Hollywood》內文。

有的編劇習慣加一張宣傳用的海報，或者關鍵場景分鏡圖。「一張圖勝過千言萬語」，利用圖形來加強讀者的印象，也是個好主意。

故事大綱

故事大綱通常不超過一頁（500-1,000字），裝訂在封面後的第一頁。

請清楚地交代全戲的故事流（Story flow），也就是主要情節如何發展，從開始、過程到結局。

「形式跟隨功能」（Form follows Function），故事大綱的目的是要讓讀者迅速地掌握劇情，形式要簡潔，文字儘量淺顯易懂、乾淨明亮，能用簡單句就用簡單句。如果有一些可以點醒戲劇性場面的關鍵對白，也把它寫進去。

範例：《美國狙擊手》

來自德州的克里斯・凱爾，從小學習狩獵與射擊，並被父親教育必須成為「牧羊犬」——拯救「綿羊」，免遭受「狼」欺負——這也是凱爾奉行一生的使命。

凱爾看到美國大使館遭恐怖攻擊的新聞後，決意從軍。在海豹部隊訓練過程中，他於酒吧邂逅泰雅，並結為連理。新婚不久，九一一事件爆發，他被派往伊拉克執行首次任務，射殺一對企圖炸彈攻擊美軍的母子，並成功狙擊數名敵人。優異表現被同袍稱為「傳奇」，但他卻無法真正開心。凱爾放假回到家中，因戰場經驗屢屢分心，惹得泰雅不快，要求他多關心家人。

第二次任務中，凱爾升為上士，發現狙擊手無法保護每個同袍安全，轉往攻堅隊伍，追擊恐怖分子扎卡維。敵方頭號狙擊手穆斯塔法從中作梗，使得冒險協助美軍的民眾遭到虐殺，令凱爾自責不已。再次出動時，他識破偽裝槍手身分，並使計搗毀敵方巢穴，殺死扎卡維手下頭號殺手「屠夫」。

凱爾即使回家看望兒女，心也在戰場上，與家人的關係日益疏遠。泰雅

對他感到失望：「如果你認為戰爭沒有改變你，那就錯了，玩火的人終將自焚。」

第三次任務，好友受狙擊重傷，憤慨的凱爾與一眾弟兄攻擊敵方陣營復仇，卻誤入陷阱，導致同袍陣亡。葬禮中，凱爾內疚不已，並決定再次投入戰場，「真正害死他的，不是槍戰，是他心中軟弱的想法。」

第四次任務，他冒著暴露美軍位置的風險，成功狙擊穆斯塔法，卻也因此差點死於戰場，幸有沙塵暴作掩護，得以順利逃離。

退役後，凱爾無法融入普通生活，總是認為有人需要幫助而做出過激反應，在心理醫生建議下，他開始幫助受傷退役軍人。幸福的數年過去，某日凱爾微笑告別妻兒後，遭到他幫助的對象槍殺。死後，上千人排隊沿路為他送葬，並在牛仔體育場舉辦追悼會。

角色說明

角色姓名：簡單介紹角色，別超過兩行。

角色是戲劇的「一切」，說明的重點在於角色的性格，以及與其他角色間的關係；外貌描述不是太重要。

由於選角（casting）的需要，心目中如果已經有適當的演員，不妨也把照片放進去，也可以當作自己寫作時想像的參考。尤其是第一男主角（簡稱「男一」）、第一女主角（簡稱「女一」），第二男主角（簡稱「男二」）、第二女主角（簡稱「女二」），可以決定戲劇賣座與否，一定要好好考慮。

當角色數量較多時，可以做一張角色關係圖，讓讀者更清楚角色之間的關係。製作時，主角擺在中間，然後加上箭頭連結線，上面以簡單的辭彙描述角色之間的關係就可以了。

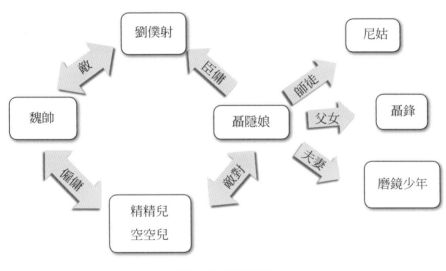

圖1　角色關係圖

場景說明

場景說明並非必要。編劇的工作就是編劇，勘景選景的工作，還是由導演來負責比較適當。但是，在某些故事中，場景可能會有特殊的意義，對劇情產生一定程度的影響，就有必要先向製作團隊說明。舉例而言，如果你要製作《彗星撞地球》派遣太空人上到彗星去安裝核子彈。那可能就得先說明彗星上面多是冰核、高溫、充滿致命紫外線……的環境，畢竟製作團隊中不

太可能有天文物理學家。

　　若是社會寫實、歷史類的劇情，撰寫劇本前可能必須先進行田野調查和勘景的工作，也可以在此予以說明場景特色。另外，文創正當紅，現在也流行以電影來行銷地方觀光。製作提案時，也常需要將景點寫進去，附上美美的照片，雀屏中選的機會就大多了。

　　但是，不要加入在故事中沒有作用的場景和布置。契可夫（Anton Chekhov, 1860-1904）說過：「不要把步槍懸掛在第一幕的壁爐上，除非有人會在第三幕被射殺。」別創造觀眾不必要的期待，混淆了戲劇的重心。

分集大綱

　　系列作品（如電視劇集）由於故事長度較長，所以我們還會再另外製作分集大綱。分集大綱其實就是分場大綱的總合，重新以一個完整故事的形式，描寫那一集內所發生的故事情節。

範例　《新世紀福爾摩斯》

第一集

　　退役軍醫華生無法適應正常生活，朋友介紹奇怪偵探福爾摩斯給他，兩人成為室友。原因不明的連環自殺案在倫敦連連發生，探長前來尋求福爾摩斯協助，福爾摩斯邀華生為助手，並因神祕案件興奮不已。

　　調查中，華生發現福爾摩斯推理過人之處。某日走在街上，他接起響鈴的公用電話，被威脅前往廢墟，遇到了自稱福爾摩斯死敵的男人（後來發現是關心福爾摩斯的兄長），男人看出華生無法適應正常生活並非因為創傷，而是懷念戰場。

回到公寓，對案件毫無頭緒的警方大肆搜索福爾摩斯房間，並翻出未上繳的證物。除了華生，所有人都懷疑福爾摩斯。福爾摩斯由有追蹤功能的手機發現兇手是計程車司機，但遭劫持。千鈞一髮中，華生開槍殺死兇手，救了福爾摩斯。福爾摩斯也逼問出連環自殺案的幕後主使——莫里亞提。經此一役，福爾摩斯與華生二人成為了破案好搭檔。

第二集

第三集

……

戲劇企劃

通常，在向出錢的大老闆提出完整劇本前，說故事的人（可能是編劇、導演、製片……等）會製作一份「企劃書」來說明整部戲。企劃書的格式因人而異、因案而異，但不外乎是把6W2H給寫出來。除了我們一開始提過的6W1H以外，還要加上個「How much」，大概要花多少錢？

這一份企劃書不必太長，最多兩三頁就夠了。這時代，重要的人物都很忙，沒人有時間看長篇大論。先引發他們的興趣，然後告訴他們，「欲知究竟，請讀劇本！」

這時也沒有必要提供完整的對白劇本，頂多只需要上面提到的故事大綱和角色說明就夠了。（詳細的程序我們會在後面說明。）

人總是用理性做判斷，但用感性做決定。所以，最高檔的企劃書，往往以「說故事」的型態來呈現。以下，我們將以動畫大師宮崎駿所做的《魔法公主》，來示範如何製作一份能感動人的企劃書，大家一定要學起來！

戲劇企劃 《魔法公主》

　　首先，要有一個簡單扼要、能清楚點出全案內容的核心概念，也就是「主題」。

　　宮崎駿為這部電影下的主題是：「凶暴諸神與人類的戰爭」看過最後成品的讀者就知道，這再貼切不過了。

　　然後是簡短的摘要，不超過五百字。宮崎駿索性寫了一首詩作摘要，後來交給了配樂大師久石讓，變成了膾炙人口的電影主題曲：

> 魔法公主
> 張滿的弓上抖動的弦啊
> 在月光下喧囂的，是妳的心
> 磨快了的刀刃的美麗
> 與那刀尖鋒銳相似的，是妳的側臉
> 能夠瞭解潛藏在悲傷與憤怒中的妳的心的
> 只有森林中的精靈們了

　　為此音樂演唱的聲樂家米良美一認為，這首歌完全傳達出男主角對女主角的感受。

　　接下來是情境的說明，要儘量以「視覺化」的方式來呈現，任何人一看，就能在心中勾勒出畫面。

　　主要舞臺設定在人跡罕至、住著許多山神的深山，以及用鐵打造、有如城寨般的達達拉城。

　　向來擔任時代劇舞臺的城堡、鄉鎮、擁有水田的農村，都只不過是遠處的背景而已。我想重現的是一個高純度的自然……觸目所及，皆是那個人口

稀少時代的日本風景。到處是深山幽谷、豐沛清冽的流水、不含砂礫的泥土小路，以及眾多的鳥類、野獸、昆蟲等等……。

在企劃書中放入「角色」，會使內容更生動。說故事大師賈伯斯（Steve Jobs, 1955-2011）的祕訣是：讓觀眾讀者有個假想的敵人，再與你一起對抗這個敵人。宮崎駿筆下的故事也大多從角色建構開始，大致決定角色的樣貌後，才延伸出故事，以呼應主題。在企劃時，宮崎駿分別介紹了主角、配角、正反雙方——

主要角色群包括：鮮少在歷史的正式舞臺上登場的人們與凶暴的山中諸神……勞工、鐵匠、砂鐵採集工、燒碳工。以馬匹或牛來運送貨物的人們。他們各自都有武器裝備……擔任主角的少年，是被大和政權毀滅而從古代消失的蝦夷族末裔，至於其中少女角色，若要說她像什麼，則可以說和繩文時期的某種土偶長得有點像。

情境、角色都決定了，然後再鋪陳情節，也就是敘述「How」如何完成作品的過程。為此，宮崎駿寫下了關鍵的場景和對白：

描繪憎惡，為的是描繪出比這個更重要的事情。
描繪咒術對人的束縛，為的是描繪解脫的喜悅。
我更想描繪的是，少年對少女的瞭解、少女對少年逐漸敞開心扉的過程。
少女在最後應該會對少年說：「我喜歡阿席達卡。可是我無法原諒人類。」
少年則是會微笑著回答：「那樣也無所謂。請和我一起活下去吧。」

最後，把能讓人眼睛一亮的「Wow！」，也就是作品的主題點出來。宮崎駿作法是：

在這樣的時代裡，人的生死輪廓相當明顯清楚。人們認真地工作、生活、愛與恨，然後死去。他們的人生並不是曖昧模糊的……我並不是想解決世界整體的問題。因為凶暴諸神與人類之間的戰爭是不可能以喜劇收場的。但是，即使在憎惡和殺戮之中，還是找得到生存的意義。還是存在著美好的邂逅和美麗的事物。

切記，要言不煩，不要囉囉嗦嗦的敘述細節，把整個故事在最高潮的時候結束掉，給觀眾讀者留下一個衝擊性的好印象，這樣就夠了。

企劃內容引用自《折返點》，宮崎駿著，東販出版，2010/12。

戲劇企劃　《聶隱娘》

現在我們要將唐代傳奇《聶隱娘》搬上螢幕，請提出戲劇企劃。

《聶隱娘》

主題：混亂時代中的女俠傳奇。

摘要：

發亮的絲綢、如寶石一般的水果、佛陀的微笑及撲面而來的焚香……大唐盛世在鼙鼓聲中驚破。兵荒馬亂時節中，一抹倩影自在來去，她是聶隱娘，如浮雲般飄忽的女俠。刀光劍影之中，走畫出有情江湖。

背景：

火紅的夕日好像一口氣將整片天給燒盡，如今地上已不再有秀美的江山相互輝映了。唐朝晚期，軍閥割據、干戈紛亂，群雄逐鹿的馬蹄聲四起，戰場上遍地盡是屍骨亂橫，及將帥與士兵們早已斷裂損破的兵甲刀劍。大官豪奢度日、貪污腐敗，人民的苦永遠傳達不到他們耳裡。痛苦的情節天天上演，以往熱鬧的街道也被染上陰影。

人物：

主要角色為聶隱娘，本為大將聶鋒之女，年幼時被神尼帶走，習得一身驚世武藝。她用手上的利劍斬殺惡人，對於明主忠心耿耿。時代中最缺少的正義與忠誠化作美麗的少女，為身處在殘破唐朝的人民帶來一絲希望。描繪其他角色如：聶鋒、磨鏡少年、劉僕射等人，還有其與隱娘之間的互動，讓裡面人物更加有血有肉。

戲劇元素（Wow！）：

昔日繁華帝國走向衰微，貪官污吏橫征暴斂，對照現代社會屢屢發生不公義的爭議事件。人人都渴望有人聲張正義。婀娜的女俠舞著長劍，剷奸除惡，這個畫面一定又美麗又大快人心，為人們帶來勇氣。

情節鋪陳（How）：

透過神尼對隱娘的訓練以及與精精兒、妙手空空兒的對招中展現唐代傳奇引人的氛圍，還有視覺上的華麗美感。

除了視覺上的滿足，要展現出寫作的背景：衰敗的唐朝和受苦的百姓。讓聶隱娘在擊殺不義之人時帶著俠義形象，而非濫用武功。

（林儷芳情節改編、企劃示範）

 習題

1. 看一部院線片,然後將其主題概念及故事大綱自己寫下來。
2. 假設你要改編《三國演義》中〈空城計〉故事成為電影,將主題概念及故事大綱寫下來。
3. 發想一部十分鐘左右的微電影故事,將主題概念及故事大綱寫下來。
4. 作《俠客行》的戲劇企劃。

第五講

場面

一個地點 + 一個時間 = 一個場面

劇本是由「場面」（Scene）所構成，也就是「在那裡發生了什麼事情？」——特定情節和它的情境。「場面的目的是推動故事前進。故事決定了場面的長短。只有一個原則需要遵守，那就是相信你的故事，它會告訴你必須知道的一切事情。[1]」

初學者不熟悉內容製作流程，會覺得「分場」大概是寫劇本時最困難，也最容易出錯的工作——似乎是將故事分段，但看名家的劇本，又好像不是如此。

那是因為我們常把故事的「段落」（Sequence）當作分場依據的緣故。電影主要是要依劇組拍攝的場景來分場、而漫畫依故事段落來分場、遊戲依關卡的背景世界來分場……不盡相同，就連老手也有時做不好。或者說，一開始做的分場，到了製作階段，又有必要重改，進而牽動了整個故事架構。

舉例而言，在《三隻小豬》的故事中，我們可以分成兩個主要的故事段落，第一個故事段落是三隻小豬分別建築自己的房子；第二個段落是大野狼來了，分別攻擊三隻小豬的房子。這代表只有兩場戲嗎？不，場面的分法並非如此。我們必須要更具體的描述分割出拍攝製作所需要的情境和背景，那就是場面。

「一個地點 + 一個時間」的組合就是一個場面。你可以用劇組和攝影製作人員需不需要「移動」來考量分場——劇情每前進到一個新的「所在」，新的場景，那就是一個新場面；或者是在同一個場景，但事件發生的時間不同，那也是一個新場面。

---

1 《實用電影編劇技巧》，p.161。

現代影視講究場面變化，每切出一個場面，可能就意味多出十萬元以上的成本。

　　舉例而言，《三隻小豬》的第一個場面可能是三隻小豬在家裡討論著要蓋房子，這是一個內景；第二場是大哥蓋房子的場面；第三場是二哥蓋房子的場面；第四場是三弟蓋房子的場面；第五場是大野狼計畫要吃掉三隻小豬的場面；第六場是大野狼攻擊了大哥的房子；第七場是大野狼攻擊了二哥的房子；最後則是三隻小豬都躲在三弟的房子，大野狼在外面不管怎麼吹那房子都不會倒……這個故事最起碼有八個場面。

　　每一場戲開始前一定要先寫場次編號，以故事演出的時間順序來區分標定：第一場就是電影中第一個場面，第二場就是其次的場面，按照順序以阿拉伯數字1, 2, 3, 4……往下編。當然，最終的作品（如電視、電影或遊戲動漫）裡會故意混亂、或者容許重組場次順序來製造戲劇趣味，那都是後製作階段的事了。

分場大綱

　　撰寫對白腳本以前，編劇必須「親自」做分場大綱，以簡單的一兩行描述場面內的故事情節，有助於瞭解整個故事前進的順序跟結構，等於是把場面在腦中模擬一次。「對於某一場面最粗略的構想，經過混合、篩選，決定要留用之後，就要進一步把全場發展成完整場面。[2]」

　　分場大綱就是劇情故事的情節概述，用來提供一個和故事相關的情報（Information），太複雜的分場大綱沒有意義，通常最多三行，寫在便利貼上剛好，也方便調動順序、篩檢重寫。如果不習慣手寫，也可以利用數位文書處理軟體，如Word的樣式與大綱工具，也可以達到相同的目的。但老

2　《實用電影編劇技巧》，p.233。

實說，數位工具並無法增加效率，傳統用卡片便利貼的手法，更有利於視覺化，可以讓你「看」到故事的全貌和流動方式。

具體而言，場面大致可分為兩大類：「動作場面」和「對話場面」。

動作場面以「動作」（Action）為主。角色在場面中，做了許多視覺化的表演，以行動推進故事。在劇本上，主要都是三角，對話相對少。而對話場面以角色間對話為主，通常會比較長，三角相對少。近代的戲劇講究節奏緊湊，對話場面就不宜「過長」。

寫分場大綱其實一點都不難，你可以把它當作「寫故事」——

首先，創造場面所需的情境背景，包含時間地點等等資訊，描述的方法不外乎幾類：旁白、字幕、角色自述（O.S.）、回顧畫面……等等，比較高明的作法是「用演的，不要說」，把背景描述結合進動作與對白中。

然後再把故事內容「注」進去：什麼人做了什麼事？

故事內容要呼應順從整體的「故事流」——主角想要達成某個故事任務，如何受到阻礙，又如何解決困難？每一場裡，儘量都放進一個「梗」來增加戲劇張力——衝突！衝突！衝突！別忘了衝突才是王道，不要寫平淡的場面。

分場大綱 《聶隱娘》（上）

我們要以《聶隱娘》故事，來示範分場大綱的寫法（請自行參照前面所附原文）：

根據第一段的故事流，切分出分場大綱如下：

第1場：神尼到聶鋒家乞食，求隱娘為徒，聶鋒拒絕，神尼嗆聲要偷。

第2場：聶鋒發現隱娘失蹤，派人搜尋，怒斥找不到。夫妻吵架哭泣。

第3場：五年後，神尼送隱娘歸來，然後瞬間消失。

第4場：以下回顧場面：隱娘回想被抓上山情景

第5場：隱娘吃藥練輕功，與二女飛走峭壁。

第6場：一年後，隱娘刺殺猿猴虎豹。

第7場：三年後，隱娘刺殺飛鷹。

第8場：第四年，神尼帶隱娘到市集隱形殺人。

第9場：神尼教隱娘毀屍滅跡。

第10場：第五年，神尼派隱娘殺貪官。

第11場：隱娘潛伏樑上，看見罪人與小孩玩耍，不忍心下手。

第12場：隱娘等到夜深無人，動手。

第13場：神尼斥罵隱娘心腸太軟。並為她裝飛劍在腦後。

第14場：回到現實，聶鋒聞言害怕，無可奈何。

第15場：蒙太奇：隱娘天黑失蹤，天明方回。

　　在分場大綱裡面要用敘事去描述角色之間的關係和情節，比如像「項莊舞劍，意在沛公」這就是鴻門宴裡最重要的一場分場大綱。

　　你也可以這樣寫：「少年Pi坐在船上，看到遠方有座佛像般的小島。」就是這一個場面的分場大綱。

課堂練習 分場大綱《聶隱娘》（下）

　　比照範例中的方法，製作分場大綱：

忽值磨鏡少年及門，女曰：「此人可與我為夫。」白父，父不敢不從，遂嫁之。其夫但能淬鏡，餘無他能。父乃給衣食甚豐，外室而居。數年後，父卒。魏帥稍知其異，遂以金帛署為左右吏。如此又數年。至元和間，魏帥與陳許節度使劉昌裔不協，使隱娘賊其首。隱娘辭帥之許。劉能神算，已知其來。召衙將，令來日早至城北，候一丈夫、一女子，各跨白黑衛。至門，遇有鵲前噪，夫以弓彈之，不中，妻奪夫彈，一丸而斃鵲者。揖之云：「吾欲相見，故遠相祇迎也。」衙將受約束，遇之。隱娘夫妻曰：「劉僕射果神人，不然者，何以洞吾也。願見劉公。」劉勞之。隱娘夫妻拜曰：「合負僕射萬死。」劉曰：「不然，各親其主，人之常事。魏今與許何異，顧請留此，勿相疑也。」隱娘謝曰：「僕射左右無人，願舍彼而就此，服公神明也。」知魏帥之不及劉。劉問其所須，曰：「每日只要錢二百文足矣。」乃依所請。忽不見二衛所之。劉使人尋之，不知所向。後潛收布囊中，見二紙衛，一黑一白。後月餘，白劉曰：「彼未知住，必使人繼至。今宵請剪髮，繫之以紅綃，送於魏帥枕前，以表不回。」劉聽之。至四更，卻返曰：「送其信了。後夜必使精精兒來殺某，及賊僕射之首。此時亦萬計殺之。乞不憂耳。」劉豁達大度，亦無畏色。是夜明燭，半宵之後，果有二幡子，一紅一白，飄飄然如相擊於床四隅。良久，見一人自空而踣，身首異處。隱娘亦出曰：「精精兒已斃。」拽出於堂之下，以藥化為水，毛髮不存矣。隱娘曰：「後夜當使妙手空空兒繼至。空空兒之神術，人莫能窺其用，鬼莫得躡其蹤。能從空虛之入冥，善無形而滅影。隱娘之藝，故不能造其境，此即繫僕射之福耳。但以于闐玉周其頸，擁以衾，隱娘當化為蠓蠓，潛入僕射腸中聽伺，其餘無逃避處。」劉如言。至三更，瞑目未熟，果聞頸上鏗然，聲甚厲。隱娘自劉口中躍出。賀曰：「僕射無患矣。此人如俊鶻，一搏不中，即翩然遠逝，恥其不中。才未逾一更，已千里矣。」後視其玉，果有匕首劃處，痕逾數分。自此劉轉厚禮之。

你可能還必須妥善的安排分場，以能夠在廣告的破口或者是每一集的前後製造高潮和懸念，提供觀眾繼續往下看的動力。

分場大綱也有助於與製作團隊的成員溝通，比如說美術人員可以預先知道得建立怎麼樣的背景和道具；音效人員可以適當提供關於該分場所需要使用的音樂；剪接師就可以提供不同的場面設計想法……等等。他們的意見回饋給你，有益於劇本的寫作。有些時候你也會發現分場的錯誤：有時一個場面包含了許多的場面；或者有許多場面根本是同一場面，這些都可以預先避免。就不會完成了對白後，還要再回頭修改，那又是一番大工程。

對於熟練的編劇或編劇統籌來說，分場大綱一完成，大概就沒啥困難工作了，剩下只是細節鋪排而已。

作個受人敬愛的好編劇，「景時人」的重要！

「景」是指場面所要發生的場景，主要提供製作人員場景陳設或取景的意見，你可以標註「內景（INT）／外景（EXT）」，內景是指在攝影棚內（不一定是室內）拍攝的場面；外景則是在攝影棚外（不一定是室外）所拍攝的場面。比如：內景／客廳，是指在攝影棚內搭設客廳的場景以供拍攝；外景／圓環，就是指到戶外實景圓環去拍攝了。

場景通常是與劇情有關。比如，「豬二哥的小木屋」有沒有什麼特定的要求或形狀？（尖頂？平頂？幾個門？）如果劇情有特殊需要，可以在全劇開始前的場景說明中寫清楚，或者以三角來特別描述。如果沒必要特別要求，就簡單寫個「木屋」即可，讓製作團隊去勘景，發揮想像力——做個令人敬愛的好編劇，別囉囉嗦嗦。

戲劇世界不是現實世界，寫景的時候，容易犯「寫實」的錯誤——比如寫「臺南東門圓環」通常不是正確的寫法——如果你需要的「只是」圓環，那就寫「圓環」，甚至連圓環都不需要。圓環勢必得有一定的象徵意義才必

須要是圓環，否則普通的交叉路口你就寫「交叉路口」。導演可以選任何一個符合劇情需求的圓環去拍。但如果臺南市東門路的東門圓環的某某雕像使整個場面有了劇情需要的歷史意義，別的地方無法替代。那你就可以特別寫「外景／臺南市東門路東門圓環」。

「時」是指戲劇發生的時間，用來指導製作人員設置燈光用的。日／夜／晨／昏，你只要寫上午、下午、晚上或黃昏這一類的概述性的描述就可以了。寫作者常誤以為是真實事件發生的時間，比如說有人寫「1895年6月14日」那就沒必要了，因為依目前的科技，我們尚未有能力回到過去拍戲。但若那個時間描述在場面中有特定意義，就寫三角，「字幕：1895年6月14日」來處理，也可以在對白中寫「樺山：今天是1895年6月14日……」如此才能夠具體在戲劇中表現。

「人」的部分要具體的寫出在本場面內將要出現的角色，一定要是確實的角色名字，越詳盡越好。這是提供製作團隊發通告用，比如寫「豬大哥、豬二哥、豬小弟」，而不要寫「三隻豬」這類模糊的敘述——除非這三隻豬無關緊要，隨便哪三隻豬都可以。有時場面內會有不確定數量的臨時演員、旁觀角色，那就寫「路人若干」即可。有時角色在不同場面內以不同面貌、不同年齡、甚至不同姓名出現。那就在本場出現的姓名後以括號註明，如：「阿牛（張無忌，18歲）」以免製作人員混淆。

「景時人」一定要寫對，因為戲劇不一定會以原來標定場次的順序來製作。通常，拍攝之前導演會作拍攝計畫，會把同一個場景、同樣的角色……集中在一起，以減少製作的困難度並節約成本。有可能是一三五場先拍攝，再拍二四六場，也就是拍攝的順序與戲劇時間並不一樣，清楚的景時人描述將有助於導演製作拍攝計畫，所以在分場的時候務必要標示清楚。

日期	7 / 1	7 / 2	7 / 3	7 / 4
場景	外 / 臺南圓環	外 / 臺南教會	內 / 客廳	內 / 廚房
	第3場 小貓吃肉圓	第4場 小貓彈琴	第1場 小貓、貓妻吵架	第2場 小貓找老婆
	第6場 小貓翻桌	第5場 大狗鬧事	第8場 小貓、貓妻聊天	
	第7場 小貓打群架			

圖1　拍攝計畫（依場景制定）

也可以依演員檔期來制定拍攝計畫：

日期	7 / 1	7 / 2	7 / 3	7 / 4
演員檔期	大狗、小貓	小貓	小貓、貓妻	群眾演員、小貓、大狗、貓妻
小貓：葉問飾 大狗：周星星飾 貓妻：安心心飾	第1場 小貓、大狗 練功夫	第3場 小貓吃肉圓	第2場 小貓、貓妻吵架	第7場 小貓打群架
	第5場 大狗鬧事	第6場 小貓翻桌	第8場 小貓、貓妻聊天	
		第4場 小貓彈琴		

圖2　拍攝計畫（依演員檔期制定）

　　拍攝計畫的簡單作法是在一個大軟木板上面貼便利貼，便利貼上面寫場次和分場大綱，可以用顏色來區分不同的拍攝進度，第一天都是黃色、第二

天都是藍色、第三天都是紅色……諸如此類，如此一排下來，你就可以很清楚的看見我們到底要以什麼樣的順序、什麼樣的方式、什麼樣的程序來製作這一齣戲劇。

祕技！三圈圈馬戲！

劇本的分量一定要夠！

道理很簡單，如果你安排了過多的場面，導致拍得太多，那頂多在後製階段剪掉就是了。但如果場面不夠，勢必「開天窗」，那就完蛋了。

在線性的故事中，有兩種基本敘事技巧：「場面調度」（Mise-en-scene）與「蒙太奇」（Montage）。這兩種技巧的基本思路正好相反，也各有其擁護者。「蒙太奇是並列一個接一個的畫面來產生意義，也就是以小塊小塊的訊息來說故事。場面調度則是用長鏡頭來拍攝完整的情節。導演奧森・威爾斯（Orson Welles, 1915-1985）即是以善用場面調度而聞名；賽吉・艾森斯坦（Sergei Eisenstein, 1898-1948）則以蒙太奇著稱。[3]」現代由於互動多媒體的盛行，如電玩遊戲，玩家頻繁地在不同場景中遊玩；如網頁瀏覽，網友常透過超連結切換網頁……較長的訊息不受青睞，被吸收的效率也比較差。因此，蒙太奇技巧漸漸占了上風。

蒙太奇的好處在於，可以避免長鏡頭帶來的沉悶無聊，吸引觀眾的注意力。反映在劇本分場上，會直接造成場次大增。以往要估計劇本長度，九十分鐘的電影就是九十場左右（一分鐘一場）；現在，隨便選一齣好萊塢大片來實際數數看，九十分鐘的電影超過二百場的所在多有。

3　《微寫作》，p.112。

於是，這就造成編劇人員沉重的負擔。習慣線性敘事技巧的初學者尤其容易被故事的段落限制住，劃分不出足夠的場面。作品就不夠緊湊活潑，也常有場次不足的問題。為瞭解決這個困難，我們要介紹「三圈圈馬戲」（Three-ring Circus）的祕訣。

早期的馬戲班都只有一個大圈圈，是為表演場地（Ring）。[4]

當裡面只有一個表演（Show）時，所有人的目光就會注視著場中正在進行的秀，觀眾的視線難以抗拒移動的物體。但後來發現，當人們不喜歡這個秀的時候，目光便開始轉移，他們可能會開始吃東西、聊天、作其他的事，喪失對秀的興趣。於是，有個小丑想出了一個絕妙的主意：讓馬戲團中眾多的秀「同時」一起表演——比如，同時間我們讓空中飛人在圈圈的上空表演，馴獸師在圈圈的左邊表演獅子跳火圈，小丑則在圈圈右邊搞笑——同一時間會有三個秀在進行，就是三圈圈馬戲。

如此一來，觀眾就可以選擇自己喜歡的秀來觀賞。每一個表演都會有停頓或低潮，這種作法可以讓觀眾自然的將視線轉移到另一個演出，各花入各眼，讓觀眾覺得演出熱鬧繽紛、目不暇給。

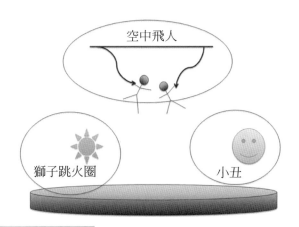

4　《疑神》，pp.193-194。

三圈圈馬戲在現代故事敘說技術上的應用相當廣泛，尤其在電影、電視、動漫、遊戲這類視覺性的作品中，特別喜歡玩。因此，寫作故事與劇本時，我們就要學會應用，來讓場面更豐富。

　　有些人很堅持在同一條故事主線上把故事講完，講完了一段故事，再講下一段，從「很久很久以前……」一直講到「……公主與王子過著幸福快樂的生活。」場面編排也跟隨故事段落的順序，這是傳統的單圈馬戲。想要改成三圈圈馬戲團，你必須深刻的理解「戲劇以角色為主」。

　　一個故事裡通常同時會有非常多的角色，和現實人生一樣。不管故事「主秀」是不是在主要角色身上，每個人的生活其實都是在同步進行。因此，你可以考量自己對情節的駕馭能力，同時安排數條故事主線上場，來進行三圈圈馬戲。例如：有A、B、C三條主線，我們可以第一場A、第二場B、第三場C，再回到A。A→B→C，再重複A→B→C。（或者其他任何的順序）

　　如此場面輪轉有個很大的好處：一定會造成自然的懸念。因為，每一條故事線在其場面裡都沒有完成。當你把場面切換到另一個故事線時，就會讓觀眾產生期待。比如說A→B，觀眾不但會受到B興起的刺激，同時也還會想著剛才那個A場面的故事後續；當再切換到C時，懸念就更累積，觀眾會更想知道原來A故事主線裡的劇情；等故事回到A時，隨然情緒獲得紓緩；但此時又展開另一波戲劇的高潮，然後又再切換到B和C……這就是三圈圈馬戲所能產生的效果。

　　祕訣在於：「不要」把故事一口氣講完，要利用場面切換來製造故事懸念及視覺刺激。當你更熟悉三圈圈馬戲時就可以有很多變化，比如加入更多故事線，像HBO的電視劇《冰與火之歌》甚至有七、八條故事線同時進行，是非常厲害的作法。比如說A→B→C→A→B→C三條線作切換，你甚至可以在A→B→C時把C抽掉換作D，變成A→B→D，之後又回到A，下一次到B的時候又把B抽掉換作E，變成A→E→C，場面可以不斷的換。但是一定要注意維持故事主軸A，因為觀眾畢竟是被主線故事吊著跑。尤其是現在的觀眾，

不知不覺已經太熟悉三圈圈，會忘記故事述說的主軸，使原來的故事目標沒辦法達成。

　　比較好的作法是在場面抽換後，再次回到故事主線A時維持在同一個場面。要離開A的時候留下一些線索，比如說某人談到了B線主角的故事才跳到B，回來A時才會「連戲」。另外要注意，三圈圈切換時，故事線是以故事段落來區分，而不是以場面來區分，很多人剛開始接觸三圈圈的時候會覺得非常的新奇，於是不斷的切換場面，容易造成多餘的分場負擔，也會失去戲劇焦點。

 習題

1. 製作《鴻門夜宴》的分場大綱。

　　故事原文：《史記‧項羽本紀》

　　　沛公旦日從百餘騎來見項王，至鴻門，謝曰：「臣與將軍戮力而攻秦，將軍戰河北，臣戰河南，然不自意能先入關破秦，得復見將軍於此。今者有小人之言，令將軍與臣有郤。」項王曰：「此沛公左司馬曹無傷言之；不然，籍何以至此。」項王即日因留沛公與飲。項王、項伯東嚮坐。亞父南嚮坐。亞父者，范增也。沛公北嚮坐，張良西嚮侍。范增數目項王，舉所佩玉玦以示之者三，項王默然不應。范增起，出召項莊，謂曰：「君王為人不忍，若入前為壽，壽畢，請以劍舞，因擊沛公於坐，殺之。不者，若屬皆且為所虜。」莊則入為壽，壽畢，曰：「君王與沛公飲，軍中無以為樂，請以劍舞。」項王曰：「諾。」項莊拔劍起舞，項伯亦拔劍起舞，常以身翼蔽沛公，莊不得擊。於是張良至軍門，見樊噲。樊噲曰：「今日之事何如？」良曰：「甚急。今者項莊拔劍舞，其意常在沛

公也。」噲曰：「此迫矣，臣請入，與之同命。」噲即帶劍擁盾入軍門。交戟之士欲止不內，樊噲側其盾以撞，士仆地，噲遂入，披帷西嚮立，瞋目視項王，頭髮上指，目眥盡裂。項王按劍而跽，曰：「客何爲者？」張良曰：「沛公之參乘樊噲者也。」項王曰：「壯士，賜之卮酒。」則與斗卮酒。噲拜謝，起，立而飲之。項王曰：「賜之彘肩。」則與一生彘肩。樊噲覆其盾於地，加彘肩上，拔劍切而啗之。項王曰：「壯士，能復飲乎？」樊噲曰：「臣死且不避，卮酒安足辭！夫秦王有虎狼之心，殺人如不能舉，刑人如恐不勝，天下皆叛之。懷王與諸將約曰『先破秦入咸陽者王之』。今沛公先破秦入咸陽，豪毛不敢有所近，封閉宮室，還軍霸上，以待大王來。故遣將守關者，備他盜出入與非常也。勞苦而功高如此，未有封侯之賞，而聽細說，欲誅有功之人。此亡秦之續耳，竊爲大王不取也。」項王未有以應，曰：「坐。」樊噲從良坐。坐須臾，沛公起如廁，因招樊噲出。

〈譯：劉邦第二天一早就帶著百餘名保鑣到鴻門拜見項羽，並且他賠罪：「在下跟將軍一起努力攻打秦軍，您在黃河以北打仗，在下在黃河以南作戰，但沒想到居然能先入關擊破秦軍，才又能在此見到您。現在卻有小人到處造謠，才讓項將軍與在下有了嫌隙。」項羽說：「這些話可是你的左司馬曹無傷說的，不然，我怎麼可能會這樣對你？」於是項羽當天就將劉邦留下來一起喝酒。項羽、項伯面對東邊而坐。亞父，也就是范增，向著南面坐下。而沛公坐位面向北方，張良則面西隨侍。范增不斷朝項羽使眼色，並且舉起他的玉玦暗示項羽，項羽都靜靜地不回應。於是范增起身，叫項莊出來，跟他說：「大王做人太過心軟，不忍下手，你上前祝壽，祝壽後，向大王請示要表演劍舞，趁機在殺掉在座位上的劉邦，不然的話，你們將來都會被他俘虜。」於是項莊就入席敬酒祝壽，祝完壽說：「大王

與沛公一起喝酒，這軍營裡面，沒什麼娛樂，請讓我跳跳劍舞助興吧！」
項羽說：「好！」於是項莊拔劍，開始跳起劍舞，項伯也跟著拔劍共舞，
常常以身體擋著劉邦，讓項莊不能攻擊劉邦。而張良則走到了軍營門口找
樊噲，樊噲問：「現在怎麼樣了？」張良說：「很緊急！現在項莊正在跳
劍舞，但是他的用意是要殺了沛公。」樊噲說：「真的很緊急！請讓我進
去，跟沛公同生共死。」樊噲隨即帶劍佩盾進入軍營，拿著戟交叉擋在大
門的守衛不讓他進去，樊噲用盾牌的側面將守衛撞倒在地，於是樊噲進入
宴席，揭開帷幕，面對西邊，瞪著項羽，怒髮衝冠，睜目欲裂。項羽手放
在劍上，聳起身體，微微站起，問：「這位客人是誰？」張良說：「這位
是為沛公駕車的樊噲。」項羽說：「哦！是位壯士，賜給他一杯酒吧！」
然後給了他一大杯酒，樊噲拜謝項羽，接著站起來乾了這杯酒。項羽說：
「再給他一隻豬肘子。」然後給了他一隻沒煮熟的豬肘子。樊噲把盾牌放
到地上，再把那隻生豬肘放在盾上，拿劍切開將它吃了。項王說：「壯士
啊！還能不能再喝？」樊噲說：「在下連死都不怕了，一杯酒何必推辭？
秦王的心就像虎、狼一樣，殺了怕殺不完，處罰人怕不夠重，所以天下人
都起義反叛他。當初楚懷王跟所有將領約定：『先攻破秦軍進入咸陽的
人，就是王了。』今天沛公率先破秦軍、入咸陽，對秦皇宮的東西都不敢
碰，封閉宮室，退守軍隊到霸上，等項王您到來。之所以派遣將士守住關
口，是為了防備其他的盜賊進出以及其他臨時狀況，這樣勞苦功高，沒有
獎賞封侯就算了，還聽信奸細的讒言，想殺這樣有功之人。這樣可是延續
著秦朝亡國的道路啊！我覺得大王您不該這樣做。」項羽不回應，只說：
「坐。」於是樊噲坐在張良身邊。坐了一會兒，劉邦起來上廁所，順便把
樊噲一起叫了出來。〉

　　沛公已出，項王使都尉陳平召沛公。沛公曰：「今者出，未辭也，為

之柰何？」樊噲曰：「大行不顧細謹，大禮不辭小讓。如今人方爲刀俎，我爲魚肉，何辭爲。」於是遂去。乃令張良留謝。良問曰：「大王來何操？」曰：「我持白璧一雙，欲獻項王，玉斗一雙，欲與亞父，會其怒，不敢獻。公爲我獻之」張良曰：「謹諾。」當是時，項王軍在鴻門下，沛公軍在霸上，相去四十里。沛公則置車騎，脫身獨騎，與樊噲、夏侯嬰、靳彊、紀信等四人持劍盾步走，從酈山下，道芷陽閒行。沛公謂張良曰：「從此道至吾軍，不過二十里耳。度我至軍中，公乃入。」沛公已去，閒至軍中，張良入謝，曰：「沛公不勝桮杓，不能辭。謹使臣良奉白璧一雙，再拜獻大王足下；玉斗一雙，再拜奉大將軍足下。」項王曰：「沛公安在？」良曰：「聞大王有意督過之，脫身獨去，已至軍矣。」項王則受璧，置之坐上。亞父受玉斗，置之地，拔劍撞而破之，曰：「唉！豎子不足與謀。奪項王天下者，必沛公也，吾屬今爲之虜矣。」

〈譯：劉邦出來後，項羽派陳平都尉叫劉邦回來。劉邦說：「現在我出來了，沒有告辭，該怎麼辦呢？」樊噲說：「做大事不拘小節，行大禮則不講究小禮讓。現在項羽他們是菜刀跟砧板，我們則是魚肉，還告辭什麼？」於是他們就離開了，命令張良留下來謝罪。張良問：「大王來的時候帶了什麼禮物？」劉邦說：「我帶了一對白璧想給項王，一對玉斗要給亞父，剛剛他們在生氣，我不敢拿給他們，你幫我給吧！」張良說：「好，遵命。」在這個時候，項羽的軍隊駐紮在鴻門，而劉邦則駐在霸上，相距四十里。劉邦脫離來時的駕車跟騎兵隊，一個人騎馬，讓樊噲、夏侯嬰、靳彊、紀信四個人拿著劍跟盾跟在他身邊跑。從酈山下，在芷楊抄小路。沛公跟張樑說：「從這裡到我們的軍隊，只剩下二十里而已。你等我差不多到軍中的時候，你再進去項羽的軍營。」劉邦離開，回到軍中，張良這才回席謝罪，說道：「沛公他不勝酒力，不能向您道別，命令

在下張良奉上一對白璧，獻給大王；一對玉斗，獻給大將軍。」項羽說：「沛公人呢？」張良說：「聽說大王有意要責備他的過失，於是自己離開了。現在已經在軍營裡了。」項羽接過了白璧，放在座位上。范增接過了玉斗，放在地上，拿劍將它擊破，說：「唉！這小子不能做大事！奪取項王天下的人，一定是劉邦，我們這些人今天就已經等於是被他給提前擊敗了。」〉

2. 【三圈圈馬戲】以下取自《水滸傳》中，武松(A)、武大(B)、潘金蓮(C)三人的生活相處故事，請將三個故事線分出來，利用三圈圈馬戲手法，分別設計分場大綱。然後再予以重組變化。

　　話休絮煩。自從武松搬將家裡來，取些銀子與武大，教買餅饊茶果請鄰舍吃茶。眾鄰舍門分子來與武松人情。武大又安排了回席，都不在話下。過了數日，武松取出一疋彩色緞子，與嫂嫂做衣裳。那婦人笑嘻嘻道：「叔叔，如何使得，既然叔叔把與奴家，不敢推辭，只得接了。」武松自此只在哥哥家裡宿歇。武大依前上街挑賣炊餅。武松每日去縣裡畫卯，承應差使。不論歸遲歸早，那婦人頓羹頓飯，歡天喜地，伏侍武松。武松倒安身不得。那婦人常把些言語來撩撥他，武松是個硬心直漢，卻不見怪。有話即長，無話即短，不覺過了一月有餘。看看是十一月天氣。連日朔風緊起，四下里彤雲密布，又早紛紛揚揚飛下一天瑞雪來。怎見得好雪？正是：

　　盡道豐年瑞，豐年瑞若何？長安有貧者，宜瑞不宜多。

　　當日那雪直下到一更天氣，卻似銀鋪世界，玉碾乾坤。次日，武松清早出去縣裡畫卯，直到日中未歸。武大被這婦人趕出去做買賣。央及間壁王婆，買下些酒肉之類，去武松房裡，簇了一盆炭火。心裡自想道：「我今日實撩鬥他一撩鬥，不信他不動情。」那婦人獨自一個，冷冷清清立在簾兒下，看那大雪。但見：

萬里彤雲密布，空中祥瑞飄簾，瓊花片片舞前簷。剡溪當此際，凍住子猷船。頃刻樓臺如玉，江山銀色相連，飛瓊撒粉漫遙天。當時呂蒙正，窯內嘆無錢。

其日武松正在雪裡踏著那亂瓊碎玉歸來，那婦人推起簾子，陪著笑臉迎接道：「叔叔寒冷。」武松道：「感謝嫂嫂憂念。」入得門來，便把氈笠兒除將下來。那婦人雙手去接。武松道：「不勞嫂嫂生受。」自把雪來拂了，掛在壁上。解了腰裡纏袋，脫了身上鸚哥綠紵絲衲襖，入房裡搭了。那婦人便道：「奴等一早起，叔叔怎地不歸來吃早飯？」武松道：「便是縣裡一個相識，請吃早飯。卻纏又有一個作盃，我不奈煩，一直走到家來。」那婦人道：「恁地，叔叔向火。」武松道：「好。」便脫了油靴，換了一雙襪子，穿了煖鞋，掇條杌子，自近火邊坐地。那婦人把前門上了拴，後門也關了，卻搬些按酒、果品、菜蔬，入武松房裡來，擺在桌子上。武松問道：「哥哥哪裡去未歸？」婦人道：「你哥哥每日自出去做買賣。我和叔叔自飲三盃。」武松道：「一發等哥哥家來吃。」婦人道：「哪裡等得他來。」說猶未了，早煖了一注子酒來。武松道：「嫂嫂坐地，等武二去燙酒正當。」婦人道：「叔叔，你自便。」那婦人也掇條杌子，近火邊坐了。桌兒上擺著盃盤。那婦人挈盞酒，擎在手裡，看著武松道：「叔叔滿飲此盃。」武松接過手去，一飲而盡。那婦人又篩一盃酒來，說道：「天色寒冷，叔叔飲個成雙盃兒。」武松道：「嫂嫂自便。」接來，又一飲而盡。武松卻篩一盃酒，遞與那婦人吃。婦人接過酒來吃了，卻拿注子再斟酒來，放在武松面前。那婦人將酥胸微露，雲鬟半軃，臉上堆著笑容，說道：「我聽得一個閒人說道，叔叔在縣前東街上，養著一個唱的。敢端的有這話麼？」武松道：「嫂嫂休聽外人胡說。武二從來不是這等人！」婦人道：「我不信！只怕叔叔口頭不似心頭。」武松道：「嫂嫂不信時，只問哥哥。」那婦人道：「他曉得什麼！曉得這等事時，

不賣炊餅了。叔叔且請一盃。」連篩了三四盃酒飲了。那婦人也有三盃酒落肚，哄動春心，哪裡按納得住，只管把閒話來說。武松也知了八九分，自家只把頭來低了，不來兜攬他。那婦人起身去燙酒。武松自在房裡，挈起火箸簇火。那婦人煖了一注子酒，來到房裡，一隻手挈著注子，一隻手便去武松肩胛上只一捏，說道：「叔叔只穿這些衣裳，不冷？」武松已自有五分不快意，也不應他。那婦人見他不應，劈手便來奪火箸，口裡道：「叔叔，你不會簇火，我與你撥火。只要一似火盆常熱便好。」武松有八分焦燥，只不做聲。那婦人慾心似火，不看武松焦燥，便放了火箸，卻篩一盞酒來，自呷了一口，剩了大半盞，看著武松道：「你若有心，喫我這半盞兒殘酒。」武松劈手奪來，潑在地下，說道：「嫂嫂休要恁地不識羞恥！」把手只一推，爭些兒把那婦人推一交。武松睜起眼來道：「武二是個頂天立地，嚙齒帶髮男子漢，不是那等敗壞風俗沒人倫的豬狗！嫂嫂休要這般不識廉恥，爲此等的勾當。倘有些風吹草動，武二眼裡認的是嫂嫂，拳頭卻不認的是嫂嫂。再來休要恁地！」那婦人通紅了臉，便收拾了盃盤盞楪，口裡說道：「我自作樂耍子，不值得便當眞起來！好不識人敬重！」搬了家火，自向廚下去了。

第六講

對白

如果角色塑造的不錯、如果對話發展得很自然，你就應該
盡可能的放手。
讓角色在舞臺上，直接對話，千萬不要沒事找事。
第二件事情，你要弄明白，什麼時候你必須破壞規則一。

——勞倫斯·卜洛克[1]

1　《卜洛克的小說學堂》，p.250。

「哥哥滿了，我滿了……」？寫點「人」說的對白！

對白是劇本的主體，也是最重要的一部分，有幾個主要功能：

(1)揭露角色：向觀眾介紹角色登場，並且深入他的性格。如：

貓爸：小貓，你一天到晚蹉跎，叫你讀書卻把老師也趕跑了，難道長大以後要像我一樣殺豬？

小貓：書書書，是要我讀啥書？哼，殺豬也能幹出一番大事業！

(2)揭露情緒：卜洛克這麼認為，「大概找不到比對話更重要的元素了。在對話中，人物的用字遣詞，可以傳遞出更細膩的情緒變化，比你費盡功夫從旁描述要來得有效率得多。對話可以推展、界定情節，也可以讓小說提高音量，不但進入讀者內心，還可以環繞耳際。[2]」

(3)推展劇情：將情節融入對白中，可以增加文章的變化。例：

小貓：沒錯，人就是我殺的！不把寶藏交出來的話，明天我還要殺更多！

2　《卜洛克的小說學堂》，p.250。

(4)揭露衝突：史上最短的武俠小說，短短十個字，三派江湖仇殺。

禿驢，竟敢跟貧道搶師太！

(5)建立關係：角色間的關係、角色與情境的關係、角色與觀眾的關係。

小貓：我們臺灣人是這樣，只要她願意跟著我，我就會保護她，一輩子保護她。

(6)評論：為劇情、角色、主題等作補充說明、帶入作者的意圖。

小貓：我看得出來，你是為正義而戰，我最佩服你這種人。但是，你嘴巴賤，不會有好下場的。

對白寫作要「切合角色的性格」，最高境界是「寫實」，儘量日常化、生活化，並非以文藝性作判準。金聖嘆（1608-1661）在評《水滸傳》時曾說過：「並無之乎者也等字，一樣人便還他一樣說話，真是絕奇本事。」意思是，什麼人說什麼話，李逵說話有李逵的態度，宋江說話有宋江的態度，清清楚楚，這才是最高級的本事！

更厲害的是，故事本來就是有機體，是活的。只要把角色性格抓好了。角色「真的會」自己演起來，自己講他想要講的對白。

初學者常犯的錯誤是，把文學性手法引進人物對白──看文字時或許甚有美感，但從人物嘴巴中說出來，就滿荒謬好笑。比如某電視劇有個經典對白：一男一女騎在馬上，女生非常快樂，「哥哥滿了，我滿了……」究竟是什麼滿了呢？這在場面中完全看不出來，這就是差勁的對白。這種寫法會讓你戲中的每一個女主角看（聽）起來全是一個樣，缺乏個性。現實世界中，

千金大小姐有千金大小姐的講話方式，賣花姑娘有賣花姑娘的講話方式，乞丐、小偷、俠客、大老闆……每一個人講話方式都不一樣。戲劇是現實世界的投影，當然也要比照辦理啊！

　　好的故事、壞的故事；好的戲劇、壞的戲劇往往都可以從對白看出來。對話來自於人物，和角色的需求有關。對話必須傳達故事資訊、推動故事發展、揭露角色性格與情感，還必須展現出各角色和自我之間的衝突。缺乏風格的對白寫作，會使無論男主角、女主角、男配角、女配角的說話方式無從區別，而且這些對話在現實生活不會發生。你可以試試看把劇本每行前面的人名遮起來，若仍然可以非常清楚的看出是誰在說話，那就是好的對白。有時必須在對白裡故意犯一些文法修辭上的錯誤，藉以呼應人物的性格，讓觀眾覺得這一個人就活生生的活在他周圍，這才是對白寫作的最高指導原則。

　　至於如何把對白寫好？最講究日常生活中敏銳的觀察。觀察各式各樣的人們說話方式，有什麼口頭禪、用什麼語助詞……等等。有些人講話有一定程度的贅詞，比如說電視上的球評主播，說話總是用「所以」作開頭──「所以」他現在打了一支三壘安打、「所以」球飛到了全壘打牆外面……。

　　「事實上」這些贅詞反而有助於使一個人的形象具體化。（有發現「事實上」就是贅詞嗎？但如果拿掉了，就感覺不夠親切。）如個性堅毅的人他少話且較不會有多餘的助詞；個性軟弱缺乏決斷的人，講話時夾纏，常會有重複性的描述與形容。

　　對白是「說話」，而不是「寫作」。以上作法都不可以寫在三角中，但用在對白上卻可以讓你的人物更生動。你可以試著為人物加上慣用的口頭禪，可以使性格更活靈活現的表現出來。比如在《火影忍者》裡面，鳴人的口頭禪是「我要成為火影」，很清楚的把他的慾望跟目標都表現出來。在《交響情人夢》裡面，野田妹常常會用第三人稱來稱呼自己，明明她自己在講話，她卻會說「野田妹也想要聽音樂」、「野田妹也想要吃黑輪」……都可以使角色更鮮明。對白對人物的特徵有重要影響，「你越是試圖努力寫得

簡單明瞭，你就越能學習到語言對話裡的複雜性，它是靈活的、珍貴的。對白賦予故事的主角聲音，並對他們人物特性的訂定具有重要的影響。還有許多敲邊鼓的方法──擬聲法、大量的重複詞、意識的流動、內心獨白、動詞時態的改變、故事背後的緋聞軼事、主題、步調。[3]」

請記住，「一個人就是他所說的話」。寫對白時你或許可以試試看自己邊說邊寫，說出聲來，讓對白更接近口語的表達方式。（有些優秀的編劇在寫作時像是神經病一樣，老是喃喃自語。）這也可以說是方法演技，比如要寫激烈對白的時候，不妨可以上下樓梯跑個兩層，心跳加速了再來寫，你就會發現語詞的推進速度，明顯快了許多。金鐘獎配音達人袁光麟表示，「說話的速度要快與慢互相搭配，語調的高低要抑揚起伏，產生互補作用。重音也就是一句話的重點所在。這是『一個』人的生活、這是一個『人』的生活、這是一個人的『生活』，三句話不同的重音所在，強調不同的語意。[4]」

試著把自己日常與他人的對話錄音起來。你應該會發現自己的話中充滿了贅詞、助詞、感嘆詞，還有一些不必要的停頓。事實上你回過頭想一想，這也是口語表達的魅力所在。一個傑出領袖的演講之所以會讓人沉迷，並非因為他文稿寫得有多好，而是他懂得適時在話中加上這些感性的詞彙來引發觀眾的情緒，這也是對白寫作裡面一個關鍵要點。有的國文老師會說，在古典的戲劇裡面，對白要注重「文藝性」。但請記住，古典戲劇有時是專門為了文字閱讀而設計的，並不一定在舞臺上演出。

說到這，你發現這一講的寫作風格與其他章節都不一樣了嗎？

因為這都是上課錄音檔轉寫成文字的，這就是對白寫作與散文寫作的區別。

3　《史蒂芬・金談寫作》，p.223。

4　引自http://mag.udn.com/mag/reading/storypage.jsp?f_ART_ID=454428

　　說話很容易，但不是每個人都能輕易說得好。說話時聲音表情、態度、對白內容、咬字發音、肢體語言等通通都是一門學問。若說話語意不清、動不動造謠生事，甚至用言語作攻擊的人，比起說話誠懇、幽默、用詞恰到好處的人，總是後者能得到更好的人際關係。沒有人是喜歡常被批評的，應多稱讚對方並且少抱怨，千萬不要只是自顧自的說，要懂得聆聽，善解人意會讓你的人際關係更好。

　　美國心理學家亞伯特・麥拉賓（Albert Mehrabian, 1939-）提出「麥拉賓法則」，說明了我們談話時會以談話內容、聽覺、視覺三個方面去評斷他人，談話內容只占7%，聲音的質感、語調等占38%，整體打扮、肢體動作、臉部表情則占了55%。也就是談話時視覺訊息占了大宗，所以肢體動作在說話時也相當重要，肢體動作要乾脆，可以多用手掌，不要用手指作些瑣碎動作。另外，說話時的語助詞、贅詞太多也是現代人說話的通病之一，有些人說話會不斷出現「基本上」、「然後」之類的詞語，用太多沒意義的詞會使你說話缺乏張力，最好不要說。

砰！一擊命中的Punchline！

　　電影演出時間相對有限制，差不多九十分鐘；微電影時間更短，限制更大，對白就必須加倍精鍊，最好是一擊就擊中觀眾的笑點、哭點，讓觀眾產生感情共鳴。這個概念叫作「Punchline」，或許可翻譯為「關鍵對白」。Punch是「拳」，line就是對白的一行。如何在一行中「擊倒觀眾」，是編劇最大的考驗。

Punchline就是臺語的「練肖話」：要嘛不說話，說出來就是有分量有感覺的「肖話」。

儘量在每一個場面都安排Punchline。舉例而言，《史記·項羽本紀》在鴻門宴的結局中，范增批評項羽說：「豎子不堪與謀。」，翻譯成臺語就是「卒仔，無法度與他參詳代誌。」畫龍點睛般描繪出項羽的性格：富有強大的力量卻婦人之仁的西楚霸王。

相當有力的一個Punchline。

Punchline　**畫龍點睛**

《馮諼客孟嘗君》

（孟嘗君）曰：「責畢收乎？來何疾也？」（馮諼）曰：「收畢矣。」（孟嘗君）「以何市而反？」

馮諼曰：「君云視吾家所寡有者。臣竊計君宮中積珍寶，狗馬實外廄，美人充下陳，君家所寡有者以義耳。竊以為君市義。」

孟嘗君問：「市義奈何？」（馮諼）曰：「今君有區區之薛，不拊愛子其民，因而賈利之。臣竊矯君命，以責賜民。因燒其券，民稱萬歲。乃臣所以為君市義也。」孟嘗君不說（不悅），曰：「諾，先生休矣。」

馮諼為孟嘗君前去收債，孟嘗君要馮諼順便買回家中缺少的東西。馮諼歸來後直言孟嘗君家中十分富足，其實啥都不缺，但唯一少的就是「義」。所以他替孟嘗君帶回來了。一直到了孟嘗君落難，他才真正瞭解馮諼的用心。

《世說新語》

　　王黃門兄弟三人俱詣謝公，子猷、子重多說俗事，子敬寒溫而已。既出，坐客問謝公：「向三賢孰愈？」謝公曰：「小者最勝。」客曰：「何似知之？」謝公曰：「吉人之辭寡，躁人之辭多。推此知之。」

　　這句等於閩南語說的：「歹瓜厚子，歹人厚言語。」擅長花言巧語或是喜歡亂講話，多半不會是啥好人。

《霍小玉傳》

　　遂命酒饌，即令小玉自堂東閣子中而出。生即拜迎。但覺一室之中，若瓊林玉樹，互相照曜，轉盼精彩射人。既而遂坐母側。母謂曰：「汝嘗愛念『開簾風動竹，疑是故人來。』即此十郎詩也。爾終日吟想，何如一見。」玉乃低鬟微笑，細語曰：「見面不如聞名。才子豈能無貌？」生遂連起拜曰：「小娘子愛才，鄙夫重色。兩好相映，才貌相兼。」母女相顧而笑，遂舉酒數巡。

　　「小娘子愛才，鄙夫重色。兩好相映，才貌相兼。」這句話突顯了李益只是貪戀霍小玉美色的負心漢。

《聊齋志異》勞山道士

　　邑有王生，行七，故家子。少慕道，聞勞山多仙人，負笈往游。登一頂，有觀宇，甚幽。一道士坐蒲團上，素髮垂領，而神光爽邁。叩而與語，理甚玄妙。請師之。道士曰：「恐嬌惰不能作苦。」

　　道士從一開始就看破王生不能吃苦，不是學法術的料。後面諸多情節就一一印證道士的眼光。

《鎖麟囊》

薛湘靈（西皮流水板）：耳聽得悲聲慘心中如搗，同路人為什麼這樣嚎啕；莫不是夫郎醜難諧女貌？莫不是強婚配鴉占鸞巢？叫梅香你把那好言相告，問那廂因何故痛哭無聊？

梅香（白）：我說小姐，咱們避咱們的雨，他們避他們的雨，等到雨過天晴，各自走去，管她哭不哭哪！

充分突顯身為有錢小姐丫鬟梅香的嬌蠻，之後趙祿寒用同樣的話反譏梅香也造成有趣的效果。

《鄭伯克段于鄢》

遂寘姜氏於城潁，而誓之曰：「不及黃泉，無相見也。」既而悔之。潁考叔為潁谷封人，聞之。有獻於公，公賜之食。食舍肉，公問之。對曰：「小人有母，皆嘗小人之食矣。未嘗君之羹，請以遺之。」公曰：「爾有母遺，繄我獨無。」潁考叔曰：「敢問何謂也。」公語之故，且告之悔。對曰：「君何患焉。若闕地及泉，隧而相見，其誰曰不然？」公從之。

死後黃泉再見，這輩子不想看見你。這麼重的話說出口，君無戲言，最後還是潁考叔想辦法找臺階給莊公下。

《趙盼兒風月救風塵》

【浪裡來煞】你收拾了心上憂，你展放了眉間皺，我直著「花葉不損覓歸秋」。那廝愛女娘的心，見的便似驢共狗，賣弄他玲瓏剔透。（云）我到那裡，三言兩句，肯寫休書，萬事俱休；若是不肯寫休書，我將他掐一掐，拈一拈，搂一搂，抱一抱，著那廝通身酥，遍體麻。將他鼻凹兒抹上一塊砂糖，著那廝舐又舐不著，吃又吃不著，賺得那廝寫了休書。引章將的休

書來，淹的撤了。我這裡出了門兒，（唱）可不是一場風月，我著那漢一時休。（下）

趙盼兒為了救好姐妹設下的甜蜜陷阱。一塊舔不著的砂糖，讓人心癢難耐。

《世說新語：覆巢之下無完卵》

孔融被收，中外惶怖。時融兒大者九歲，小者八歲。二兒故琢釘戲，了無遽容。融謂使者曰：「冀罪止於身，二兒可得全不？」兒徐進曰：「大人豈見覆巢之下，復有完卵乎？」尋亦收至。

小小的孩子面對這情況說出這番譬喻，更讓人覺得無奈。

畫鬼最易（韓非子）

客有為齊王畫者，齊王問曰：「畫孰最難者？」曰：「犬馬最難。」「孰最易者？」

曰：「鬼魅最易。夫犬馬、人所知也，旦暮罄於前，不可類之，故難。鬼魅、無形者，不罄於前，故易之也。」

《南史謝靈運傳》：「天下才共一石，曹子建獨得八斗，我得一斗，自古及今共用一斗。」

這句話可以知道兩件事：第一，曹植是謝靈運的偶像。第二，現在曹植死了，天下就我謝靈運最厲害。

（by林儷芳）

課堂練習 Punchline

將範例中的Punchline轉寫成白話文。

節奏掌控！你來我往的「乒乓」！

「內心獨白」（O.S., Oral Sequence）在傳統戲劇中向來不可避免，甚至成為戲劇最主要的表演方式。比如《哈姆雷特》那段著名的「to be, or not to be.」獨白，可以唸上好幾分鐘呢！然而，現代觀眾已經習慣了電視電影快節奏的視覺場面，若畫面定焦於人物的臉部表情，讓他唸出了一長串的對白，那將是多麼無聊啊！

此時，我們我們常常會運用一種叫乒乓（ping-pong）的技巧，讓對話在角色之間像打乒乓球一樣打來打去。尤其是電視連續劇，鋪陳故事的時間較充足，且觀賞情境大部分都是在家庭中的客廳、臥房，如此做會更貼近生活。

在日常生活中，我們跟家人或朋友的對話大部分都是以乒乓方式進行，你問、我答；我問、你答，把話語在角色之間丟來丟去，互相試探、互相回應，也會增加彼此之間的感情，或促進角色之間的衝突。

將一個人所說的話用兩個人（以上）之間的對話來表現，場面馬上就會「活起來」；但是，這必須以較長的場面做代價，說起來和Punchline的精神正好相反呢！

從獨白到乒乓　　《紅樓夢》第四十六回鴛鴦女誓絕鴛鴦偶

景：賈母起居房

時：日

人：鴛鴦、鴛鴦的嫂子、賈母、王夫人、薛姨媽、李紈、王熙鳳、薛寶釵
　　等。

　　△王夫人、薛姨媽、李紈、鳳姐兒、寶釵等人圍在賈母身旁說笑

　　△賈母心情恨好

　　△鴛鴦協同她嫂子自院外走了進來

　　△鴛鴦一看到賈母與其他太太小姐們都在，三步併作兩步，到了賈母面
　　　前跪下，還沒開口就先掉淚

鴛鴦：老太太……（泣不成聲）

　　△眾人訝異

賈母：鴛鴦，妳這丫頭是咋啦？

　　△王夫人：是呀，有事慢慢說。

薛姨媽要一旁小丫頭去扶鴛鴦起來，但鴛鴦不肯起來

王熙鳳：（心裡大概知道是怎麼一回事）就是有天大的委屈也得說出來，老
　　　　太太才好做主呀。

　　△鴛鴦嫂嫂在一旁很尷尬

鴛鴦：（邊哭邊說）昨日大太太上我那去，說是大老爺要向老太太討我做小
　　　老婆。我不肯，大太太又要我嫂嫂來勸，說是天大的喜事。我一聽就
　　　知道是大太太要她來的……（又開始哭）

李紈：（安慰）別哭了，老夫人在這呢。

鴛鴦：（瞪她嫂嫂）還有呢！因我不依，我哥哥說大老爺發話了。說我戀著
　　　寶玉才不肯從他，還要我仔細了，就算是嫁到天上也跳不出他手心
　　　去，終究要報仇！

△薛寶釵一聽到如此蠻橫的發話滿臉驚愕，薛姨媽連忙安撫

鴛鴦：今天大家都在這裡，我是橫了心的，我這一輩子莫說是「寶玉」，便是「寶金」、「寶銀」、「寶皇帝」，我都不嫁！就是老太太逼著，要一刀抹死了，也不能從命！

王熙鳳：這是哪的話？有咱們老太太在，還有得你受委屈的？

鴛鴦：（激動揮開王熙鳳的手，跪走向賈母）我知道老太太待我好！不敢要求別的。我鴛鴦若有造化，死在老太太之前，若沒造化，便服侍老太太歸了西，也絕不跟我老子娘哥哥去，索性尋死或剪了頭髮當尼姑去！天地鬼神明鑑！

　　△鴛鴦話一說完，一把拿起藏在袖裡的剪刀。左手鬆開頭髮，右手用力剪

　　△眾人吃驚，婆子丫鬟們連忙制止鴛鴦

　　△被奪下剪刀的鴛鴦不住流淚，李紈替她挽髮，婆子們清理掉下的頭髮

李紈：（惋惜）我的好姑娘，妳這是何必呢？

薛姨媽：是呀——

　　△薛姨媽正要開口安慰，生氣的賈母這時發話了

賈母：（氣得渾身顫抖）我身旁就剩了這麼一個可靠的人，他、他們還要來算計！

　　△一時沒人敢做聲

王夫人：太太當心身體——

賈母：（把氣出在王夫人身上）你們這些都是來哄我的！一個個外頭孝敬，暗地裡盤算。有好東西、有好人都來要，現在就剩了個毛丫頭，見我待她好了，你們氣不過，想弄開她後好擺弄我嗎！

（by林儷芳）

請將這段《哈姆雷特》最知名的獨白，改成乒乓的方式進行。

人：哈姆雷特、侍從A、侍從B

生存或毀滅，這是個必答之問題：是否應默默的忍受坎坷命運之無情打擊，還是應與深如大海之無涯苦難奮然為敵，並將其克服。此二抉擇，究竟是哪個較崇高？死即睡眠，它不過如此！倘若一眠能了結心靈之苦楚與肉體之百患，那麼，此結局是可盼的！死去，睡去……但在睡眠中可能有夢，啊，這就是個阻礙：當我們擺脫了此垂死之皮囊，在死之長眠中會有何夢來臨？它令我們躊躇，使我們心甘情願的承受長年之災，否則誰肯容忍人間之百般折磨，如暴君之政、驕者之傲、失戀之痛、法章之慢、貪官之侮、或庸民之辱，假如他能簡單的一刀了之？還有誰會肯去做牛做馬，終生疲於操勞，默默的忍受其苦其難，而不遠走高飛，飄於渺茫之境，倘若他不是因恐懼身後之事而使他猶豫不前？此境乃無人知曉之邦，自古無返者。所以，「理智」能使我們成為懦夫，而「顧慮」能使我們本來輝煌之心志變得黯然無光，像個病夫。再之，這些更能壞大事，亂大謀，使它們失去魄力。

（取自翻譯家朱生豪（1912-1944）的譯文[5]）

善用畫外音來豐富對話！

畫外音（V.O., Voice out of screen）是畫面外傳入的聲音，又稱為「旁

5　引自http://www.teachercn.com/zxyw/teacher/gzdec/140401121328437.Html

白」。畫面當中的人物嘴巴不動，但觀眾卻聽到另一個人或他自己在說話。這種類型的對白，我們可以在角色的名字後面加註V.O.，表明示這是畫外音。

畫外音可以豐富對話場面。善用畫外音可以把對話中所講述到的事情，插入相對應的畫面，畫面就「活」了；或者主角正在談另外「一人一事」，甚至可以切換場面去演出另一場戲，場面會更加生動。

但若畫外音應用得不好，就會變成是旁白者的內心獨白。以往常常看到紀錄片或旅遊介紹節目，總是拍攝著美麗的風景或萬里江山，主播在一旁講話，以畫外音呈現。這種過時的作法會讓畫面「停下來」，非常沉悶。良心的建議是，除非是科學性或評論性的內容上你才這樣做，否則應該要儘量避免。

在漫畫製作上，由於有印刷、紙張與畫格的限制，對話要儘量精鍊，也很少有乒乓。好的漫畫家會儘量運用Punchline，其他的部分都用主角的行動來表演。在動畫中，這些限制又更少了一點，比較類似電影。而遊戲則比較像漫畫，為了要避免干擾遊戲進行，人聲唸出對白通常會比較少，或許會用文字來表示。這時就要精簡文字，呈現訊息主要內容即可，而不要加上太多的贅詞與語助詞。繪本類作品主要針對文字閱讀的能力比較弱的兒童及青少年來設計，對白就更少了。我的建議是儘量在每一頁裡面頂多放一句Punchline，其他的都用敘述來表示即可。說到底，無論是哪一種內容類型的製作，用再多的對話場景，都不如直接讓人物行動，這能快速展現角色的性格特質。

對白寫作 《水滸傳》

我們以《水滸傳》中，武松、武大與潘金蓮對話的場面來示範對白寫作。原文如下：

武大道：「兄弟，我前日在街上聽得人沸沸地說道：『景陽岡上一個打虎的壯士，姓武，縣裡知縣參他做個都頭。』我也八分猜道是你。原來今日才得撞見。我且不做買賣，一同和你家去。」

武松道：「哥哥家在哪裡？」武大用手指道：「只在前面紫石街便是。」武松替武大挑了擔兒，武大引著武松，轉灣抹角，一逕望紫石街來。轉過兩個灣，來到一個茶坊間壁。武大叫一聲：「大嫂開門！」只見蘆簾起處，一個婦人出到簾子下應道：「大哥，怎地半早便歸？」武大道：「你個叔叔在這裡，且來廝見。」武大郎接了擔兒入去，便出來道：「二哥入屋裡來，和你嫂嫂相見。」武松揭起簾子，入進裡面，與那婦人相見。武大說道：「大嫂，原來景陽岡上打死大蟲，新充做都頭的，正是我這兄弟。」那婦人叉手向前道：「叔叔萬福。」武松道：「嫂嫂請坐。」武松當下推金山，倒玉柱，納頭便拜。那婦人向前扶住武松道：「叔叔，折殺奴家。」武松道：「嫂嫂受禮！」那婦人道：「奴家也聽得說道，有個打虎的好漢，迎到縣前來。奴家也正待要去看一看。不想去得遲了，趕不上，不曾看見。原來卻是叔叔。且請叔叔到樓上去坐。」武松看那婦人時，但見：

眉似初春柳葉，常含著雨恨雲愁；臉如三月桃花，暗藏著風情月意。纖腰裊娜，拘束的燕懶鶯慵；檀口輕盈，勾引得蜂狂蝶亂。玉貌妖嬈花解語，芳容窈窕玉生香。

當下那婦人叫武大請武松上樓，主客席裡坐地。三個人同歸到樓上坐了。那婦人看著武大道：「我陪侍著叔叔坐地，你去安排些酒食來管待叔叔。」武大應道：「最好。二哥，你且坐一坐，我便來也。」武大下樓去

了。那婦人在樓上看了武松這表人物，自心裡尋思道：「武松與他是嫡親一母兄弟，他又生得這般長大。我嫁得這等一個，也不枉了為人一世。你看我那三寸丁谷樹皮，三分像人，七分似鬼。我直恁地晦氣！據著武松，大蟲也吃他打了，他必然好氣力。說他又未曾婚娶，何不叫他搬來我家住？不想這段因緣卻在這裡。」

對白劇本如下：（景時人略）

武大：兄弟，我前日在街上聽得人沸沸地說道：「景陽岡上一個打虎的壯士，姓武，縣裡知縣參他做個都頭。」我也八分猜道是你。原來今日纏得撞見。我且不做買賣，一同和你家去。

武松：哥哥家在哪裡？

武大（用手指）：只在前面紫石街便是。

△武松替武大挑了擔兒，武大引武松，轉灣抹角，一逕望紫石街來。轉過兩個灣，來到一個茶坊間壁。

武大：大嫂開門！

金蓮：（掀起簾子）大哥，怎地半早便歸？

武大：你個叔叔在這裡，且來相見。

武大：（接了擔兒入去，便出來）二哥入屋裡來，和你嫂嫂相見。

△武松揭起簾子，入進裡面，與那婦人相見。

武大：大嫂，原來景陽岡上打死大蟲，新充做都頭的，正是我這兄弟。

金蓮：叔叔萬福。

武松：嫂嫂請坐。

△武松當下推金山，倒玉柱，納頭便拜。

金蓮：（向前扶住武松）叔叔，折殺奴家。

武松：嫂嫂受禮！

金蓮：奴家也聽得說道，有個打虎的好漢，迎到縣前來。奴家也正待要去看一看。不想去得遲了，趕不上，不曾看見。原來卻是叔叔。且請叔叔到樓上去坐。

△當下那婦人叫武大請武松上樓，主客席裡坐地。三個人同歸到樓上坐了。

金蓮（看武大）：我陪侍叔叔坐地，你去安排些酒食來管待叔叔。

武大：最好。二哥，你且坐一坐，我便來也。

△武大下樓去了。

金蓮O.S.：（看武松這表人物）武松與他是嫡親一母兄弟，他又生得這般長大。我嫁得這等一個，也不枉了為人一世。你看我那三寸丁谷樹皮，三分像人，七分似鬼。我直恁地晦氣！據說武松，大蟲也吃他打了，他必然好氣力。說他又未曾婚娶，何不叫他搬來我家住？不想這段因緣卻在這裡。

課堂練習 對白寫作

請參考以上範例，把《水滸傳》這段精彩的對話場面劇本給寫出來！

原文如下：

那婦人臉上堆下笑來，問武松道：「叔叔來這裡幾日了？」武松答道：「到此間十數日了。」婦人道：「叔叔在哪裡安歇？」武松道：「胡亂權在縣衙裡安歇。」那婦人道：「叔叔，恁地時，卻不便當。」武松道：「獨自一身，容易料理。早晚自有土兵伏侍。」婦人道：「那等人伏侍叔叔，怎地顧管得到。何不搬來一家裡住？早晚要些湯水吃時，奴家親自安排與叔叔吃，不強似這夥腌臢人安排飲食，叔叔便吃口清湯，也放心得下。」武松

道：「深謝嫂嫂。」那婦人道：「莫不別處有嬸嬸？可取來廝會也好。」武松道：「武二並不曾婚娶。」婦人又問道：「叔叔青春多少？」武松道：「虛度二十五歲。」那婦人道：「長奴三歲。叔叔，今番從哪裡來？」武松道：「在滄州住了一年有餘，只想哥哥在清河縣住，不想卻搬在這裡。」那婦人道：「一言難盡！自從嫁得你哥哥，吃他忒善了，被人欺負，清河縣裡住不得，搬來這裡。若得叔叔這般雄壯，誰敢道個不字。」武松道：「家兄從來本分，不似武二撒潑。」那婦人道：「怎地這般顛倒說！常言道：『人無剛骨，安身不牢。』奴家平生快性，看不得這般『三答不回頭，四答和身轉』的人。」有詩為證：

　　叔嫂萍水得偶逢，嬌嬈偏逞秀儀容。私心便欲成歡會，暗把邪言釣武松。

● 習題

1. 觀察你周圍五個最親近的人，把他們說話的特色與具體特徵描述出來。
2. 用錄音機錄下自己述說三隻小豬的故事，再打成逐字稿寫下來，觀察這個用口語表達的方式與用文字表達的方式有什麼異同。
3. 寫出《聶隱娘》的對白劇本。
4. 繼續把武松／武大／嫂嫂的精采對話場面，編製成對白劇本。原文如下：
　　說潘金蓮言語甚是精細撇清。武松道：「家兄卻不道得惹事，要嫂嫂憂心。」正在樓上說話未了，武大買了些酒肉果品歸來，放在樓下，走上樓來，叫道：「大嫂，你下來安排。」那婦人應道：「你看那不曉事的！叔叔在這裡坐地，教我撇了下來。」武松道：「嫂嫂請自便。」那婦人道：「何不去叫間壁王乾娘安排便了？只是這般不見便！」武大自去央了間壁王婆，安排端正了，都搬上樓來，擺在桌子上。無非是些魚肉果

菜之類。隨即盪酒上來。武大叫婦人坐了主位，武松對席，武大打橫。三個人坐下。武大篩酒在各人面前。那婦人掌起酒來道：「叔叔休怪，沒甚管待，請酒一盃。」武松道：「感謝嫂嫂，休這般說。」武大只顧上下篩酒盪酒，哪裡來管別事。那婦人笑容可掬，滿口兒叫：「叔叔，怎地魚和肉也不吃一塊兒？」揀好的遞將過來。武松是個直性的漢子，只把做親嫂嫂相待。誰知那婦人是個使女出身，慣會小意兒。亦不想那婦人一片引人的心。武大又是個善弱的人，哪裡會管待人。那婦人吃了幾盃酒，一雙眼只看武松的身上。武松吃他看不過，只低了頭，不恁麼理會。當日吃了十數盃酒，武松便起身。武大道：「二哥，再吃幾盃了去。」武松道：「只好恁地，卻又來望哥哥。」都送下樓來。那婦人道：「叔叔是必搬來家裡住。若是叔叔不搬來時，教我兩口兒也吃別人笑話。親兄弟難比別人。大哥，你便打點一間房屋，請叔叔來家裡過活，休教鄰舍街坊道個不是。」武大道：「大嫂說的是。二哥，你便搬來，也教我爭口氣。」武松道：「既是哥哥嫂嫂恁地說時，今晚有些行李，便取了來。」那婦人道：「叔叔是必記心，奴這裡專望。」有詩為證：

可怪金蓮用意深，包藏婬行蕩春心。武松正大元難犯，耿耿清名抵萬金。

那婦人情意十分慇懃。武松別了哥嫂，離了紫石街，逕投縣裡來。正值知縣在廳上坐衙。武松上廳來 道：「武松有個親兄，搬在紫石街居住。武松欲就家裡宿歇，早晚衙門中聽候使喚。不敢擅去，請恩相鈞旨。」知縣道：「這是孝悌的勾當，我如何阻你。其禮正當。你可每日來縣裡伺候。」武松謝了，收拾行李鋪蓋。有那新製的衣服，并前者賞賜的物件，叫個土兵挑了。武松引到哥哥家裡。那婦人見了，卻比半夜裡拾金寶的一般歡喜，堆下笑來。武大找個木匠就樓下整了一間房，鋪下一張床，裡面放一條桌子，安兩個杌子，一個火爐。武松先把行李安頓了，分

付土兵自回去。當晚就哥嫂家裡歇臥。次日早起，那婦人慌忙起來，燒洗面湯，舀漱口水，叫武松洗漱了口面，裹了巾幘出門，去縣裡畫卯。那婦人道：「叔叔，畫了卯，早些個歸來吃飯。休去別處吃。」武松道：「便來也。」逕去縣裡畫了卯，伺候了一早晨，回到家裡。那婦人洗手剔甲，齊齊整整，安排下飯食，三口兒共卓兒食。武松是個直性的人，倒無安身之處。吃了飯，那婦人雙手捧一盞茶遞與武松吃。武松道：「教嫂嫂生受，武松寢食不安。縣裡撥一個土兵來使喚。」那婦人連聲叫道：「叔叔，怎地這般見外？自家的骨肉，又不扶侍了別人。便撥一個土兵來使用，這鍋上地不乾淨，奴眼裡也看不得這等人。」武松道：「恁地時，生受嫂嫂。」有詩為證：

　　武松儀表甚溫柔，阿嫂婬心不可收。籠絡歸來家裡住，要同雲雨會風流。

第七講

三角

絕不要直接告訴我們一件事，如果你能夠把它展示給我們
看的話。

——史蒂芬・金（Stephen King, 1947-）[1]

1 《史蒂芬・金談寫作》，p.206。

戲劇是一種表演藝術，觀眾想看角色在舞臺上表演各種喜怒哀樂、人生點滴。因此，寫劇本有一句經典格言：「用演的，不要用說的。」尤其是當你有很強的卡司（Cast）時，不讓他們演，豈不是太糟蹋了？「編劇必須寫出有畫面感的劇本，細部的製作就稱為銀幕劇本寫作，他們絕不能寫出攝影機拍不出來的東西。雖然劇本不必以攝影機的角度來思考。[2]」

　　這些表演說明，傳統舞臺劇中稱之為「舞臺指示」（Stage Instruction）。間雜於對白之間，用來指導演員在舞臺上的走位、演出；道具燈光……等等細節，寫作時只要能夠清楚與對白區隔開來就行了，並沒有固定的格式，後來多用「括號（ ）」來處理。

範例 舞臺指示：《哈姆雷特》

第4場　露臺　哈姆雷特、霍拉旭及馬西勒斯上。

哈姆雷特：風吹得人很痛，這天氣真冷。

霍拉旭：是很凜冽的寒風。

哈姆雷特：現在什麼時候了？

霍拉旭：我想還不到十二點。

馬西勒斯：不，已經打過了。

霍拉旭：真的？我沒有聽見！那麼鬼魂出現的時候快要到

2　《迪士尼的劇本魔法》，p.168。

了。（內，喇叭奏花腔及鳴炮聲）這是什麼意思，殿下？

哈姆雷特：王上今晚大宴群臣，通宵醉舞。每次他喝下一杯美酒，銅鼓和喇叭便吹打起來，歡祝萬壽。

霍拉旭：這是向來的風俗嗎？

哈姆雷特：嗯，是的。我雖然從小就熟習這種風俗，總是想破壞了倒比遵守它還體面些。這種酗酒淫樂的風俗……不管在其餘方面是如何聖潔，如何具備人的無限美德？……少量的邪惡足以勾銷全部高貴的品質，害得人聲名狼藉。

（鬼魂上。）

霍拉旭：瞧，殿下，它來了！

哈姆雷特：天使保佑我們！不管你是善靈或惡魔……已死的屍體卻全身貫甲，現於月光下，使黑夜如此陰森，使我們這些為造化所玩弄的愚人因不思議的恐怖而心驚膽顫，究竟合意？說，為什麼？你要我們怎樣？（鬼魂向哈姆雷特招手。）

……

哈姆雷特：我的運命在高聲呼喊，使我全身每根微細的血管都變得像怒獅的筋骨一樣堅硬。（鬼魂招手）它仍舊在招我去。放開我，朋友們；（掙脫二人之手）憑著上天起誓，誰要是拉住我，我要叫他變成鬼！走開！去吧，我跟著你。（鬼魂及哈姆雷特同下。）

（取自翻譯家朱生豪的譯文[3]）

3　引自http://www.teachercn.com/zxyw/teacher/gzdec/140401121328437.Html

內行人才看得懂！劇本的三角！

然而，戲劇形式與時俱進，舞臺指示的功能在新媒體中已經大大的擴充，非只含括舞臺上可見的表演，也包含了許多給製作人員的指示。西方的影視劇本承襲舞臺劇本的慣例，只要分行處理，別和對白混在一起就行了，也沒有給予特定的名稱。

以電影、電視、動漫遊戲來說，並沒有「舞臺」。舞臺指令比較適合稱之為「情境指令」（Scene/Scenario instruction）、「銀幕指令」（Screen Instruction）或「演出指令」（Action Instruction）。但行內目前並沒有固定的術語名稱，只籠統地稱為「三角（形）」，符號以△來表示。

三角用來放對白以外的所有部分。包括：

一、角色的表演方式與行動。

角色行動能直接傳達出角色特性，畢竟嘴上說的和實際做的永遠是兩碼子事。角色所做的事就放在三角中，必須與對話分開得清清楚楚。

當角色的行動必須與對話同時發生時候，不管是對話前、對話中、對話後，你都可以把演出用舞臺指令的方式以括號加進去。但若表演比較複雜，最好還是以三角獨立另起一行來描述，這樣在製作時，讀起來會更清晰流暢。例：

霍拉旭：真的？我沒有聽見！那麼鬼魂出現的時候快要到了。

　　　△背景傳來喇叭奏花腔及鳴炮聲。

或

霍拉旭：真的？我沒有聽見！那麼鬼魂出現的時候快要到了。（背景傳來喇叭奏花腔及鳴炮聲）這是什麼意思，殿下？

二、有些編劇的習慣是，利用每一個分場的第一個三角來描述該場景內的主要陳設以及戲劇情境，或者直接寫分場大綱在其中，以便製作團隊快速的掌握場面情境。例：

第4場　露臺　哈姆雷特、霍拉旭及馬西勒斯上。
　　△哈姆雷特、霍拉旭及馬西勒斯在露臺上遇見鬼魂現身，哈姆雷特決定跟隨鬼魂一探究竟。

　　三、給製作人員的指令。描述在製作過程中所要拍攝或是後製所要採取的行動，如：鏡頭指令、配樂、字幕等、剪接的注意事項……等等，總之就是要把對白以外想要交代的部分全部放到三角中，並沒有固定的寫法。例：

△Music in：Bach Chromatic Fantasy, D Minor BWV 903
△上字幕：哈姆雷特王子復仇記
△以下兩場對剪。
△鏡頭跟隨哈姆雷特。

　　在這裡要注意，編劇的責任是把角色的行動與以具體化、形象化，需要要先在腦海中有具體的畫面，然後再用文字加以描寫。切記，必須是用形象化而非描述性的寫法。比如「公主愛上了王子。」就是錯誤的寫法。因為在製作團隊的眼中，這並沒有辦法形成具體的畫面，導演也沒有辦法指導演員們的表演。正確的寫法是「公主親吻了王子。」導演就可以依此指導演員應該做怎麼樣的表演。
　　更好的編劇方式是描述具體表演並添加細節，比如說公主親吻了王子到底是在什麼地方親吻？她是用什麼方式親吻？王子是採取什麼角度？公主是採取什麼角度？是親吻哪裡？吻她的手？吻她的眼睛？還是吻她的嘴巴？這

些都可以寫在三角裡面。

三角中的描述都必須是視覺化的形容。但要表現到如何的程度，見仁見智。有一派認為編劇必須用「鏡頭指令」（Camera Instruction）寫出所有鏡頭的位置、取景——特寫、遠景、中景……等必須要完整，導演才能據以行動。另一派則認為畫面、取景、鏡頭是導演的職責，編劇不宜撈過界。

由於三角無所不包的特性，編劇永遠很容易撈過界，把導演、燈光、道具、布景等等工作人員的職責全部都寫進去。這也並非不好，但請記得千萬別讓自己成為一個扼殺別人創作空間的討厭鬼。

另外，劇本是給製作團隊看的，並不是給觀眾讀的，所以你應該要放棄小說式懸疑的寫法。比如說，在三角裡面寫「夕陽西下，一位大漢穿著黑披風踩著黃沙滾滾走來。」是錯誤的寫法，你應該清楚的標示出來這位大漢是誰？他是張無忌？還是洛基？必須要有個名字，這樣導演才知道要調度哪一位演員來演出這一幕，「夕陽西下，喬峰踩著黃沙走來。」這才是正確的寫法。

當然，撰寫三角也需要文字技巧，如「公主喜悅的親吻王子。」這個我就不喜歡，因為無法得知喜悅到底是如何的喜悅法？你可以換一個角度來寫，比如說「公主閉上眼親吻了王子，親吻後她微笑。」儘量減少副詞和形容詞的使用，因為副詞和形容詞通常相當模糊，無法具體地表現出場面。

「公主親吻了王子，讓庭院裡的花都開了。」這個寫法可以嗎？這就見仁見智了，如果你只把攝影機停留在兩人親密互動的角度，那你就無法表現花都開了。或許這時可以把庭院花開的畫面切換進來，這樣就會造成象徵的效果。「公主給王子一個既濕又甜的吻。」我喜歡這種寫法，因為在形容中有演員發揮演技的空間。

三角中也可以表現角色關係。「公主給王子一個既濕又甜的吻，當她張開眼卻發現那是一隻青蛙。」這形容表現下，觀眾腦海中會出現連續畫面，同時也製造出轉折和衝突，達成推進劇情的效果。

插入畫面比較有爭議。我認為若是只需要單純插入一個靜態畫面、音樂、短片段等，那直接在三角裡寫「插入畫面」就可以了。但若需要插入一整段角色行動或對白時，最好還是另立場面，拍攝製作時更清楚方便。

分場劇本 《聶隱娘》

我們要以《聶隱娘》故事，來示範一場完整的分場劇本，原文如下：

後五年，尼送隱娘歸。告鋒曰：「教已成矣，子卻領取。」尼歘亦不見。一家悲喜。問其所學。曰：「初但讀經唸咒，餘無他也。」鋒不信，懇詰。隱娘曰：「真說又恐不信，如何？」鋒曰：「但真說之。」曰：「隱娘初被尼挈，不知行幾里。及明，至大石穴之嵌空，數十步寂無居人，猿狖極多，松蘿益邃。已有二女，亦各十歲，皆聰明婉麗，不食，能於峭壁上飛走，若捷猱登木，無有蹶失。

最簡單的寫法，就是照原文的表現方式以對話來推進劇情：

景：聶家時：白天人：聶鋒、聶隱娘、神尼、家人若干
　　△字幕：五年後……
　　△神尼送隱娘回到家。

神尼（對聶鋒說）：我把隱娘教成了，你把她領回去吧。（消失不見）

　　△家人又哭又笑，抱在一起。

聶鋒：隱娘學了什麼？

隱娘：一開始只是讀經唸咒，沒學啥別的。

聶鋒（搖頭）：怎麼可能？妳老實說。

隱娘：唉，我是怕說真的，你們一定不相信。

聶鋒：妳照實說就是了。

隱娘：好吧，我就照實說。一開始我被神尼抓走，不知道跑了幾里路。到天亮的時候，來到一個大石穴，裡面嵌空，幾十步以內看不到人，很多猿猴，松樹也很多。已經有兩個小女孩在那裡，都聰明又漂亮。平常不用吃飯，能在峭壁上飛走，像猴子爬樹一樣……

比較厲害的寫法，就要把原文中的畫面，利用三角和對話，一一展演出來。

第1場　景：聶家　時：白天　人：聶鋒、聶隱娘（15）、神尼、家人若干
　　　　△字幕：五年後……
　　　　△神尼送隱娘回到家。

神尼（對聶鋒說）：我把隱娘教成了，你把她領回去吧。（消失不見）

　　　　△家人又哭又笑，抱在一起。

聶鋒：隱娘學了什麼？

隱娘：一開始只是讀經唸咒，沒學啥別的。

聶鋒（搖頭）：怎麼可能？妳老實說。

隱娘：唉，我是怕說真的，你們一定不相信。

聶鋒：妳照實說就是了。

隱娘：好吧，我就照實說。一開始我被神尼抓走，不知道跑了幾里路。

△插入畫面：神尼抱著年幼的隱娘在草上飛走，景物咻咻後退。

隱娘V.O.：到天亮的時候，來到一個大石穴，裡面嵌空，幾十步以內看不到人，很多猿猴，松樹也很多。

第2場　景：大石穴　時：白天　人：聶隱娘（10）、神尼、女童甲乙
　　　△鏡頭環顧大石穴，猿猴爬著大松樹啼鳴。
　　　△兩個聰明又漂亮的小女童提著空籃子走出來。

女童甲：神尼，您帶了小妹妹來啊？
神尼：唔，她叫做聶隱娘。
女童乙（對隱娘說）：隱娘好漂亮，肚子餓不餓啊？
隱娘（害羞搖頭）：我不餓……
女童甲：妳別逗她了，她又不像我們兩個不必吃飯，肚子當然餓啊！我來摘些果子給她吃……

△女童甲跳下峭壁，像猴子爬樹一樣。

課堂練習 分場劇本：《聶隱娘》

比照以上範例，繼續製作《聶隱娘》劇本。原文如下：

尼與我藥一粒，兼令長執寶劍一口，長二尺許，鋒利吹毛，令割逐二女攀緣，漸覺身輕如風。一年後，刺猿狖，百無一失。後刺虎豹，皆決其首而歸。三年後能飛，使刺鷹隼，無不中。劍之刃漸減五寸，飛禽遇之，不知其來也。至四年，留二女守穴，挈我於都市，不知何處也。指其人者，一一數其過，曰：『為我刺其首來，無使知覺。定其膽，若飛鳥之容易也。』受以羊角匕首，刀廣三寸。遂白日刺其人於都市，人莫能見。以首入囊，返主人舍，以藥化之為水。五年，又曰：『某大僚有罪，無故害人若干，夜可入其室，決其首來。』又攜匕首入室，度其門隙，無有障礙，伏之樑上。至瞑，持得其首而歸。尼大怒曰：『何太晚如是！』某云：『見前人戲弄一兒，可愛，便未忍下手。』尼叱曰：『已後遇此輩，先斷其所愛，然後決之。』某拜謝。尼曰：『吾為汝開腦後，藏匕首而無所傷。用即抽之。』曰：『汝術已成，可歸家。』遂送還。云『後二十年，方可一見。』」鋒聞語甚懼，後遇夜即失蹤，及明而返。鋒已不敢詰之，因茲亦不甚憐愛。

學會畫分鏡劇本！確定劇本拍出來好看！

分鏡劇本是以圖畫的方式，將某一個場面中的關鍵畫面用圖畫來描繪。通常，還會標上對白、音效和其他製作細節等。在比較克難的小型製作中，導演必須要兼具有繪製分鏡劇本的能力。而在大型的電影製作團隊中，例如好萊塢，則有專門的分鏡劇本人員，在導演接手之前，先與導演溝通，將文字劇本轉化成一連串的畫面。

分鏡劇本通常不是編劇的工作，理由很簡單，因為文字藝術跟視覺藝術所需要的能力並不相同，很少有人能兼具兩者。若編劇能大略繪出劇本的場景、分鏡、角色動作圖，即使只是一個拙劣草圖，都將有助於你視覺化的思考場面。所以請不要介意繪圖能力很差，試著畫畫看分鏡劇本，畫熟了以後，就可以把這個工作拋開了。

分鏡表：《聶隱娘》

現在我們示範將上面的分場劇本製作成分鏡表：

場／鏡	圖示	畫面說明	聲音說明	特殊技術	秒
1		五年後…… 神尼送隱娘回到家。			
2		神尼和隱娘			
3		聶鋒夫婦			
4		神尼（對聶鋒說）	我把隱娘教成了，你把她領回去吧。		
5		家人又哭又笑，抱在一起。（神尼消失）			

6		聶鋒	隱娘學了什麼？		
7		隱娘	一開始只是讀經唸咒，沒學啥別的。		
8		聶鋒（搖頭）	怎麼可能？妳老實說。		
9		隱娘	唉，我是怕說真的你們一定不相信。		
10		隱娘	好吧，我就照實說。一開始我被神尼抓走，不知道跑了幾里路。		

（by吳思蝶）

請將此段劇情，製作為分鏡表：

五年，又曰：「某大僚有罪，無故害人若干，夜可入其室，決其首來。」又攜匕首入室，度其門隙，無有障礙，伏之樑上。至暝，持得其首而歸。尼大怒曰：「何太晚如是！」某云：「見前人戲弄一兒，可愛，便未忍下手。」尼叱曰：「已後遇此輩，先斷其所愛，然後決之。」某拜謝。尼曰：「吾為汝開腦後，藏匕首而無所傷。用即抽之。」曰：「汝術已成，可歸家。」遂送還。

場／鏡	圖示	畫面說明	聲音說明	特殊技術	秒

鏡頭指令

　　編劇的工作就是在劇本裡寫出各個場面，讓導演可以透過攝影機表現出這些鏡頭（shot）。鏡頭指令只有在必要的場合才放進劇本中。比如說某一個特寫能特別表示角色的情緒，推動劇情，那麼編劇就可以把close-up放進去。比如「公主給了王子一個又濕又甜的吻」這個演出，只要是合格的導演都知道應該把畫面特寫在公主既濕又亮的嘴唇上。因此，在此處加上特寫指令實顯多餘。然而當公主吻完了王子卻發現他是一隻青蛙時，就會有不同的作法。有的人會用中景去取青蛙，但是我們也可以用比較象徵性的作法，讓導演特寫在公主驚訝的表情上。

　　常用的鏡頭指令有這些：

Long shot 遠景	
medium shot 中景	

close-up 特寫	

以下鏡頭指令的運用場合及技巧較複雜：

・Zoom in：鏡頭拉近

・Zoom out：鏡頭拉遠

．Pan：搖拍

‧Follow：跟隨角色拍攝

‧Cross the shoulder：越肩拍攝。在兩人對話場面中，從一人的肩膀背
　　後，往另一人的正面拍攝。

（圖：吳思蝶）

在後製階段，聲音應該是在影像之後才完成。（當然也有例外，如音樂
MV）

而淡出（fade-in）／淡入（fade-out）、溶出（dissolve-in）／淡入
（dissolve-out）之類的光學效果，則應該由導演或專業的剪接師來決定，編
劇最好不要插手。

要記住，編劇的工作是寫劇本，沒有義務以攝影機的角度寫作。攝影師
的工作是在各個場景中控制攝影機，協助故事擷取影像。導演的工作是把劇
本中的文字化成影像，拍出來呈現給觀眾。各自有各自的責任，不要越俎代
庖。

習題

1. 請將《聶隱娘》故事的分場劇本全部做完。
2. 請就你自己製作的《聶隱娘》劇本，選一場製作分鏡表。

第八講

角色

注意你的思想，因它變成言語；注意你的言語，因它變成
行動；注意你的行動，因它變成習慣；
注意你的習慣，因它變成你的性格；注意你的性格，因它
變成你的命運。
「我們思想什麼，就變成什麼。」
　　　——《鐵娘子》（The Iron Lady）劇作家
　　　　　艾比·摩根（Abi Morgan, 1968-）

先給兩個恆等式：

故事 ＝ 人物 ＋ 行為
戲劇 ＝ 角色 ＋ 行動

人物是故事的靈魂，角色是戲劇的支柱。

故事必定有關於「人」，即使是寫「物」的故事，也必須在某種程度上，將其「擬人化」，否則讀者不會買單。戲劇也是一樣，把角色樹立起來，讓他在戲劇情境中發展出行動，自然會形成戲劇。費茲傑羅（F.Scott Fitzgerald, 1896-1940）在《最後大亨》（The Last Tycoon）中說道：「行為就是人物！」在構成人物時，他的行為、性格、習慣都會互相產生影響。

角色設定，是劇本寫作的第一優先工作。

讓角色活起來的關鍵步驟！

心理學家佛洛依德（Sigmund Freud, 1856-1939）曾提出「冰山理論」。人的心理分作超我、本我、自我三個部分，超我是關於道德判斷，本我是指人的各種慾望，自我則在超我和本我兩者間互相協調。人的人格就像冰山一樣，在海面上露出的部分只有八分之一，也就是「意識」；其餘的八分之七則隱藏在大洋海面下，也就是「潛意識」。

冰山理論在戲劇角色塑造上非常重要。任何角色都可以被分成「劇內」和「劇外」兩部分：「劇內」指角色在故事中呈現出來的需求與行動；「劇外」是指故事情節所發生的時間以外，角色其他的生活，也就是角色隱藏在冰山下的部分──從角色出

生，到這一齣戲開始前。

作角色設定時，首先要把冰山下的部分（劇外）描繪出來，就能確定角色的行為模式，有如穩固了戲劇的主要支柱。這又包含兩部分：

(1)社會性角色：指角色在外在社會中的功能與位置，包含在工作崗位上所顯露出來的態度，是積極向上還是消極怠惰？在同僚間所扮演的角色，是開心果？潤滑劑？還是麻煩製造者？

(2)私生活：這部分包含他的配偶、家人間的相處模式等，他的父母對他是慈祥和藹還是動輒打罵？兄弟姊妹間相處是緊張還是平順？他交酒肉朋友？還是互相砥礪向上的朋友？

(3)最後是他獨處的生活，主要是他的興趣嗜好、信仰志趣等等。所謂「人無癖不可以交，以其無深情也。」有怪癖的角色代表他對事物深情執著，人都喜歡深情執著的人。討好觀眾，為你的角色加入有趣的嗜好吧！

最重要的是，角色要有「可識別性」。最好會讓閱聽人覺得，「我認識一個你筆下的那位人物。」那就成功了。

接下來是「戲內」的部分，請記得李漁的話，戲劇不過是「一人一事」，把角色的「需求」找出來，他的「行動」（Action）也就可以確立了。電影「是先有某一想法，然後去創造適合這種想法的人物……先創造一個人物，從人物身上再產生需求、動作和故事。[1]」簡單的說，就是：

性格 → 行為模式 → 需求 → 行動

角色性格決定行為模式。魯莽的人作事總是莽莽撞撞；童年有受創經驗的人長大就不容易相信別人，行為狐疑多慮。更進一步，我們就可以根據其

1　《實用電影編劇技巧》，p.67。

行為模式來設計「需求」。

「江中只有兩條船，一條為名，一條為利。」任何人的需求說穿了，不外乎：名氣／權勢／財富／性，如此而已。當然，你也可以參考馬斯洛的需求層次理論來設計角色需求：（請教師自行補充）

圖1　馬斯洛的需求模型

當然，想要作出深刻好戲的話，角色的需求就得更壯大、更幽微，你必須對心理學有一定的瞭解。初學者常犯的毛病是，明明角色是個平凡人（小女孩、上班族、學生……等），卻追求著平凡的事物（吃甜點、睡覺、打電動……等），缺乏衝突，戲就沒了。你可以仔細想想，所謂的「小確幸」，就是很容易就可以得到的幸福，每個人都能做到啊，那你戲要做給誰看？

要記住，不平凡的人才能追求平凡、什麼都有的人才能追求「沒有」。

可以是平凡人，但幹不平凡的事。

平凡人，平淡過一生，戲劇就完蛋。（除非你的功力直追小津安二

郎。）

　　「外在世界是內在世界的投射……往前一步，外在世界也是內在世界追求的一個符號。[2]」在戲劇上，我們應當把角色的內在需求轉變成外在世界中的角色（或情境），那才是上乘的作法。舉例而言：

　　《魔法公主》：宮崎駿大師把被人類破壞的自然環境，投射成為一群憤怒的山豬神，向人類發動反攻。

　　《蜘蛛人》（Spider-Man）：就算超級英雄的內心，也有黑暗的一面。向外投射，具體化成為「黑色蜘蛛人」專找紅色蜘蛛人的麻煩。

　　《少年Pi的奇幻漂流》：Pi心中殘忍兇惡的一面，具體向外投射成為大老虎。他得想辦法和老虎和平共處，才能活下去。而且，老虎活了，他自己才能活。

性格決定命運！你只會做自己想做的決定！

　　性格決定命運，這是寫故事必須接受的最高真理。對閱聽人也是一樣，他們總是把自己投射到故事裡，因而便會對故事有不同的理解。電影《鐵娘子》裡面的臺詞說，「注意你的思想，因它變成言語；注意你的言語，因它變成行動；行動會變成習慣，習慣就會變成你的性格，性格就會變成你的命運，『我們思想什麼，就變成什麼。』」角色的性格會決定故事，而所有的故事，其實都是同一個故事——他想著「我是誰」，質疑著「命運是什麼」。所有的故事都是命運的模擬，我們從故事裡去學習如何面對我們現在的情境，瞭解我們的命運；我們因為以前某人過著這樣的生活，我們就認為

2　《生命的窗口》，p.40。

自己也會變成一樣的人。

　　舉例而言，性格軟弱的人和強悍的人，人生遭遇會一樣嗎？性格反覆的人和誠實正直的人，命運會不會一樣呢？比如說鄰國殺了我國一個漁民，不需要什麼思考就知道，前後幾任領導的應對方法，「一定」完全不一樣，因為他們有的強悍、有的軟弱；有的只會口頭嗆聲、有的只會息事寧人。那就是性格使然。再進一步，我們就可以理解他們的執政成績必然有所不同，那就是行為的結果；再進一步，他們卸任後，得到的評價必然有所不同。命運也因此不同！

　　你認同誰就變成誰。所以，我們在寫故事的時候也是一樣，若想要讓讀者認同角色，就要把「性格如何決定命運」表現出來，就是一個好故事。說故事的時候要想清楚我們到底要如何去安排主角的遭遇，也就是整部戲劇的情節，我們會由想法、言語、行動、習慣、性格這些細節來安排、決定他的命運。

　　寫故事就是像這樣，從角色的性格出發，虛擬出角色對情境的反應。雖然與真實的世界不一定相對應，但觀眾覺得理所當然，那就是合理的劇情。決定故事的情節之前，你必須要先設定好角色，才能知道在這個情境中，你的角色會怎麼樣去作反應，戲自然而然就出來了。

　　角色的需求就是所謂的「鉤子」（Hook）。作角色設定時，可以試著為你的人物寫一個「小傳」，描述他出生到「目前」（即戲劇開始時）的經歷。然後以這個他個人的小傳揣摩他的性格，以一、兩句話描寫出來。小祕訣是為你的角色設計一句「口頭禪」，有時可以幫助你自己確立角色的性格。「如此，我們就會有電影劇本的主要題材——動作和人物了。[3]」

3　《實用電影編劇技巧》，p.77。

開啟網頁（http://astrodoor.cc/horoscope.jsp）後會看到兩個步驟，分別為輸入出生時間和地點，送出查詢後可看到解析。此網站會針對所輸入的內容分析星座、命盤等作詳細解釋。

例如輸入結果顯示是火象星座比例偏高，性格中就會有說話直率，行動力強等特質，另外也會分析你有興趣的事物、適合的工作。可以參考網頁的分析，設定你故事中的角色，讓角色性格更加生動鮮明。

而且，觀眾也很容易接受這樣的角色。這是由於「巴爾讓效應」，用廣泛籠統的字眼，去形容某一個人的性格，對方會毫不遲疑的接受，認為你說的正是自己。[4]

說到底，星座算命師也是作家，他們也是在創作──盡情發揮想像力來虛構。

角色設定他們天天做，非常厲害。

為什麼只有小明有故事？命名的重要性！

沒有比幫角色取個適當的名字更重要的事！因為「相關性」的作用，人腦只記得起具體、有趣、簡潔，有助於劇情記憶的名字。

很多初學者羞於為角色取一個名字，常常用「有一個小女孩」、「有一個很老的公公」之類的角色名字來寫故事，那真是蠢極了。你會發現這麼做，任何人都會很快忘記故事講什麼。另一個極端，就是很多文藝青年想幫角色取個夢幻般的名字。用上罕見字，字形很漂亮，卻根本不知怎麼唸，如

4　《卜洛克的小說學堂》，p.154。

「闞娛」、「翃荇」……（這我亂選字找到的，如有巧合請見諒）；要不就把名字取得很長，「可拉米蓋亞・西羅多・亞爾妥也夫斯基」（除非是科幻推理小說，我就沒話說）。這都並非明智的選擇。

好的角色姓名簡單、俐落、鮮明、容易記憶、與故事目標或角色功能相關。比如說，卜洛克這麼寫，「千萬不要再叫什麼『老媽』的餐廳裡吃飯。千萬不要跟綽號『郎中』的人玩撲克牌。千萬不要騙比你惹上更多麻煩的女人。[5]」

如果真不會取名字，小祕訣是，從你身邊的親朋好友的名字中選一個你印象最深刻的。你只要這麼想，假設同學中有「白冰冰」或「歐巴馬」，保證你不會忘記他的名字。

外觀

日常生活中，第一印象是最重要的。有研究指出，人類只需要0.5秒就能憑外表決定對陌生人的好惡。因此，要讓觀眾瞭解接受一個角色，外觀設計要呼應其個性。體型、相貌、衣著、配件……等等，最好與角色內在均一致，方便觀眾來認同。上班族就穿襯衫打領帶提公事包、高中美少女就綁馬尾、穿可愛水手服。反之，粗曠魯莽的大叔不可能長得文弱纖細，林黛玉不可能穿著比基尼打沙灘排球。當然，故意違反直覺也是一種塑造衝突的方式，比如外表文弱的少女有個滄桑粗曠的大叔魂。但若這麼做，在角色設定上就要更小心。

你可以「視需要」描述角色的外觀，有時完全不需要，因為描述角色外觀可能會影響到製作人員「選角」（Casting）。試著從知名影星中找出最能代表劇本中角色的演員，即使你無法雇用他，觀眾也會因為這個明星的

5　《卜洛克的小說學堂》，p.180。

形象，便能輕易在腦海中建立起對角色的實體樣貌、看法。尤其最近偶像劇盛行，觀眾其實不太在乎主題深刻或情節的合理性，而是來看明星。那麼編劇應該針對某明星而寫，角色設定時乾脆就把照片放上去吧。讓製作方覺得「你是在為某個人寫，為某個明星寫，這個人應當是『銀行肯投資的』。[6]」

為明星量身訂製有個附帶的好處，可以幫助你固定角色性格。明星在螢幕上出現久了，在觀眾和你心中都有「刻板印象」，認為某某人就應該是某某樣。比如，一提起周星馳，你大概不會想像成正經八百的角色吧？放上凱瑟琳赫本（Katharine Hepburn, 1907-2003）的照片，就很難是搞笑瘋女人吧？你在寫劇本時可以省下不少角色設定功夫。不妨一試。

在動漫遊戲製作上，沒有選角的問題，當然可以讓編劇盡情發揮想像力，設計角色的相貌、身材、衣著、配件……等等。

而如果想製作的最終成品，並不是視覺化的作品，比如：小說，尤其是第一人稱小說。「或許」可以忽略掉人物的外貌長相，專注於情節表現，讓讀者融入角色的經歷更為重要。卜洛克說，「別去理會這個敘事者是什麼長相，有何特徵，對於情節開展，有很多方便的地方。在文學鑑賞過程中，移情作用異常關鍵。[7]」

角色描述

描述角色時，必須明確地提供下列資訊：

◉ 姓名：
◉ 類型：（階級、種族、原型、幻想／歷史／神話）

---

6 《實用電影編劇技巧》，p.69。

7 《卜洛克的小說學堂》，p.200。

■ 身分證ID上會有的資訊：（性別、年齡、出生年月日、籍貫地址、配偶……等）

■ 外觀：（可放照片）

■ 背景生平：（小傳）

■ 個性特色：（小動作、口頭禪）

■ 在故事中的功能、關聯性

角色描述 **曹操**

　　這是《三國演義》中，曹操出場的角色描述：

　　為首閃出一將，身長七尺，細眼長髯，官拜騎都尉，沛國譙郡人也，姓曹名操字孟德。操父曹嵩，本姓夏侯氏，因為中常侍曹騰之養子，故冒姓曹。曹嵩生操，小字阿瞞，一名吉利。操幼時，好遊獵，喜歌舞，有權謀，多機變。操有叔父，見操遊蕩無度，嘗怒之，言于曹嵩。嵩責操。操忽心生一計，見叔父來，詐倒於地，作中風之狀。叔父驚告嵩，嵩急視之。操故無恙。嵩曰：「叔言汝中風，今已瘥乎？」操曰：「兒自來無此病；因失愛于叔父，故見罔耳。」嵩信其言。後叔父但言操過，嵩並不聽。因此，操得恣意放蕩。時人有橋玄者，謂操曰：「天下將亂，非命世之才不能濟。能安之者，其在君乎？」南陽何顒見操，言：「漢室將亡，安天下者，必此人也。」汝南許劭，有知人之名。操往見之，問曰：「我何如人？」劭不答。又問，劭曰：「子治世之能臣，亂世之奸雄也。」操聞言大喜。年二十，舉孝廉，為郎，除洛陽北部尉。初到任，即設五色棒十余條於縣之四門，有犯禁者，不避豪貴，皆責之。中常侍蹇碩之叔，提刀夜行，操巡夜拿住，就棒

責之。由是，內外莫敢犯者，威名頗震。後為頓丘令，因黃巾起，拜為騎都尉，引馬步軍五千，前來穎川助戰。正值張梁、張寶敗走，曹操攔住，大殺一陣，斬首萬餘級，奪得旗幡、金鼓、馬匹極多。

我們格式化如下：

姓名：曹操。字孟德，小字阿瞞，一名吉利。

類型：史實人物，傳奇化。

身分證ID上會有的資訊：男，23歲。養父曹嵩為中常侍曹騰之養子。

外觀：身長七尺，細眼長髯。持倚天、青釭雙劍。

背景生平：操幼時，好遊獵，喜歌舞，有權謀，多機變。操有叔父，見操遊蕩無度，嘗怒之，言于曹嵩。嵩責操。操忽心生一計，見叔父來，詐倒於地，作中風之狀。叔父驚告嵩，嵩急視之。操故無恙。嵩曰：「叔言汝中風，今已瘥乎？」操曰：「兒自來無此病；因失愛于叔父，故見罔耳。」嵩信其言。後叔父但言操過，嵩並不聽。因此，操得恣意放蕩。……年二十，舉孝廉，為郎，除洛陽北部尉。初到任，即設五色棒十余條於縣之四門，有犯禁者，不避豪貴，皆責之。中常侍蹇碩之叔，提刀夜行，操巡夜拿住，就棒責之。由是，內外莫敢犯者，威名頗震。後為頓丘令，因黃巾起，拜為騎都尉，引馬步軍五千，前來穎川助戰。正值張梁、張寶敗走，曹操攔住，大殺一陣，斬首萬餘級，奪得旗幡、金鼓、馬匹多。

個性特色：治世之能臣，亂世之奸雄。口頭禪是「寧可我負天下人、不可天下人負我。」

在故事中的功能、關聯性：大反派，Boss中的Boss。

以下是《三國演義》中，劉備—關羽—張飛三人出場的角色描述，請改為格式化的角色描述：

那人不甚好讀書；性寬和，寡言語，喜怒不形於色；素有大志，專好結交天下豪傑；生得身長七尺五寸，兩耳垂肩，雙手過膝，目能自顧其耳，面如冠玉，唇若塗脂；中山靖王劉勝之後，漢景帝閣下玄孫；姓劉，名備，字玄德。昔劉勝之子劉貞，漢武時封涿鹿亭侯，後坐酬金失侯，因此遺這一支在涿縣。玄德祖劉雄，父劉弘。弘曾舉孝廉，亦嘗作吏，早喪。玄德幼孤，事母至孝；家貧，販屨織蓆為業。家住本縣樓桑村。其家之東南，有一大桑樹，高五丈餘，遙望之，童童如車蓋。相者云：「此家必出貴人。」

玄德幼時，與鄉中小兒戲於樹下，曰：「我為天子，當乘此車蓋。」叔父劉元起奇其言，曰：「此兒非常人也！」因見玄德家貧，常資給之。年十五歲，母使游學，嘗師事鄭玄、盧植；與公孫瓚等為友。及劉焉發榜招軍時，玄德年已二十八歲矣。當日見了榜文，慨然長歎。隨後一人厲聲言曰：「大丈夫不與國家出力，何故長歎？」

玄德回視其人：身長八尺，豹頭環眼，燕頷虎鬚，聲若巨雷，勢如奔馬。玄德見他形貌異常，問其姓名。其人曰：「某姓張，名飛，字翼德。世居涿郡，頗有莊田，賣酒屠豬，專好結交天下豪傑。適纔見公看榜而歎，故此相問。」玄德曰：「我本漢室宗親，姓劉，名備。今聞黃巾倡亂，有志欲破賊安民；恨力不能，故長歎耳。」飛曰：「吾頗有資財，當招募鄉勇，與公同舉大事，如何？」玄德甚喜，遂與同入村店中飲酒。

正飲間，見一大漢，推著一輛車子，到店門首歇了；入店坐下，便喚酒保：「快斟酒來吃，我待趕入城去投軍。」玄德看其人：身長九尺，鬚長二尺；面如重棗，唇若塗脂；丹鳳眼，臥蠶眉：相貌堂堂，威風凜凜。玄德

就邀他同坐，叩其姓名。其人曰：「吾姓關，名羽，字壽長，後改雲長，河東解良人也。因本處勢豪，倚勢凌人，被吾殺了；逃難江湖，五六年矣。今聞此處招軍破賊，特來應募。」玄德遂以己志告之。雲長大喜。同到張飛莊上，共議大事。

劉備：

　　◉ 姓名：

　　◉ 類型：（階級、種族、原型、幻想／歷史／神話）

　　◉ 身分證ID上會有的資訊：（性別、年齡、出生年月日、籍貫地址、配偶……等）

　　◉ 外觀：（可放照片）

　　◉ 背景生平：（小傳）

　　◉ 個性特色：（小動作、口頭禪）

　　◉ 在故事中的功能、關聯性

關羽：

　　◉ 姓名：

　　◉ 類型：（階級、種族、原型、幻想／歷史／神話）

　　◉ 身分證ID上會有的資訊：（性別、年齡、出生年月日、籍貫地址、配偶……等）

　　◉ 外觀：（可放照片）

　　◉ 背景生平：（小傳）

　　◉ 個性特色：（小動作、口頭禪）

　　◉ 在故事中的功能、關聯性

張飛：

- ▣ 姓名：
- ▣ 類型：（階級、種族、原型、幻想／歷史／神話）
- ▣ 身分證ID上會有的資訊：（性別、年齡、出生年月日、籍貫地址、配偶……等）
- ▣ 外觀：（可放照片）
- ▣ 背景生平：（小傳）
- ▣ 個性特色：（小動作、口頭禪）
- ▣ 在故事中的功能、關聯性

「寧可一思進，莫在一思停。」角色強度決定一切！

「角色的力量等同於戲劇張力。[8]」要形成一個角色，先從他主要思想開始，設計他遭遇某種情境時他會如何行動？說什麼樣的話？有什麼樣的習慣？這些東西就是他的性格。

故事中其他配角倒無所謂，主要角色絕不可以是「被動角色」。這是初學者寫故事常犯的錯誤。故事裡的主角就是英雄（後面會詳述）。他的性格一旦錯了，整個故事就會垮掉，沒有戲。主角的「主」指的是主要角色，也是「主動」的意思。他總是在推著劇情往前跑，而不是被劇情決定。原因很簡單，因為現實中我們每一個人都很軟弱，都是軟腳蝦。所以在故事情境裡聽到一個軟弱的人，我們不有會反應。

「做一名故事的聽眾好像是個被動的角色，朋友跟我們講故事時，我們

8　《導演筆記》，p.54。

很本能地會投入感情。看電影時，我們會認同戲中角色。[9]」我們平常總是在被別人決定（父母、師長、朋友、老闆……），都愛管東管西，每個人都討厭這部分的自己。我們討厭猶豫、討厭被別人決定，於是沒有任何一個觀眾會喜歡這樣的被動角色。

個人建議是，最好讓主要角色是一個有具有強烈意志，行動堅毅的角色。他推動著所有人前進，而不是被動接受別人的安排。電影《一代宗師》裡說，「寧可一思進，莫在一思停。」正是最好的註腳。

怎麼分「一思進」跟「一思停」？比如說老闆問你：「今天有個工作你要不要去做？」有的人就會說「老闆你等一下，我要考慮一下。」這種叫做「一思停」有一個念頭想讓事情停下來，猶豫、考慮；另外一種人面對同樣的問題時，就會說「我馬上要做，這個我一定要作。」這就叫「一思進」。主動角色和被動角色的差別就在這裡，是一思進還是一思停？

一思停的人永遠只能接受別人給予的東西，不會完成使命，只有下降的命運。你想想看世界上有那麼多的人，哪裡輪得到一思停來作？被動角色是雜魚，是用來跑龍套的小配角。若主角會殺人，那雜魚就是負責被砍。

主角就是要高強度，就是得主動。不管他樂意或不樂意，他總是推動著所有的事情，他直接間接決定了後續的劇情，也決定了他自己的命運。再用《一代宗師》（請看影片連結：http://www.youtube.com/watch?v=0FbondK2iOk）作例子。一開始的對白，「功夫兩個字，一橫一豎，只有站著的才是對的。」充分表現出角色的強硬性格。老頭子問，「好功夫啊，叫什麼名字？」葉問回答，「葉問。」簡短回答顯示他非常有自信，天生就要當主角，當一代宗師。而不是「報告師傅，我的名字叫葉問，請多指教。」或「賤名不足掛齒。」那角色強度就下降了。

9　《創意黏力學》，p.265。

另一個角色是宮二姑娘，她說：「我是經小看著我爹跟人交手長大的，在我爹身上我看到的不是招，是意。」她有自己的想法，有想法的就是主動角色。「你在北方的老哥兒們都不贊成這場比武。」宮二話中有話，她真意是並非北方的老哥不喜歡，她這個作女兒的不喜歡，表現出她比她爹更強硬的性格。「人活一世有的成了面子，有的成了裡子，都是時勢使然。」說出劇中都有自己所應該在的位置。武俠片最文藝，所有的類型故事中沒有比武俠片更文藝的。片中每一句對白都經過設計，從這短短的兩分鐘預告片，就能發現每一個人都是主動角色，沒有人被別人決定。每一個人說的話都實實切切展現出他們推動事情的慾望，他們彼此的慾望會相衝突，使得整部戲充滿戲劇張力，好看。

角色強度

我們先示範以對白展現角色強度，由上而下越來越強──

* 　　　志明：春嬌，晚上……不知道妳有沒有事？

** 　　　志明：春嬌，晚上妳帶我去看電影好不好？

*** 　　志明：春嬌，晚上一起去看電影好不好？

*** 　　志明：晚上一起去看電影？

**** 　　志明：走，晚上一起去看電影！

***** 　志明：晚上當然要去看電影啊！

以下示範以角色的行動展現強度，由上而下越來越強──

　　　△電影院客滿，志明不知道要做啥？*

　　　△電影院客滿，志明問春嬌要做啥？**

△電影院客滿，志明約春嬌去開房間。***
　　△電影院客滿，志明拉春嬌去開房間。****
志明：啊，電影沒得看，不如我們兩個做點別的？*****
　　△春嬌害羞點頭。*****

若想讓故事中的主角變成小卒子，那你可以再寫得被動一些，如「這位小姐妳好，請問晚上妳有沒有事？」僅是邀人看電影的一句話，就可以轉化整個角色性格。這也就是我們前面所提到的，語言決定行動、行動決定習慣、習慣決定性格、性格決定命運。

　　你也可以為角色設計「習慣」來展現角色強度。主動的角色會對事物展現出莫名其妙的興趣，非常執著。司馬遼太郎師傅曾經為他筆下的角色設計過「灌水洗耳朵」的習慣，「男人很珍惜小時候養成的各種癖好，不讓自己完全變成一個大人，以此面對人生。和女人不同，要是男人改掉這種癖好，女人就會分不清誰是誰了。」角色強度簡直要破表了。至於被動角色，多半有一些很糟糕，自己都戒不掉的壞習慣，比如：睡懶覺、暴飲暴食、上網打Game、沒法每天做運動、工作拖到最後一天才要做……這些你只要看看周圍的人（或你自己）就會寫了。

　　角色設定要考慮最後的戲劇目標，華德‧迪士尼如此說：「善與惡，所有偉大戲劇中都有的偽裝成好人的反派角色，性格一定要塑造得讓人信服，一定要彰顯人性普遍的道德觀，最終的勝利絕不能來得太容易。[10]」正反雙方的對抗會聚焦在某個外在目標上，比如贏得競賽、爭取報酬。雙方都想達到同樣的目標，但因道德因素分出雙方的優劣。比如說：好人想要得到魔戒以

---

10 《迪士尼的劇本魔法》，p.41。

拯救世界，壞人也想得到魔戒，卻是想毀滅世界。

　　要注意的是，性格表現和角色的能力不可混為一談。主角可以能力很弱，但是個性要強。「強大的動機可以塑造出強而有力的角色，他被慾望和渴望所驅使，進而克服所有阻礙他們完成理想的人和事。[11]」比如說，他可以武功很差，一開始都被別人欺負，但是，他力求上進、永不放棄。但如果他連個性也很弱，被欺負也不敢吭聲，自暴自棄。這戲就做不起來了。越不重要的角色，性格就越弱，浮沉於命運的漩渦，無法自拔。人生不就是這麼一回事嗎？

　　所以我們常說，人生如戲，戲如人生。

1. 找出故事中聶隱娘、武松、武大、潘金蓮、朱亥、侯嬴……的角色描述，並予以格式化。
2. 描述《白雪公主》故事裡各個角色的性格，包括七個小矮人。
3. 以《三隻小豬》故事為例，設計對白與行動來展現不同的角色強度。

_____

11　《迪士尼的劇本魔法》，p.144。

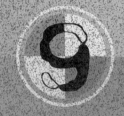

第九講

角色先行

我非常用心的尋找故事，故事應該很簡單，具備觀眾會關注並喜愛的角色。
而這些故事又會讓觀眾喜歡上這個角色。

——華德・迪士尼[1]

1　《迪士尼的劇本魔法》，p.37。

角色、情節、主題三位一體，彼此緊密聯繫而難以割捨。因此，說故事到底要角色先行？情節先行？還是主題先行，每個人都有不同的答案，而且每個人都對。

　　「角色先行」是許多劇作家，包括我自己，所私心偏愛的作法。我們先確立了故事中的角色（Character），深入分析理解這個角色，設計他的內在需求。然後，為這個需求創造背景與情境，設置障礙讓角色去挑戰……自然就形成故事了。

圖1　角色先行

　　這相當於在迷霧中尋找故事。我們想要找迷霧森林的寶藏，手上沒有地圖、也沒有指南針，什麼線索都沒有，甚至連寶藏是啥都不知道。唯一能做的是，隨地找幾位土著來，先花點功夫瞭解他們，然後請他們進森林裡去尋寶，他們各自憑直覺本事，愛往哪邊跑就往哪邊跑，「相信」一定會找到寶藏。

　　角色是故事的主要支柱，要先把角色立好了，才會有堅實的故事結構。然而，角色先行的作法就好像蓋大廟前不先構想整體外觀，先只把龍柱立穩了，然後任由土水師、雕刻師去發揮。只有心臟比較大顆、經驗老到的建築師（編劇），才敢這麼作。

　　角色先行的第一個步驟就是「角色設定」。這我們在前一講中已經說明過，最重要的是性格。在這一講中，我們將由心理學、神話學的理論出發，再次深入分析角色。

賤人裝淑女！角色的內部衝突！

「為人要直，為文要曲。」這句話的意思是說，做人要正直；但寫文章要曲曲折折，才會耐人尋味。相信小時候老師都教過「起承轉合」的基本道理，那是老掉牙的作法了。時至今日，媒體隨處不在，多元化的結果，閱聽人常接受許多具有刺激性內容，單純的起承轉合已經不能滿足他們了。現在的戲劇作法，大概都要求「起轉轉合」、甚至「起轉轉轉……（不一定要合）」，千萬別讓閱聽人覺得乏味！

情節轉折要求劇情要有高低起伏，時常與角色的動機與挑戰有關係，通常來自於預先設計好的角色衝突。

角色的衝突可以分作兩大類：「角色的內在衝突」和「角色的外在衝突」（角色間的衝突）——這兩者又有時候是同一件事，界線並沒有那麼清楚——角色的內在衝突指的是，角色的性格上具有多面性、相當「立體」。從心理學的角度看，有一些內心衝突或未解的「情結」；角色的外在衝突指的是，角色與角色之間的性格差異、角色的動機與戲劇情境之間產生衝突。高明的劇作家會把「內在衝突外部化」，也就是把角色內心的衝突，用外在另一個角色來具體呈現。

要記住，不衝突就不成戲。平庸無趣的人物和缺乏轉折的劇情是故事的致命傷。犯了其中一項，或許還能做出可以接受的故事；兩項皆犯，故事鐵定完蛋！

當然，有些前衛劇作家根本不理會這套「衝突」理論。我的建議和電視秀旁邊走馬燈常出現的那行很類似：「以上純為藝術效果，須經專業訓練，初學者請勿輕易嘗試。」

　　內建衝突於角色設定中，角色就會「立體化」，變得鮮明有意思。

　　找出兩個相對立的人物屬性，然後排列組合，讓外表行為和內在性格相衝突。

　　比如說，用「真／偽」和「君子／小人」來組合，就會產生四種角色：真君子、偽君子、真小人、偽小人。

　　這其中最好的角色是「偽君子」。他不是君子，而是個小人。性格很壞，但又做出好人的行為，於是形成了衝突強烈的角色。故事裡有一個裝作紳士的雜碎，這戲就會很厲害。

　　第二厲害的角色是「真小人」。這個人是小人，但是他很真誠，不會掩飾自己是小人，更不會裝作自己是君子。他會直接展現出小人的一面在觀眾的面前。君子有可能是被動角色，但小人一定是主動角色。偽君子比真小人好是在於偽君子有衝突，所以有戲劇性。真小人是普通角色，他只是沒有掩飾自己。

　　比較差的角色是「偽小人」他不算是壞人，但他裝作是壞人；他可能有一點衝突，但衝突感沒有偽君子那麼強。

　　最差的就是真君子。真君子沒有衝突，又是被動角色，永遠只能當配角雜魚。世界上沒有真君子，好故事裡絕對不會出現真君子。

　　以《甄嬛傳》舉例，裡面所有的角色就屬甄嬛最好。她是一個偽君子，在皇上面前她像個正正的好女人，但私下鬥起來一點都不輸人；華妃就是一個真小人，不論是在太后或皇上面前，想使壞就使壞，不斷表現出她看甄嬛不順眼。經典對白「賤人就是矯情。」這一句話只有真誠的人才會罵。因為若你自己也是不真誠的人，你怎麼會罵別人不真誠？

　　這齣戲中每個人都是賤人，沒有一個好人。但賤人中有等級的差異，像甄嬛就不會罵「賤人就是矯情」因為她知道自己是賤人，所以一直在裝可憐

裝淑女。華妃知道自己是賤人，但看不慣別人明明是賤人還要裝淑女。因而顯出兩個角色的差異與衝突感。論性格與行為的衝突感，甄嬛強，所以是主角。華妃稍弱，所以是配角。

太后則是偽小人。她傻傻的，你說誰做壞事，她就會相信。她權力最高，但完全是被動的角色，戲劇性就沒甄嬛那麼強。還有一個更不好看的角色是皇帝，他在整齣戲裡都只用老二思考。而這就是後宮戲的戲劇原則：皇帝只遵從他的老二，才不管這些女人如何勾心鬥角。戲劇進行的方式就是甄嬛不斷的在打擊其他後宮，觀眾也就看著她慢慢往上爬，而得到認同。她跟我們一樣——我們每一個人都很弱，都覺得別人在修理我們，希望變強——這種心理投射在戲劇上，我們就會跟著甄嬛一直往上爬。這就是戲劇。

給你的角色一塊餅，同時還要對他丟石頭！

第二個步驟是「確認需求」。需求由角色性格而來，那就是角色的「動機」（Motivation）。動機能驅使你的角色照著故事走，合理的作出你安排的某些事，使劇情產生戲劇張力。動機要和最後的目標相平衡，偉大的目標需要強烈的動機；微小的目標只需要微小的動機。若是「汪洋般的殺意，鼻屎大的動機」劇情就會顯得不合理，甚至荒謬可笑了。「做為一個編劇，你必須曉得，情節受角色的影響。你絕不該只是為了要使劇情推展迅速，並充滿動作，而犧牲了角色的複雜性。[2]」

第三個步驟是「設置障礙（Obstacle）」。將角色的的內心需求向外投射，然後設置具體化的背景情境去阻礙他。或者，乾脆將障礙形象化，成為另一個角色，阻止他滿足內心的需求。一定要記住，不衝突就不成戲，戲要

2　《編劇心理學》，p.82。

逆著來。對角色仁慈，就是對戲劇殘忍。主角想要什麼，你偏不給他什麼；千方百計阻止他，最好是糟蹋他，讓角色受苦，那就有好戲可看了。「要知道人生經驗就是受苦與解決痛苦。任何劇本都應該被問到：劇中人物如何受苦？他們做了什麼來解決他們的痛苦？[3]」

第四個步驟是「挑戰」。衝突是戲劇的基本，編劇必須創造足夠的衝突，讓角色用盡方法挑戰以上的障礙，使故事能不斷的前進，並且一路邁向結局。當然，不成文的默契是，他一定會挑戰成功，然後變成一個更強的人。沒辦法，挑戰失敗的話，戲就演不下去了嘛。（藝術片不在此限。）

後面我們就會學到，大部分的故事都有共同的結構──也就是類似「公式」、「套路」的東西。在差勁的編劇手上運用，故事顯得老套。完全不要去管故事套路，直接從角色先行，最大的好處是會有「新意」。道理很簡單，因為如果連說故事的人都不知道故事會往哪裡去，觀眾讀者就更不知道故事會如何發展了，對吧？

然而，這並不保證會講出好故事。故事品質的關鍵，還是要靠自己多練習。

為什麼葉問要打十個？設定角色的內心世界！

每個人都有上古遺傳下來的本能：只要聽到故事、一打開螢光幕，就很自然地投入自己的感情，與主角一起經歷故事中的一切。從這角度看，觀眾或讀者很像被動角色，故事給什麼就接受什麼，認同故事中的角色。想想看為什麼王建民的故事會讓人感動？王建民不就是臺灣人的寫照嗎？他身處於世界上最強的球隊，擔任王牌投手。If you can make it there, you can make it

---

3　《導演筆記》，p.46。

anywhere. 突然間就從天上掉到地上，變得一文不值。之後英雄再起……於是我們會深刻的記住這故事。這就是一個典型的神話結構。

說穿了，故事只有一個主題，就是「我是誰？命運為何？」

然後編排情節，讓觀眾理解到「性格決定命運」的永恆規律。

演員演出時也是一樣，除了自己本身的性格以外，還要融入角色的性格和生活，這就是俄國戲劇大師史坦尼斯拉夫斯基（Constantin Stanislavsky, 1863-1938）所提倡的「方法演技」（Method Acting）——他認為演員必須精於觀察事實，揣摩現實生活中的行為，亦應對心理學有基礎認識，才能想像出演繹角色的心理狀況，演活角色。（引自維基百科）

因此我們知道，瞭解心理動機，才有可能做出好戲劇。

佛洛伊德：潛意識動機

佛洛伊德（Sigmund Freud, 1856-1939）可以說是史上第一位心理學大師，他建立了許多偉大思想和理論基礎。雖然後來，有一部分被推翻，但仍無損於其對於人類心理動機的深刻理解。其中最重要的，就是關於「戀母情結」。（請注意，性別在本書中大部分的場合可以任意替換。書寫時為求方便，「他」同時適用於男女。）

「『戀母情結』指的是男嬰兒對母親有性心理上愛的需求，而對父親則有嫉妒性的侵犯傾向，這提供了基本精神官能衝突的樣板。當劇中人想要得到他們不應得的東西、恐懼那可怕的權力、渴望得到愛、痛恨暴虐、經歷性的慾望，或要表達暴力的侵犯，精神官能的衝突都可以在劇本中描寫。[4]」這幾乎涵括了所有衝突的內在心理動機。

另一方面，從戀母情結（或戀父情結），我們可以描繪出兩大類的戲劇

4　《編劇心理學》，p.12。

主題：

(1)道德議題：角色熱愛某些事物，但卻因為道德限制，他不能去愛、得不到。或者他乾脆揚棄了道德，接受原始的衝動，想辦法要去得到。

(2)浪漫愛情：角色潛意識知道沒辦法得到媽媽的愛，於是把母愛的想望投射到另一名異性（或同性）身上，發展出一段浪漫關係。

劇情故事的核心議題通常不是(1)就是(2)，徹底瞭解戀母情結和其衍生出的性心理學理論，是一名好編劇的責任。相關書籍請自行上網搜尋取得。

就主角的設定而言，一個有戀母情結的角色，對母愛有很高的需求。向外投射，就渴望社會的溫暖。或者正好相反，需求無法滿足時他也可能展現出弒父情結，時時刻刻想超越父親、想打倒權威人士；向外投射，那他可能會變成是一位環保人士、大左派，他的需求則是想要有美好的大自然環境、想要保護老樹老屋……你看，那戲不就出來了？

但是要注意，主角切忌「太強大」。主角一開始就天下第一、唯我獨尊，沒有人是他的對手。那就會變成「拔劍四顧心茫然」無聊的獨腳戲了。主角只要和壞人一樣強，甚至稍微弱一點就可以了。

另一方面，書寫壞人是最自由且有趣的，把壞人寫好了，戲就一定好看。因為觀眾平常沒法做的事（戀母情結）、社會道德禁忌、各種慾望……都可以投射在壞人身上。看壞人肆無忌憚的大破壞，超級過癮。

著名的導演尚‧雷諾（Jean Renoir, 1948-）：「描寫一個雜碎比描寫一個好人更具戲劇效果。[5]」壞人必須要夠壞，戲才會好看。初學者的戲不好看，通常是壞人不夠壞，小奸小惡，怕衝突，那就沒戲了。「邪惡的力量必須比為善的力量大上許多，壞人必須有陰謀策畫，事先把一切都準備好，相對的，主角英雄則走一步算一步，且必須遵照嚴格的道德規範，壞人則完全不

5　《實用電影編劇技巧》，p.48。

必。當我們看到英雄英勇奮戰，戲劇性就被提高了。所以要避免惡人的等級過低，而且他們能依自己的性格做出合理的決定。[6]」

榮格：角色原型

　　如果要選一位二十世紀最偉大的心理學家，我想很多編劇、作家會捨棄佛洛伊德，而選榮格（Carl Jung, 1875-1961）。他最偉大的貢獻，在於提出了「集體潛意識」的理論，成為文藝心理學的基礎。

　　集體潛意識指的是「是人格結構最底層的無意識，包括祖先在內的世世代代的活動方式和經驗庫存在人腦中的遺傳痕跡。集體無意識和個人無意識的區別在於：它不是被遺忘的部分，而是我們一直都意識不到的東西。榮格曾用島打了個比方，露出水面的那些小島是人能感知到的意識；由於潮來潮去而顯露出來的水面下的地面部分，就是個人無意識；而島的最底層是作為基地的海床，就是我們的集體潛意識。」（引自維基百科）

　　後來從這一套理論，發展出「角色原型」（Archetype）概念，是「超越了演員和情節所描述的角色類型和主題，是具宇宙影響力和心理議題和人物的再現，雖然原型的外貌會改變，但原型背後的象徵卻千年不變，而且始終如一。」也就是說，套用這些原型，就可以像灌漿鑄模一般，塑造出戲劇中所需要的角色。

　　角色原型的理論和太極相同，陰陽相生。正面的角色，分別有其「影子」（Shadow）。

6　《迪士尼的劇本魔法》，pp.130-131。

角色原型／陰陽八卦

圖2　角色原型

▣ 英雄（Hero）：也就是古典戲劇中的主角（Protagonist）：他（或她，以下皆同）是故事的中心，負責推進劇情。他總是行動（主動），而非回應故事情境（被動）。大多數的戲劇中，他身心強壯，像《超人》裡的超人、007情報員、少年Pi、葉問……。也有時候，他有一些悲劇性缺陷，用來引發觀眾的認同。身體外表的缺陷像盲劍客、孫臏、豬八戒……比較好作；心理（性格）上的缺陷，如貪婪、固執、善妒……等比較難作，但比較深刻。比如：貝武夫、王佳芝、綠巨人……等等。英雄總是帶著觀眾，面對重重挑戰，隨故事成長。

▣ 暗影（Shadow）：是英雄的對手（Antagonist），總是站在英雄的對立面（或背後），與英雄的政治觀、道德觀、生活方式相衝突。他可能正面對抗英雄，像《科學小飛俠》裡的惡魔黨或至尊魔戒的擁有者索隆。也可能以「英雄的黑暗面」來現身，因此稱為Shadow。他和英雄的能力、外貌都雷同，並且渴望相同的事物，像黑色蜘蛛人、藏鏡

人（史艷文的暗影）、奈落（犬夜叉的暗影）、少年Pi的老虎……暗影是我們內心深處那一個黑暗的自己。

▣ 女神（Goddess）：是英雄心中渴慕的對象，戀母情結投射出來的母親原型，如《灌籃高手》的晴子、《星際大戰》的莉亞公主、《神鵰俠侶》的小龍女。給予英雄旅程上的心靈與肉體的撫慰，或轉型成為導師的角色。

▣ 導師：像是主角父親或模範般的角色，通常比較老，提供英雄旅途上的資訊、所需盡的道德義務，指引他跨過門檻、克服困難，也給他能獲得成功的心靈力量。有時候會提供一些小智慧，無論是善意或是邪惡。比如《火影忍者》的老師自來也、007中的Q女士、《魔戒》中的白鬍子巫師甘道夫……。

▣ 助手：協助英雄達成任務的角色，常以團隊的形式出現。如：《魔戒》的精靈、矮人、劍客、巫師團隊；《犬夜叉》的彌勒法師珊瑚七寶與雲母；《海賊王》魯夫的海賊夥伴們……。

▣ 守護者（Guardian）：是古典神話中「惡龍Dragon」的角色，阻止英雄的前進，如：專出謎題的人面獅身獸、《哈利波特》守護密室的三頭狗、少林寺十八銅人巷。守護者常常是英雄對手的跟班。

▣ 搗蛋鬼（Trickster）：提供娛樂效果、製造一些無傷大雅的損害，或者提供英雄旅程中輕鬆的笑料。

▣ 報信者（Herald）：用來強化英雄的動機、提供劇情所必要的資訊。

三生萬物！演不完的角色三角形！

角色之間的關係，最典型的稱為「角色三角形」。《道德經》第四十二章：「道生一，一生二，二生三，三生萬物。」寫戲要謹記著「三」這個數字，這是要讓戲劇具有轉折的最小組合。獨角戲無聊，雙人互動的戲碼會受

到彼此地位、權力或歷史的限制而固定住，缺乏戲劇性轉折的可能性。但只要加入了第三個角色，整齣戲就會千迴百轉，頓時生動起來。

史卡曼（Stephen Karpman）設計了一種簡單有力的圖形來分析心理遊戲中的角色，歸類成迫害者、拯救者、受害者三種：

- ▣ 迫害者（Persecutor）：對他人缺乏同理心與信任，常會貶低別人，以對自己的標準要求別人。若別人達不到，則會壓迫、指責他人。甚至認為自己才是有貢獻的人。

- ▣ 拯救者（Rescuer）：將別人看得較低下，從自己的高度主動提供協助，認為對方沒有他不行。拯救者相信「因為他們不夠好、無法幫助自己，所以我必須幫助他，避免他手足無措。」表面上試圖救助，但實際上為了滿足自我成就感。他享受被依賴，常常漠視他人解決問題的能力。

- ▣ 受害者（Victim）：自認屬於比較低下的層級，有自卑順從的心態。有時會尋求迫害者壓迫、貶抑自己；或尋找拯救者提供幫助。有「我無法靠自己處理」的消極看法，也容易依賴他人。

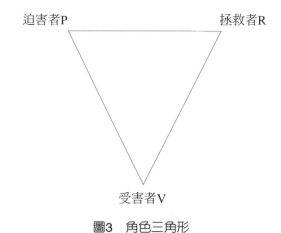

圖3　角色三角形

三個角色都隱含著漠視。迫害者漠視他人的價值、尊嚴與生存權利；拯救者漠視他人為自己思考行動的能力；受害者漠視自己。

　　角色會因為環境或其他因素變化。面臨某些問題時，人會選擇替換一個能保護自己的角色。常見的轉換狀況為V向R求救，當R伸出援手後反而被P遷怒成為V，同時原本的V會變成R試圖拯救他。

　　舉例而言，一位忙了一整天的主婦V，因為沒時間準備晚餐，而被下班回家的先生P埋怨沒準備晚餐，兩人因此吵架。兒子R對父母說「我不喜歡看你們這樣吵架，不要再吵了！」但母親發脾氣回答「大人的事，小孩別管，回房間去。」母親就從V轉為P，兒子就從R轉成V了。父親又說：「看看你，這是管教孩子的態度嗎？」父親對兒子就變成R了。故事繼續進行，一家人可能會不斷的轉換在P、R、V三種角色，形成一個具有戲劇性的三角形關係。

　　以下是一些利用角色轉換來創造戲劇性轉折的作法：

　　1. 迫害者P轉換成受害者V的遊戲

　　踢我（kick me）：故意作一些搗蛋或惹人生氣的的事，使人生氣後遭受處罰。

　　警察與強盜（Cops and Pobbers）：挑戰公權力或某些權威，最後被抓或被處罰。

　　吹毛求疵（Blemish）：一再挑剔別人、找碴，最後受到別人排斥。

　　如果不是為了你……（If it weren't for you）：自認有利於他人，但卻因此受到傷害。

　　2. 受害者V轉換成迫害者P的遊戲

　　我逮到你了（Now I've got you, son of Bitch）：對他人行為表現出不在意，但在抓到對方把柄後會狠狠利用這點。

　　挑逗（Rapo）：在行為上暗示他人（可能和性有關），但對他人的邀請卻拒絕。

　　是的……可是（yes……but）：對於別人的建議常暗示這是行不通的。

笨蛋（stupid）：將自己顯得笨拙，雖然惹人不開心但又無法怪罪他。

義肢（Wooden leg）：好像有無法克服的缺憾，以致於他不能履行責任。

可憐的我（Poor me）：幻想自己受到迫害，譴責他人幫倒忙。

看你把我害成怎樣（See what you made me done）：認為所有不幸都是別人造成的。

3. 拯救者R轉換成受害者V的遊戲

我只是要幫你（I'm only trying to help you）：認為自己是救世主，別人沒有他會活不下去，所以一定要幫助他人。

你為什麼不……（Why don't you……）：幫忙人後反而有沮喪、挫折的感覺。

4. 拯救者轉換成迫害者的遊戲

看我多麼努力（see how hard I've tried）：我的努力都是為了幫助你。

你看，有太多角色轉換遊戲可以玩了。這就是「三」的威力。「剪刀—石頭—布」可以玩上幾世紀不是沒有道理的。「三」國演義能成為好看的經典故事、衍生出那麼多創意商品，也不是沒有道理的。

要小心的是，你可別玩角色轉換玩得太過癮，而忽略了角色間的「遞移關係」——剪刀輸給石頭，石頭輸給布，布輸給剪刀，這是一個合理的遞移關係，遊戲才能夠進行下去。如果變成剪刀能剋石頭和布，天下無敵；那只要有人出了剪刀，戲就唱不下去了。

角色三角形玩熟了，就可以視劇情的需要擴張角色關係。越複雜的角色關係，就能做分量越多的戲。

國小數學題：在三角形外面，加入一個點，會產生幾個三角形？答案是四個。

再加一個點呢？多到連我都不會算了……

1. 試以《海賊王》漫畫（或《灌籃高手》、《火影忍者》……等其他你曾看過的作品）爲例，分析其中的角色原型。

2. 請解釋在《水滸傳》中，「武松—武大—潘金蓮」的角色三角形關係，角色如何轉換？再加入「西門慶」以後，又建立起如何的角色關係？如何轉換？

3. 運用「角色先行」的技巧，設定三個主要角色，撰寫一篇冒險／愛情故事。

第十講

情節先行

情節就是故事。

除非情節鋪陳得宜，否則，你看到的只是一些堆砌起來的
文字而已。

點子是故事的前提。

情節則是一種組織方法，把你的點子轉換成小說作品。

——卜洛克[1]

---

1 《卜洛克的小說學堂》，p.203。

「我是誰？命運為何？」情節先行的核心大哉問！

故事是一連串情節所構成。「很久很久以前……然後……接著……忽然間……於是……最後……」這些以連接詞所連結，敘述事情經過的人事時地物的基本單元。根據教育部國語辭典解釋：情節指的是事情的變化、經過情形。《三國演義》第五十六回：「有煩子敬，回見吳侯，勿惜一言之勞，將此煩惱情節，懇告吳侯。」《儒林外史》第四十三回：「次日，將出兵得勝的情節報了上去。」

說故事常常會以構思情節開始，那就是「情節先行」或稱「故事先行」。這作法的好處是，自然、符合直覺和習慣。我們從小就聽床邊故事，記得那些生動刺激、令人難忘的情節。長大了以後說故事，腦子裡自然會蹦出那些情節。然後，針對說故事的目標需要，我們放進不同的角色，創造新的情境……那就成了一個新的故事。舉例而言，我們看見很差勁的國會議員，就說他們是「三隻小豬」；走進大自然，寫著寫著就變「桃花源記」；看見社會許多不平事，講著講著就唱起《悲慘世界》了……這都是情節先行的習慣作用。

情節先行的缺點在於，畢竟每個人的人生經驗都是「有限」的。從小到大，你聽過記得的故事就那麼多，講來講去都是那幾個故事，騙騙小孩可以（現在小孩很精，有時也混不過去）；若要當作專業餬口，那恐怕靈感有時而窮，總有用完的一天。

好的故事情節「一要有可信度、二要引人同情、三要具有原創性。[2]」似乎很難同時兼顧。但其實，在說故事老手的眼中，

---

2 《卜洛克的小說學堂》，p.277。

所有的故事不過是那幾套翻來翻去，甚至可以回溯到人類文明起源的那幾套「神話」，你只是需要獨特有創意的方式重新詮釋。而且，這幾套神話，還指向同一個共同主題「我是誰？命運為何？」因此，要寫出回應這人生大哉問的故事，也沒那麼困難。華德‧迪士尼說：「在人類歷史之中──甚至包括我們最原始的祖先──不同民族的人都將對於心智與性靈的永恆追尋與征服當作戲劇演出的主題，在羅馬競技場裡，或部落的營火旁，在寺廟中或者舞臺上，娛樂的形式幾世紀以來不斷更迭，但是大眾戲劇節目內容則幾乎一成不變。[3]」這是有道理的。

漩渦鳴人爲什麼好像孫悟空？英雄們的旅程！

英雄旅程（Hero's Journey）的理論是由約瑟夫‧坎伯（Joseph Campbell, 1904-1987）從榮格角色原型概念發展出來，他在《千面英雄》（The Hero with a Thousand Faces）中，分析研究五大洲各個民族流傳下來的神話，歸納出所有神話只有一個共同的情節發展模式，也就是英雄的旅程。原書中並沒有邏輯化的清楚描述英雄旅程中，各階段的發展模式，經過許多劇作家與小說家們慢慢發現其威力後，才漸漸釐清。

英雄旅程的概念是「以外在的旅程來象徵內在的旅程」，也是我們「人生」的旅程──從小受到召喚而啓蒙，踏上人生旅途，接受各式各樣的考驗，在其中成長，變成一個更好的人。最後回歸天國或西方極樂世界。人生正是一個循環。

「英雄」（男女皆適用），就是榮格角色原型理論中的「主角」（Protagonist，請參見「角色」章節），也是李漁「一人一事」理論中的「一

3　《迪士尼的劇本魔法》，p.31。

人」。英雄一開始總是個平凡的小人物，在他熟悉的世界裡過著平凡的一天。突然來了個冒險的召喚（對應三幕式的「轉折點I」），請求他進入另外一個世界，開啓一段旅程。他可能接受或拒絕，這時，英雄的「導師」便會出現引導他。這小循環會不斷進行，成為三幕式結構的「第一幕」，直到英雄願意接受，啓程為止。

啓程以後，英雄開始進入他所不熟悉的「另一個世界」，開始接受一連串的考驗。每一次考驗完成後，都會得到他的報酬。接著，他會遭遇更嚴峻的考驗，報酬→考驗→報酬的模式不斷的重複，英雄在每一次考驗後都會重生，他變成一個更好、更強的人。這也是三幕式結構中的「第二幕」。

接著，英雄將面對最後的難關，通常帶著一個悲劇性的失落，成為三幕式的「轉折點II」。英雄克服了最終挑戰，然後回歸，回到了平凡的一天。完成三幕式結構的「第三幕」。

坎伯原論中把英雄的旅程大致分為十四個階段，為了說明方便與實務的需求，我們將它分成十個階段、一個大循環外帶兩個小循環的模式。以下一一說明：

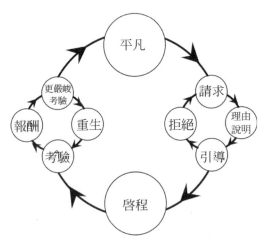

圖1　英雄的旅程

第一階段，英雄總是個過著對他來說平凡不過的一天。這階段會設定我們的英雄角色，在通俗作品中，不外乎這幾種：

▣ 最常用的作法是青少女、穿著水手服的國高中女生。

▣ 不良少年（《幽遊白書》）、暴走族、重考留級生（《灌籃高手》），就是臺語所謂的「俗辣」。

▣ 兒童，容易獲得觀眾的認同，如《花田少年史》的一路。

▣ 生活周遭平凡的上班族。如：《華爾街》、藤澤周平大師筆下的劍客。

▣ 黑道、妓女、賭棍或社會邊緣人。推理小說就常使用這種作法。《航海王》（One Piece）包含主角魯夫的每一個角色都是社會邊緣人。

要注意的是，我們通常不會把英雄／主角設計成優勢族群，「高富帥」、「白富美」。因為此類角色不符合現實生活的經驗，不容易引發觀眾認同共鳴。通常都設計成榮格原型中的反派角色。

第二階段會接收到一個冒險請求（Request），劇情中會安排榮格角色原型中的使者來報信。在二十分鐘的期限，也就是第一幕結束前，我們必須讓冒險請求發生，在第一個劇情轉折處放上第一支鉤子。一般常見作法有以下幾種：

▣ 讓英雄因無心之失必須踏上旅程：故事中「遺失的金球」；《犬夜叉》中，主角日暮籬因為誤闖爺爺設下的結界，而進入戰國時代。

▣ 主角英雄想要逃離平凡日子：《鹿鼎記》的韋小寶，本來只是醫院的一個小廝，看到大盜茅十八闖蕩江湖很威風，便踏上英雄旅程；在《笑傲江湖》中令狐沖本來只是位華山派的大師兄，每天只忙著練武和小師妹勾搭。但某天在瀑布下聽見笑傲江湖的奇曲，對他產生一個冒險的請求，逃離這種平凡的日子，跳入正邪的對立。

▣ 宿命：英雄可能因為宿命必須要踏上這個旅程，例如武俠小說《射鵰英雄傳》裡的郭靖，他出生時便以靖康之恥命名，註定就是要成為英

雄，處理民族認同的衝突；在《火影忍者》中主角漩渦鳴人因為有一隻九尾妖狐被封印在他的肚子裡，天生就要成為火影，這就是宿命的請求。

- ◾ 爭取報酬：報酬的形式很簡單，不外乎是錢、性、名聲，在北歐神話《貝武夫》裡英雄貝武夫是為了爭取名聲而奮鬥；在黑澤明的名作《七武士》中，七位武士為了保護農民而奮戰；在《灌籃高手》中櫻木花道為了晴子而勤練籃球；在《航海王》中魯夫為了one piece航向偉大的航道。

- ◾ 英雄為了尋求超越自己現在的狀態：例如名著《宮本武藏》中宮本武藏不斷修煉想要成為更強的劍客；唐三藏為了成佛踏上取經的旅程；阿基里斯為了留下名譽而參加特洛伊戰爭。

- ◾ 英雄被懲罰或是想尋求救贖踏上旅程：例如孫悟空，被如來佛壓在五指山下懲罰，不得已才踏上旅程；《第一滴血》（First Blood）的藍波則是為了尋求在戰爭中殺人的救贖。

- ◾ 英雄可能本身無法拒絕請求。簡單說就是他倒楣、衰、「帶塞」。這種冒險的理由是我私心偏愛的，因為人生的旅程，往往都出於無奈。比如說《魔戒》中的哈比人佛羅多，只因為他爺爺忽然給他一個魔戒，命令他拿到末日火山去銷毀，就必須遭遇千難萬難，好倒楣。三國時代第一高人臥龍孔明，原本在南陽過得好好的小日子，只不過因為有一個常常打輸的人三顧茅廬，讓他感動，無法拒絕，為了義氣踏上鞠躬盡瘁的路。你想想，未出茅廬就知道自己會死，多麼悲壯！這是中國歷史上最悲情的英雄。

下一階段，英雄通常會「拒絕召喚」（Refusal of the Call），這跟我們安排劇情轉折是一樣的原理。一個不情願的英雄可以不斷的提高劇情的危險性，將觀眾的憤怒引向壞人。這個階段通常可用來區別英雄或其他的配角或凡人、主角與配角、肉腳與A咖、好人與壞人。有幾種形式可以讓英雄拒絕

召喚：

■ 在心理學裡無法脫離母親的乳房（保護）：英雄過於依賴其他的力量或保護而留連安樂，拒絕踏上旅程。

■ 英雄現在擁有的太多了，無法放棄現有的一切。

■ 英雄無法忘記過去的傷痛或失敗。在《火影忍者》中火影五代目因為曾經失去過親人，拒絕成為新的火影大人。

緊接著，這引出下一個英雄旅程的階段。我們安排一個角色引導英雄踏上旅程，也就是榮格原型裡導師的角色，有幾種形式：

■ 超自然的輔助（Supernatural Aid）：在但丁的《神曲》裡，主角英雄來到了人生旅途中段的黑森林，遇見他所崇拜的導師維吉爾，踏上地獄的旅程。你也可以用一個「女神」來引導英雄踏上旅程，比如說希臘神話裡的海克力斯（Hercules），在叉路口遇到美德女神和享樂女神，引他踏上正確的道路。阿基里斯原本拒絕參加特洛伊戰爭，遇到智者奧德賽告訴他如何成為不朽的人，才踏上旅程。

■ 一個符號：《達文西密碼》裡面用了大衛之星。

■ 神遣：是萬能的天神派來一位角色引導英雄踏上旅程。但丁《神曲》中的維吉爾是上帝派來的；中國民間所流傳的《地獄遊記》中，濟公會帶著書生在夢中遊覽地獄。

■ 智慧老人：《三國演義》裡出現的第一位英雄張角，在山上遇到的南華仙人授予天書，所以他決定踏上成立五斗米道的旅程。韓信遇到了胯下老人，張良遇上了授天書的仙人。《鹿鼎記》裡韋小寶遇到了「為人不識的陳近南，就稱英雄也枉然」的陳永華。

■ 去過的人：《魔戒》裡安排的老哈比人，也就是佛羅多的爺爺；他在旅程上也遇到了一個咕嚕來引導他順利完成這趟旅程。西遊記裡，孫悟空三不五時就把土地公打出來帶路。

英雄旅程的下一階段為「啓程」，坎伯原作中稱之為「鯨魚之腹」

（Belly of The Whale）。鯨魚之腹來自於《舊約聖經－約伯記》：約伯被上帝關在鯨魚的肚子裡試探他的信心。有幾個作法可以讓情節更富有變化：

■ 修練與認證：證明英雄有足夠的能力踏上旅程。比如《火影忍者》中設計了忍者學校，讓鳴人在裡面修練；接著是中忍考試。比如說在少林寺裡有十八銅人巷，習藝完成的武僧必須打敗十八銅人才能夠下山；《食神》裡周星馳設計了中國廚藝學院也就是少林寺的廚房。

■ 籌集糧草、武器，準備在旅程上所需要的一切：在《木蘭詩》中有「東市買駿馬，西市買鞍韉……」這樣的段落，這也非常有趣。

■ 招集夥伴，和英雄共同踏上旅程：《魔戒》裡哈比人佛羅多招集了魔戒團隊，有劍客、矮人、精靈、巫師……等等；在《犬夜叉》裡有彌勒法師、珊瑚、七寶、雲母一起踏上戰國時代的旅程。

■ 讓英雄一直犯錯，強化他踏上旅程的動機，創造出發的急迫感：《魔戒》裡有天崩地裂，魔王即將降臨的段落；《小貓》裡，我設計日本人打到火燒庄了；《梁山伯與祝英臺》裡，若梁山伯不去追英臺的話，她就要嫁別人了。記得，要創造衝突，明明危機迫在眉睫，英雄卻悠哉悠哉過日子。

接下來進入「第二幕」，英雄接受重重的考驗得到他所要的報酬，再接受更嚴厲的考驗，在裡面成長、重生。作法有幾種：

■ 讓英雄正面去突破難關，憑藉他自己的努力和智慧，想辦法衝破考驗，在過程中隨之成長。比如說吉川英治的名著《宮本武藏》就是這個作法，宮本武藏透過與一個個敵人的考驗，自己也變得越來越強。

■ 讓英雄正面力敵，尤其是老派的武俠小說最喜歡來這招。還記得金庸在《天龍八部》裡所設計的聚賢莊大戰嗎？喬峰大戰武林群豪展現出了他的英雄氣概；《倚天屠龍記》裡的光明頂大戰、少林寺大戰，都是典型的作法。

■ 讓英雄先輸再贏，現在的戲劇很流行。比如成龍電影裡，他常常遇到

各式各樣的壞人，先被打趴後忽然間變得很厲害，終於力克敵人；《科學小飛俠》裡每次惡魔黨都把小飛俠整得很慘，最後科學小飛俠使出火鳥功，就贏得最後的挑戰。（為什麼不一開始就出呢？）

◙ 投機取巧、智取。在《哈利波特》作者設計了地獄的三頭狗，這是從古典的神話裡變形來的。牠守住密室的門口，哈利波特用蛋糕賄賂牠。比如在《三國演義》裡我們看到孔明草船借箭、周瑜用連環計。

◙ 得到超自然、神的幫助。比如希臘神話裡，常常英雄有難時就有天神從天而降幫助他；在《西遊記》裡每當孫悟空遇到無法克服的敵人，就會翻個筋斗到南海紫竹寺找觀世音菩薩。

◙ 英雄靠「運氣」突破難關得勝。比如說在《鹿鼎記》中的韋小寶，雖然沒什麼厲害武功，卻屢屢能夠靠急智逢凶化吉。這就需要作者多多動腦筋了。

下一階段是報酬，英雄克服一些難關後會得到報酬，不外乎是這些：

◙ 財富。比如《印第安那瓊斯》（Indiana Jones）、《加勒比海盜》（Pirates of the Caribbean）都是為了尋求寶藏。

◙ 名氣。比如阿基里斯參加特洛伊戰爭，為了虎死留皮。

◙ 為了權勢。蘇東坡和佛印的故事記得吧？江中只有兩條船，一條為名、一條為利。

◙ 為了性。故事的結局通常是這句話「從此以後，王子和公主過著幸福快樂的生活。」這是為了性而追求。現在你也可以作「王子與王子」，性別平等嘛。

這部分在角色設定的單元內提過，不再複述。這些動機推動英雄朝著他的報酬前進，突破重重難關，接受更嚴峻的考驗，因而重生。

下一階段是「重生」，重生這個段落是一種象徵性的神化過程，不見得是真的肉體死後復活。英雄在接受考驗後獲得成長，變成一個更好的人。有兩種作法：

- 比較膚淺表面化的作法是由「怪獸的重生」來完成。怪獸電影公式：無論是異形、魔鬼終結者、大蛇電影、鱷魚電影、大白鯊，劇中的怪物被英雄屠殺了，總是突然復活，提供給英雄最後一擊的機會。
- 英雄的重生，又有兩種作法：一種是讓英雄在接受考驗後，超越父親原有的形象，比他父親更好。這跟佛洛伊德戀母情結節、弒父情節理論相呼應。如《神鵰俠侶》中，楊過背負著父親的原罪，在其中成長，到最後變成了神鵰大俠，勝過了父親叛國者的形象。另一種作法是讓英雄與更高的精神層次合而為一，通常是神，比如說耶穌、佛陀……等。《少年Pi的奇幻漂流》裡能看到這樣的作法。

在不斷的考驗——報酬——重生；考驗——報酬——重生……的循環後，坎伯的理論裡，戲劇將給予英雄「最後恩惠」（The Ultimate Boon）。英雄頓悟，忽然發現他人生目標的重要性，看穿了永恆的英雄神話，作為「回歸」的禮物，這時候就是我們在三幕式裡的第二轉折點，第二支鉤子發生作用的地方。

接下來是回歸（Return）的階段，也就是三幕式劇情中的第三幕。在此階段，有幾種作法：

- 有時會發生榮格式的對稱，英雄拒絕回歸（Refusal of the Return）原來的世界，如同他拒絕召喚一般。
- 神奇的飛行（The Magic Flight）。和英雄當初進入這奇幻世界不一樣的是，回歸通常是很快的就返回原來的世界了。像《西遊記》裡，英雄歷經了九九八十一難才到了西天，但回歸中土世界時卻只是坐個筋斗雲。
- 英雄淨化升天，進入另外一個境界。例如在《西遊記》裡我們能看到唐僧、孫悟空都成佛了。有時英雄跨越回歸門檻，可以把報酬帶回來：《普羅米修斯》從天神的手上奪回天火。
- 為兩個世界的主人（Master of Two Worlds）。英雄回來傳授冒險的事

蹟，像《魔戒》裡哈比人回到了夏爾村莊，講述他的冒險旅程。他掌握了旅程裡面的世界，而且他回來原本的世界裡傳授他在冒險中得到的技藝。

■ 高潮性的死亡。讓英雄在戲劇的最高潮，以肉體的死亡換取精神的昇華。如《英雄本色》中的威廉華勒斯，高喊：「自由！」斷頭而死。

■ 準備接受下一次召喚，續集電影常常會這樣安排。還記得《007》的作法嗎？

英雄的旅程 **西遊記**

從石頭蹦出來的孫悟空（英雄）原本只是一隻在花果山作大王的潑猴。他學得一些技藝後，就衝到天宮裡大鬧，這時候呈現一個未開化未被啟蒙的狀態，過著平凡人平凡的一天。

後來，牠被如來佛處罰壓在五指山下動彈不得。五百年後，唐僧（導師、使者）為了要去西天取經，由觀世音菩薩（女神）指點來到了五指山下，提供了給他一個冒險的請求。孫悟空一開始不大情願「為什麼我要跟你跑那十萬八千里路呢，翻個筋斗不就能到西天了嗎？」經過師傅的開導「西天取經如果這麼容易，那經取來有什麼意義呢？」

觀世音菩薩賜給唐僧一個金箍咒，用來牽制孫悟空，讓他踏上旅程。

接著便是在西天取經路上不斷的考驗，九九八十一難，每度過一個難關，唐僧的西天取經團隊就多學會一個技能，變得更強，懂得更多佛理。最後終於到了西天，完成了整個旅程。所有的英雄重生，成為更好的人，成為佛。接著是一趟神奇的飛行，從西天世界回到了中土世界，完成了整個英雄的旅程。

英雄的旅程 **海角七號**

　　阿嘉（英雄）原本只是一個無法適應臺北生活的小子，他回到家鄉作一個平凡的郵差。偶然間，收到了一封來自日本的信（召喚），他必須踏上尋覓六十年前主角的旅程。這時候擔任鄉民代表的繼父提出要開演唱會（冒險的請求）。阿嘉一開始拒絕，他認為在鄉下裡無法開一場演唱會。卻因為突然出現一個女神，也就是田中千繪所飾演的友子，引導他、說明這旅程對他有多麼重要。於是，阿嘉開始召集他的樂隊夥伴，踏上英雄的旅程。（第一幕）

　　在舉辦演唱會的路途上，他遇到了重重的困難：有人反對、有人學不會樂器……阿嘉只能一一突破。（第二幕）

　　在旅程終點前引入第三幕，就是最後的難關，阿嘉必須正式在演唱會上對抗日本來的知名歌手，唱出比他更好的曲調打敗這個魔王（雖然他並非反派角色），他才能得到最後的恩惠：與女神擁抱說「留下來，或者我跟你走。」完成了英雄的旅程。

英雄的旅程 **木蘭詩**

　　花木蘭代父從軍的故事想必大家都很熟悉。這首《木蘭詩》寫於千年前，那時坎伯還沒提出「英雄旅程」的理論。但是，我們卻發現完全可以適用：

平凡人、平凡的一天。

　　　唧唧復唧唧　木蘭當戶織　不聞機杼聲　唯聞女嘆息

問女何所思　問女何所憶　女亦無所思　女亦無所憶

冒險的召喚

昨夜見軍帖　可汗大點兵　軍書十二卷　卷卷有爺名

阿爺無大兒　木蘭無長兄　願為市鞍馬　從此替爺征

啓程

東市買駿馬　西市買鞍韉　南市買轡頭　北市買長鞭

朝辭爺孃去　暮宿黃河邊　不聞爺孃喚女聲　但聞黃河流水鳴濺濺

旦辭黃河去　暮至黑山頭　不聞爺孃喚女聲　但聞燕山胡騎聲啾啾

旅程上的困難與挑戰

萬里赴戎機　關山渡若飛　朔氣傳金柝　寒光照鐵衣

報酬

將軍百戰死　壯士十年歸　歸來見天子　天子坐明堂

策勳十二轉　賞賜百千強　汗問所欲　木蘭不用尚書郎

願借明駝千里足　送兒還故鄉

回歸

爺孃聞女來　出郭相扶將　阿姐聞妹來　當戶理紅妝

阿弟聞姐來　磨刀霍霍向豬羊　開我東閣門　坐我西閣床

平凡人、平凡的一天

脫我戰時袍　著我舊時裳　當窗理雲鬢　對鏡貼花黃

出門見夥伴　夥伴皆驚惶　同行十二年　不知木蘭是女郎

以故事論故事，最後一段兔子的比喻淪為「說明」了，是全文的敗筆。
故事不需要說明它的主題或涵義，而是讓讀者自己用心去感動。請節制你說
明的衝動。

要記住，說故事，別說教！

雄兔腳撲朔　雌兔眼迷離　兩兔傍地走　安能辨我是雄雌

打破它！打破框架！就能創造新的故事！

　　類型作家還有一招屢試不爽的絕招，可以提供大家參考。那就是「What if...」（如果……會怎麼樣呢？）把現實世界和日常生活中既有的思考「框架」（frame）打破，就可以創造出嶄新的故事情節。

　　什麼是框架？就是一些習以為常的經驗或規則。比如：東西會往下掉、魚在水中游、上帝是好人……之類。這些框架一被打破，就會產生一些在現實上沒有意義、也不可能的經驗，那就是新情節，比如說：

　　打破「東西會往下掉」的框架，那麼人就可以在空中飛了，不需要依賴任何的飛行器。於是，我們有了《七龍珠》。

　　打破「魚在水中游」的框架，那麼鯊魚就可以上岸和老虎一較長短了，那你不就有新型的怪獸片情節了？更進一步，人也可以到水中去生活啊！那麼，我們就有了亞特蘭提斯水底王國的傳奇故事。

　　打破「上帝是好人」的框架，那你馬上就會有宇宙最強的災難片；更進一步，我們習以為常的「鬼很壞」框架也一起打破吧，那就產生了最暢銷耐玩的RPG遊戲《鬼武者》。

　　社會性的框架比較複雜，要費點功夫才能辨識出來。但是一打破，馬上也會有嶄新的劇情。比如：

　　「社會秩序要靠法治來維持。」這框架一打破，就變成「暴力決定」的武俠小說，殺貪官搶美人；「男女要先談戀愛，彼此熟悉了才能結婚。」這框架一打破，就變成「指腹為婚」、「奉子成婚」和「小資女走在街上撞到大總裁，馬上開房間上床。」，言情羅曼史不就是這樣作的嗎？

　　作家使用這個手法來生產內容，足足有幾世紀了，情節仍然源源不絕，歷久彌新。你可以試試看！

找出五個框架，並且用「what if...」打破它，看看會發生啥情節？

框架：＿＿＿＿＿＿＿＿　　打破框架則會：＿＿＿＿＿＿＿＿

框架：＿＿＿＿＿＿＿＿　　打破框架則會：＿＿＿＿＿＿＿＿

框架：＿＿＿＿＿＿＿＿　　打破框架則會：＿＿＿＿＿＿＿＿

框架：＿＿＿＿＿＿＿＿　　打破框架則會：＿＿＿＿＿＿＿＿

框架：＿＿＿＿＿＿＿＿　　打破框架則會：＿＿＿＿＿＿＿＿

習題

1. 以電影《復仇者聯盟》（或其他你熟悉的案例）爲例，描繪英雄旅程的各階段。

2. 運用「英雄旅程」的手法，撰寫一篇冒險／愛情故事。

3. 運用「what if...」的手法，撰寫一篇幻想故事。

第十一講

主題先行

沒有主題，我就無法寫出讓人感動的故事。
那種文人雅士的幽默我是不懂的，我就是一個普通的鄉下
人，只喜歡那些能深刻觸動我內心的故事。

——華德・迪士尼[1]

---

1 《迪士尼的劇本魔法》，p.153。

這一講要介紹的故事發展技術，稱之為「主題先行」，有時又稱為「概念先行」。在針對特定目的所進行的專案中常常運用，如：品牌廣告、理念宣傳、教案……等。主事者（業主、廣告主、製作人、教師……等）提出策略目標，我們針對這個目標來提供一套企劃書。先有「主題」，然後才發展出角色與故事。

　　什麼是主題？

　　「這是一個愛與勇氣的故事……」

　　「本故事想教導小朋友『誠實為上策』……」

　　「這個故事告訴我們，人生在世，實力強不如人緣好……」

　　諸如此類，為了明顯概念性、抽象性目標而作的故事，我們稱之為「主題先行」。

主題先行 阿Q正傳

　　這是大文豪魯迅先生（1881-1936）所作的《阿Q正傳》。為了諷刺中國人有不知恥的毛病，大師創造出阿Q這個虛構人物，擅長「精神勝利法」。然後，設計了許多情節讓阿Q來經歷，以彰顯這個主題。

第二章　優勝記略

　　阿Q不獨是姓名籍貫有些渺茫，連他先前的「行狀」也渺茫。因為未莊的人們之於阿Q，只要他幫忙，只拿他玩笑，從來沒有留心他的「行狀」的。而阿Q自己也不說，獨有和別人口角

的時候，間或瞪著眼睛道：

「我們先前——比你闊得多啦？你算是什麼東西！」

阿Q沒有家，住在未莊的土穀祠裡；也沒有固定的職業，只給人家做短工，割麥便割麥，舂米便舂米，撐船便撐船。工作略長久時，他也或住在臨時主人的家裡，但一完就走了。所以，人們忙碌的時候，也還記起阿Q來，然而記起的是做工，並不是「行狀」；一閒空，連阿Q都早忘卻，更不必說「行狀」了。只是有一回，有一個老頭子頌揚說：「阿Q真能做！」這時阿Q赤著膊，懶洋洋的瘦伶仃的正在他面前，別人也摸不著這話是真心還是譏笑，然而阿Q很喜歡。

阿Q又很自尊，所有未莊的居民，全不在他眼神裡，甚而至於對於兩位「文童」有以為不值一笑的神情。夫文童者，將來恐怕要變秀才者也；趙太爺、錢太爺大受居民的尊敬，除有錢之外，就因為都是文童的爹爹，而阿Q在精神上獨不表格外的崇奉，他想：我的兒子會闊得多啦！加以進了幾回城，阿Q自然更自負，然而他又很鄙薄城裡人，譬如用三尺三寸寬的木板做成的凳子，未莊人叫「長凳」，他也叫「長凳」，城裡人卻叫「條凳」，他想：「這是錯的，可笑！」油煎大頭魚，未莊都加上半寸長的蔥葉，城裡卻加上切細的蔥絲，他想：「這也是錯的，可笑！」然而未莊人真是不見世面的可笑的鄉下人呵，他們沒有見過城裡的煎魚！

阿Q「先前闊」，見識高，而且「真能做」，本來幾乎是一個「完人」了，但可惜他體質上還有一些缺點。最惱人的是在他頭皮上，頗有幾處不知起於何時的癩瘡疤。這雖然也在他身上，而看阿Q的意思，倒也似乎以為不足貴的，因為他諱說「癩」以及一切近於「賴」的音，後來推而廣之，「光」也諱，「亮」也諱，再後來，連「燈」「燭」都諱了，一犯諱，不問有心與無心，阿Q便全疤通紅的發起怒來，估量了對手，口訥的他便罵，氣力小的他便打；然而不知怎麼一回事，總還是阿Q吃虧的時候多。於是他漸漸的變換了方針，大抵改為怒目而視了。

誰知道阿Q採用怒目主義之後，未莊的閒人們便愈喜歡玩笑他。一見面，他們便假作吃驚的說：「嚄，亮起來了。」

阿Q照例的發了怒，他怒目而視了。

「原來有保險燈在這裡！」他們並不怕。

阿Q沒有法，只得另外想出報復的話來：「你還不配……」這時候，又彷彿在他頭上的是一種高尚的光容的癩頭瘡，並非平常的癩頭瘡了；但上文說過，阿Q是有見識的，他立刻知道和「犯忌」有點牴觸，便不再往底下說。

閒人還不完，只撩他，於是終而至於打。阿Q在形式上打敗了，被人揪住黃辮子，在壁上碰了四五個響頭，閒人這才心滿意足的得勝的走了，阿Q站了一刻，心裡想，「我總算被兒子打了，現在的世界真不像樣……」於是也心滿意足的得勝的走了。

阿Q想在心裡的，後來每每說出口來，所以凡是和阿Q玩笑的人們，幾乎全知道他有這一種精神上的勝利法，此後每逢揪住他黃辮子的時候，人就先一著對他說：「阿Q，這不是兒子打老子，是人打畜生。自己說：人打畜生！」阿Q兩隻手都捏住了自己的辮根，歪著頭，說道：「打蟲豸，好不好？我是蟲豸——還不放麼？」

但雖然是蟲豸，閒人也並不放，仍舊在就近什麼地方給他碰了五六個響頭，這才心滿意足的得勝的走了，他以為阿Q這回可遭了瘟。然而不到十秒鐘，阿Q也心滿意足的得勝的走了，他覺得他是第一個能夠自輕自賤的人，除了「自輕自賤」不算外，餘下的就是「第一個」。狀元不也是「第一個」麼？「你算是什麼東西」呢！？

阿Q以如是等等妙法克服怨敵之後，便愉快的跑到酒店裡喝幾碗酒，又和別人調笑一通，口角一通，又得了勝，愉快的回到土穀祠，放倒頭睡著了。假使有錢，他便去押牌寶，一堆人蹲在地面上，阿Q即汗流滿面的夾在這中間，聲音他最響：「青龍四百！」

「咳～～開～～啦！」莊家揭開盒子蓋，也是汗流滿面的唱。「天門啦～～角回啦～～！人和穿堂空在那裡啦～～！阿Q的銅錢拿過來～～！」

「穿堂一百──一百五十！」

阿Q的錢便在這樣的歌吟之下，漸漸的輸入別個汗流滿面的人物的腰間。他終於只好擠出堆外，站在後面看，替別人著急，一直到散場，然後戀戀的回到土穀祠，第二天，腫著眼睛去工作。

但真所謂「塞翁失馬安知非福」罷，阿Q不幸而贏了一回，他倒幾乎失敗了。

這是未莊賽神的晚上。這晚上照例有一臺戲，戲臺左近，也照例有許多的賭攤。做戲的鑼鼓，在阿Q耳朵裡彷彿在十里之外；他只聽得莊家的歌唱了。他贏而又贏，銅錢變成角洋，角洋變成大洋，大洋又成了疊。他興高采烈得非常：「天門兩塊！」

他不知道誰和誰為什麼打起架來了。罵聲、打聲、腳步聲，昏頭昏腦的一大陣，他才爬起來，賭攤不見了，人們也不見了，身上有幾處很似乎有些痛，似乎也挨了幾拳幾腳似的，幾個人詫異的對他看。他如有所失的走進土穀祠，定一定神，知道他的一堆洋錢不見了。趕賽會的賭攤多不是本村人，還到哪裡去尋根柢呢？

很白很亮的一堆洋錢！而且是他的，現在不見了！說是算被兒子拿去了罷，總還是忽忽不樂；說自己是蟲豸罷，也還是忽忽不樂：他這回才有些感到失敗的苦痛了。

但他立刻轉敗為勝了。他擎起右手，用力的在自己臉上連打了兩個嘴巴，熱剌剌的有些痛；打完之後，便心平氣和起來，似乎打的是自己，被打的是別一個自己，不久也就彷彿是自己打了別個一般──雖然還有些熱剌剌──心滿意足的得勝的躺下了。

他睡著了。

說故事，不說教！

主題先行很容易讓故事有斧鑿痕跡，「最大的危險是會變得像是在賣弄學問或說教，而不會是用一個可被觀眾覺得能夠接受、跟自己切身相關的方式，來客觀呈現人生中的普遍真理。[2]」題外話，從美學的角度看，說教（有目的性）的玩意比較難成為高級的藝術。喬哀思（James Joyce, 1882-1941，為二十世紀最偉大的小說家之一）就認為，那是「色情的藝術」——故事藝術是最高級，為比較低級的目標而服務當然是「色情」囉。

會採用這種作法要嘛就是爐火純青的大師傅，要嘛就是初學剛練的小菜鳥。在課堂上，我只要一看到主題先行，幾乎就可以判定說故事的人肯定不是說故事老手。（不一定說得不好）因為在故事的世界中，故事永遠最大，主題是其次的東西，是副產品。反客為主當然就覺得有點怪怪了對吧？「做這種本末倒置的事，你會倒大楣的。[3]」

新手很容易主題先行。我認為和從小的語文教育有很大關係——聯考總是考論說文，所以老師教作文也從論說文入手；論說文的題目不外乎「論誠實」、「人生愉快」這一類，主題先行，小朋友習慣了就很難改了。

在西洋文學中，「散文」（Essay）也就是我們說的「論說文」，品級比故事（小說、詩歌、劇本）低多了。因為，散文顧名思義就是「散」的，或抒情或議論，總是缺乏故事的結構性。故事是「海景佛跳牆」，散文是「叉燒飯」，技術上當然是前者難多了。（但哪樣好吃？見仁見智。）

說故事老手通常是根本不管主題，先把故事說完說好了，主題就會自然浮現出來。不過這真的要多做幾次，慢慢才能體會。

2　《迪士尼的劇本魔法》，p.157。

3　同註2。

以主題發展情節

好了，回到主題。

不知道你有沒發現，這就是「主題先行」的問題，你永遠得回到主題。故事講求流暢自然，引人入勝；散文卻一直要讓人停下來想一想，回到主題。

主題先行的故事要怎麼發展呢？請試著這麼做：

Step 1：確定主題概念。

Step 2：賦予角色。

Step 3：加入戲劇轉折。

Step 4：添加具體細節。

圖1　主題先行

Step 1：確定主題概念

故事主題通常是業主預先給定的目標，然而，業主卻常常不擅於說故事。因此，編劇有責任密集溝通，協助確認故事的目標。

在這一個階段常出現的問題是：編劇在藝術性上，無法與業主的目標（商業性、政治性、技術性……）妥協，因而產生衝突。「這個觀眾一看就知道是廣告、置入性行銷啊！」「藝術怎麼可以為商業服務？」「改改改，改了那麼多次，你到底知不知道主題是什麼？」……其實這都是不必要的衝突。

我的建議是，出錢的人最大。業主自然有他們的考量和智慧，當你還是

新手菜鳥，要多忍耐。捨己從人，追求雙贏是不二法門。當然，主題根本就是你自己訂的，那就隨你揮灑了。（但其實，我覺得這反而比較難，沒有限制的創作也就沒有目標。）

另外，主題也可能一開始很模糊、表面，必須和你的工作夥伴（或業主），經過無數次的溝通、討論，才會慢慢具體化（這個過程有時叫做「說戲」）。先反覆確認主題概念非常重要，可以省下日後相當多的修改功夫、避免爭執，也就可以有效降低製作成本，順利結案。

Step 2：賦予角色

概念主題具體化：將故事所要表達的主題，用一個具體角色來代表。

內部衝突外部化：將與主題相對的概念，用另一個角色來代表，形成衝突。戲劇大師斯坦尼斯拉夫斯基（Constantin Stanislavski, 1863-1938）說：「如果你演的是一個好人，找一找他壞的一面；如果你演的是一個壞人，找一找他好的一面。[4]」比如：

主題是「真誠」，相對概念是「虛偽」。那就安排一個真誠的主角和一個虛偽的反派。

主題是「牛排很好吃」，相對的概念是「牛排不好吃」。那就安排一個喜歡吃牛排的主角和一個討厭吃牛排（宗教因素？健康理由？政治信仰？）的角色。

Step 3：加入戲劇轉折

還記得「為文要曲」的教訓吧？不要一根腸子通到底，一下就走到故事結局去了。

我們已經將故事主題具體化成為一個角色，這個角色所追求的目標（需

---

4 ．《導演筆記》，p.130。

求）就是主題。接著，我們讓反派角色想辦法阻撓他。主角當然會贏，但是要讓他贏得很辛苦。視業主所要求的戲劇長度，再來決定要整他幾次？

祕技 36種戲劇情境

喬治斯·波爾提（Georges Polti, 1867-1946）的三十六種戲劇情境（The Thirty-Six Dramatic Situations）[5]，可以拿來確認你的故事主題，以及設計劇情轉折之用：

1. 懇求（Supplication）
2. 拯救（Deliverance）
3. 復仇（Crime pursued by vengeance）
4. 內親復仇（Vengeance taken for kindred upon kindred）
5. 追蹤（Pursuit）
6. 災難（Disaster）
7. 不幸的受害者（Falling prey to cruelty or misfortune）
8. 反叛（Revolt）
9. 創業（Daring enterprise）
10. 誘拐（Abduction）
11. 迷惑（Enigma）
12. 爭取（Obtaining）

---

5 《遊戲大師談數位互動劇本創作》，p.157。

13. 內哄（Enmity of kinsman）

14. 骨肉相爭（Rivalry of kisman）

15. 導致謀殺的姦情（Murderous adultery）

16. 瘋狂（Madness）

17. 不守本分導致的致命傷害（Fatal imprudence）

18. 為愛而犯罪（Involuntary crimes of love）

19. 誤殺至親（Slaying of a kinsman unrecognized）

20. 為理想而犧牲（Self-sacrificing for an ideal）

21. 為親屬而犧牲（Self-sacrifice for kindred）

22. 為熱情、理想而犧牲（All sacrificed for a passion）

23. 為必要而犧牲所愛（Necessity of sacrificing loved one）

24. 上司與下屬的鬥爭（Rivalry of superior and inferior）

25. 通姦（Adultery）

26. 亂倫（Crime of love）

27. 發現不貞（Discovery of the dishonor of a loved one）

28. 受阻撓的愛情（Obstacles to love）

29. 愛上敵人（An enemy loved）

30. 人神的鬥爭（Conflict with a god）

31. 野心（Ambition）

32. 誤會的忌妒心（Mistaken jealousy）

33. 冤獄（Erroneous judgment）

34. 慚悔（Remorse）

35. 尋找遺失的東西（Recovery of a lost one）

36. 親人被害（Loss of loved one）

有人會問：在一個故事中，可以用上幾個戲劇情境？

答案是：只要劇情發展合理又出乎意料，多多益善。

反轉的魅力！加入出乎意料的故事轉折！

情節設計上，最重要的是時時要記得「反轉」，把劇情「扭」往另一個方向去，絕對不要順著目前的情勢發展走，要出乎觀眾的意料之外。大導演伍迪・艾倫說，在喜劇裡「演得好笑是你能做的最糟的事。[6]」應該反過來做，讓角色陷入一個悲慘的情境，做出荒謬的行徑，觀眾自然就笑出來了。反之，如果要突顯一個角色悲慘的遭遇，你應該讓他一直搞笑。明明那麼慘，他卻像個沒事人一樣樂天，甚至還能苦中作樂。

沒錯，觀眾就是那麼殘忍。喜劇和悲劇是一體的兩面，編劇若想做出「好的幽默需要壞的性格。[7]」好好想想這句話。

起、轉、轉、轉……轉折、轉折，再轉折。就是故事耐人尋味的祕訣。

Step 4：添加具體細節

在這個步驟中，要把情節中「人事時地物」的細節都具體描述出來。

事情發生在何時何處？是誰惹出來的事？影響了誰？……要越詳細越好。清楚的將你心中所想的事物具象化為紙上文字，讓讀者也能藉由閱讀體驗一切。

記住，儘量避免抽象概念性的描述，如：「甲很兇，乙很害怕。」

兇是怎麼個兇法？橫眉豎目嗎？還是陰狠奸笑？

很害怕又是如何害怕？嚇得回家找媽媽？還是尿褲子了？

6　《實用電影編劇技巧》，p.168。

7　《導演筆記》，p.148。

……像這樣，把具體發生的事情寫下來。

主題先行 人生在世，實力強不如人緣好

Step 1：確定主題概念

「人生在世，實力強不如人緣好。」是這個故事想要傳達的主題。

Step 2：賦予角色

你可以放一個角色代表「實力強」，另一個角色代表「人緣好」。

有兩個年輕人，一個力氣大、一個人緣好。兩個人搶著當領導，結果，人緣好的贏了。

然後，為你的角色取個名字，最好是與主題有相關性，簡單明瞭、好寫好記。在這裡，我們就用「阿霸」和「小沛」。

如果一時想不到好名字，那就甲乙丙、ABC都行。

阿霸和小沛兩個年輕人，阿霸力氣大、小沛人緣好。
兩個人搶著當領導，結果，小沛贏了。

Step 3：加入戲劇轉折

還記得「為文要曲」的教訓吧？不要一根腸子通到底，一下就走到故事最終結局去了。

阿霸和小沛兩個年輕人，阿霸力氣大、小沛人緣好，兩個人搶著當領導。阿霸一開始贏，後來小沛的朋友多，大家齊心協力……結果，小沛贏了。

　　甲先贏，過來換乙贏，過來換甲贏，過來又換乙贏……讓故事中兩股相反的力量互相衝突吧，你爭我奪，互有勝負，那就會創造出美妙的轉折。

　　阿霸和小沛兩個年輕人，阿霸力氣大、小沛人緣好，兩個人搶著當領導。

　　阿霸一開始頗占贏面，沒把小沛放在眼裡；沒想到小沛偷吃步，居然贏了第一回合。於是阿霸很生氣，想辦法要幹掉小沛；小沛死裡逃生，來個絕地大反攻……後來小沛的朋友多，大家齊心協力……結果，小沛贏了。

Step 4：添加具體細節

　　細節就是要把情節中「人事時地物」都具體描述出來。

　　事情發生在何時何處？是誰惹出來的事？影響了什麼東西？……要越詳細越好。

　　阿霸和小沛兩個年輕人，阿霸力氣大、小沛人緣好，兩個人搶著當領導。

　　阿霸一開始頗占贏面，沒把小沛放在眼裡，那天吃中飯就嗆聲：「先把到那個正妹算贏……」

　　沒想到小沛趁阿霸還在上班，就先買了甜甜圈和九十九朵鮮花在宿舍門口等正妹，正妹深受感動，於是就和小沛一起去看了場恐怖電影。

　　小沛偷吃步贏了第一回合，阿霸很生氣，單手舉起一臺摩托車。小沛嚇

著了，決定暫時不要和正妹見面。正妹只好投入阿霸的懷抱。

……（請繼續轉折，說下去）……

結果，小沛贏了。

這樣懂了嗎？這就是一個不賴的故事大綱。

要把故事加入變化就會說得更好，你可以回到step 2重來，不斷的添加轉折和故事細節。

眼尖的同學應該會覺得這個故事好像曾在哪聽過，那是因為我偷偷用上了某個很厲害的「劇情結構」，請問我們在哪一講說過？

就這故事大綱而言，如果你把甲換成「項羽」、乙換成「劉邦」，正妹換成「關中」……那簡直就是《史記‧項羽本紀》了——項羽的實力強，劉邦的人緣好，雖然一開始項羽占上風，但幾番勝負以後，劉邦最後終於打敗項羽，成為天下的霸主。

恭喜你完成了「人生在世，實力強不如人緣好。」的主題。

課堂練習 人要力爭上游

提示：設定一個處於弱勢、逆境的角色，然後他想辦法突破困境。

國語課本中有個故事，大意是他小時候家裡很窮，在河邊看魚兒逆流而上，心有所感，決定立志做大事，終於成了一代偉人……。

1. 請用主題先行的方法，說個「誠實最上策」的故事。

   提示：誠實是個抽象概念，你可以安排一個誠實的人物來具體化，人或動物都可以。然後，設定一個情境測試他誠不誠實？若他說謊，可以得到好處；誠實會遭受挫折——創造衝突性和轉折的可能。

   華盛頓砍櫻桃樹的故事聽過嗎？有歷史學家認為根本沒發生過，這只是一個很棒的故事。

2. 假設知名飲料公司請你拍部微電影宣傳產品，主題是該公司的可樂最清涼。請撰寫一段五分鐘的劇情故事。

3. 請為「三十六種戲劇情境」各找一部電影。

第十二講

改編

文學和電影的差別，在於這感動化成不同型式的作品。

既然不同，也不一定得將小說拍成電影。

讓人感動的原創作品遠比自己的想像更對味，感受也更

自然。

——小津安二郎[1]

---

[1] 《我是賣豆腐的，所以我只做豆腐。》，p.74。

忠實或創新？改編的可能性！

　　故事的數量是無窮盡的，然而，可以改編成電影、電視或遊戲這一類影音視覺化的内容產品者相對很少。為何？

　　因為，一般的故事（小說）是文字藝術，並非特別針對影像作品的需要去寫。小說的目標是反映人性，通常有關於人物的「内在生活」——尤其是二十世紀幾位意識流大師相繼出現後，小說漸漸偏向描寫人物的思想、情感、感覺等等發生在腦海中，很難視覺化表現的内容。而且，小說可以長篇累牘、反覆辯證同一個主題，而沒有情境和情節，影像不能；小說可以任意穿越時空，每一句都將人物放在不同的背景中，而戲劇限於製作的條件也做不到……這些也是近年文化創意產業蓬勃發達，大家卻嚷嚷著找不到好故事的原因之一。

　　「改編」就是將某一種形式的内容，調整成另一種形式；或者在故事結構上予以重整。好故事若未經過適當改編，化為可供執行的劇本，仍然無法製作。

　　劇本改編基本上是一個「再創作」的過程。故事原著與改編劇本之間的相似程度，可以分布在光譜的兩極。有的忠於原著，許多中國大陸改編的影視作品《三國志》、《水滸傳》……等等，看起來就像把原著影像化，十分傳神；也有另一派認為沒有必要忠於原著，比如李安導演改編的少年Pi，原著是充滿哲理說教的文本，沒有人認為他改得成功，他卻改成了炫目不已的漂流傳奇。

　　孰優孰劣？在藝術上並沒有定論，觀眾也不一定會喜歡某種特定作法。改編作品是否能成功，除了運氣占一部分，品質還是

決定勝負的關鍵。

李安改編少年Pi

　　李安導演最新的3D電影《少年Pi的奇幻漂流》是改編文學小說，原著作者將故事寫得相當奇幻且傳神，有很多精彩航行過程。李安導演一開始想拍攝電影和原著有很大的關係，他說：「通常原作是啓動我一個靈感，但我不可能做到『忠於原著』。我的想像、對生活的體驗、對電影的抱負，都與原作作者不同，我有自己想說的話。」然而真正拍攝電影時卻有相當的難度，由於整部劇中有一半以上的時間都只有少年、老虎、救生艇與海這幾個元素，而且對白相當少。這樣的畫面若處理得不好，可能就會顯得很單調，但他卻能用3D畫面呈現，並且拍攝得精緻且具有美感。不但清楚的交代劇情，也在電影中傳達他對畫面的詮釋、體認、想像與自己想表達的意念，創造出一種屬於自己的風格作品，李安導演覺得改編不只是將文字轉換成影像，而是一種再出發、再創造、與觀衆再結合的過程。

（by林怡伶）

　　好了，那就讓我們來動手做做看吧！

把故事重新抄一遍的玩意不叫改編！

　　改編劇本最重要的，是要挑個好故事。

　　什麼故事叫做好故事？

這牽涉到個人審美修養，見仁見智。但也可以說，你自己讀起來有想法、有感覺的故事會比較適合。若回到技術觀點來檢視，比較適合改編成最終內容形式的故事就是好故事。

　　「一旦小說進入了電影改編的漫長旅程，它就不再是本書了，所有創作內容，包括故事、場景、時代、角色，都必須是以新版本的脈絡來進行檢視，編劇和導演都會記得他們的重點是電影本身，不會盲從於不再存在於電影藍本裡的東西。[2]」當然，這就牽涉到編劇的功力。厲害的編劇幾乎啥故事都能編，初學者可以遵循以下的原則來挑：

- ・電影：挑有「開局——中段——結局」三幕式的短篇故事，文字篇幅大概三至五萬字，再短你就得自己加人物、場景，麻煩一點；太長則因為電影時間不足以演繹，就得刪修。角色設定鮮明、立體；場景適合視覺表現。
- ・微電影：主題適合製作目標（廣告或特定訴求），只需要「一個」戲劇衝突的極短篇故事。
- ・電視：挑單元段落明確、以對白為主的長篇故事；角色是帥哥美女，最好是當紅明星可以演；劇情可延伸，適合家庭觀賞；製作成本不要太高（避免戰爭、外景、實景、歷史考據）。
- ・動畫：畫面絢麗。熱血、浪漫，充滿想像力。
- ・漫畫：儘管天馬行空，什麼主題都能做。
- ・遊戲：獨特的世界觀和背景設定，人物有特色。

　　我的建議是，不適合改編的故事就不要編，或者讓給別人去編。因為說到底，故事有那麼多，何必勉強就要這一個？（出錢大老闆硬是要這個，那就沒話說。）就讓故事停留在原來的形式，不是很美嗎？日本名導小津安二

2　《迪士尼的劇本魔法》，pp.38-39。

郎就這麼說，「我不改編小說和戲劇，並不是我討厭將小說和戲劇改編成電影，而是沒有我想改編的。即使有不錯的作品，多半也讓我覺得與其拍成電影，不如維持小說或戲劇的形式較好。[3]」

將故事改編為劇本

以下，我們就以製作一齣電影短片《鴻門夜宴》為目標，來改編《史記》中這膾炙人口的故事。

故事原文：《史記·項羽本紀》

沛公旦日從百餘騎來見項王，至鴻門，謝曰：「臣與將軍戮力而攻秦，將軍戰河北，臣戰河南，然不自意能先入關破秦，得復見將軍於此。今者有小人之言，令將軍與臣有郤。」項王曰：「此沛公左司馬曹無傷言之；不然，籍何以至此。」項王即日因留沛公與飲。項王、項伯東嚮坐。亞父南嚮坐。亞父者，范增也。沛公北嚮坐，張良西嚮侍。范增數目項王，舉所佩玉玦以示之者三，項王默然不應。范增起，出召項莊，謂曰：「君王為人不忍，若入前為壽，壽畢，請以劍舞，因擊沛公於坐，殺之。不者，若屬皆且為所虜。」莊則入為壽，壽畢，曰：「君王與沛公飲，軍中無以為樂，請以劍舞。」項王曰：「諾。」項莊拔劍起舞，項伯亦拔劍起舞，常以身翼蔽沛公，莊不得擊。於是張良至軍門，見樊噲。樊噲曰：「今日之事何如？」良曰：「甚急。今者項莊拔劍舞，其意常在沛公也。」噲曰：「此迫矣，臣請入，與之同命。」噲即帶劍擁盾入軍門。交戟之士欲止不內，樊噲側其盾以撞，士仆地，噲遂入，披帷西嚮立，瞋目視項王，頭髮上指，目眥盡裂。項王按劍而跽，曰：「客何為者？」張良曰：「沛公之參乘樊噲者也。」項王

3　《我是賣豆腐的，所以我只做豆腐。》，p.118。

曰：「壯士，賜之卮酒。」則與斗卮酒。噲拜謝，起，立而飲之。項王曰：「賜之彘肩。」則與一生彘肩。樊噲覆其盾於地，加彘肩上，拔劍切而啗之。項王曰：「壯士，能復飲乎？」樊噲曰：「臣死且不避，卮酒安足辭！夫秦王有虎狼之心，殺人如不能舉，刑人如恐不勝，天下皆叛之。懷王與諸將約曰：『先破秦入咸陽者王之』。今沛公先破秦入咸陽，豪毛不敢有所近，封閉宮室，還軍霸上，以待大王來。故遣將守關者，備他盜出入與非常也。勞苦而功高如此，未有封侯之賞，而聽細說，欲誅有功之人。此亡秦之續耳，竊為大王不取也。」項王未有以應，曰：「坐。」樊噲從良坐。坐須臾，沛公起如廁，因招樊噲出。

　　沛公已出，項王使都尉陳平召沛公。沛公曰：「今者出，未辭也，為之奈何？」樊噲曰：「大行不顧細謹，大禮不辭小讓。如今人方為刀俎，我為魚肉，何辭為。」於是遂去。乃令張良留謝。良問曰：「大王來何操？」曰：「我持白璧一雙，欲獻項王，玉斗一雙，欲與亞父，會其怒，不敢獻。公為我獻之」張良曰：「謹諾。」當是時，項王軍在鴻門下，沛公軍在霸上，相去四十里。沛公則置車騎，脫身獨騎，與樊噲、夏侯嬰、靳彊、紀信等四人持劍盾步走，從酈山下，道芷陽閒行。沛公謂張良曰：「從此道至吾軍，不過二十里耳。度我至軍中，公乃入。」沛公已去，閒至軍中，張良入謝，曰：「沛公不勝桮杓，不能辭。謹使臣良奉白璧一雙，再拜獻大王足下；玉斗一雙，再拜奉大將軍足下。」項王曰：「沛公安在？」良曰：「聞大王有意督過之，脫身獨去，已至軍矣。」項王則受璧，置之坐上。亞父受玉斗，置之地，拔劍撞而破之，曰：「唉！豎子不足與謀。奪項王天下者，必沛公也，吾屬今為之虜矣。」

架構：故事大綱與角色說明

　　多讀幾次故事，把故事架構起來。故事大綱要有頭有尾、簡單明瞭，不要搞文藝。小津導演這麼說，「低俗歸低俗，只要架構大綱和人物描寫等夠

完整，就能拍出與眾不同的作品。我秉持著這些概念認真地寫劇本。[4]」

劇情大綱是：

項羽邀劉邦赴鴻門宴，宴席中項莊舞劍要殺劉邦，張良叫樊噲入席守護。劉邦尿遁，范增罵項羽不能成事。

鴻門宴的故事大家耳熟能詳，可以簡略些。要是你真要提內容企劃，得寫詳盡點！

然後，依照「角色設定」的方式，為每個登場人物寫角色說明，可以讓你迅速掌握角色，理解劇情脈絡就快多了，也方便其他工作人員迅速進入狀況。

項羽：西楚霸王，在故事中稱為「項王」。

劉邦：當時投靠項羽，在故事中稱為「沛公」，後打敗項羽成為漢高祖。

范增：項羽的智囊，尊稱其為「亞父」。

項莊、項伯、陳平：項羽方的將領。項伯私通劉邦。

張良、樊噲：劉邦方的將領。

分場大綱

決定好如何分場以後，就把場次、景時人等資訊順便標上去：

4　《我是賣豆腐的，所以我只做豆腐。》，p.21。

《鴻門夜宴》

第1場　景：鴻門大營帳外　時：黃昏　人：項羽、劉邦、從騎人等

沛公旦日從百餘騎來見項王，至鴻門，謝曰：「臣與將軍戮力而攻秦，將軍戰河北，臣戰河南，然不自意能先入關破秦，得復見將軍於此。今者有小人之言，令將軍與臣有郤。」項王曰：「此沛公左司馬曹無傷言之；不然，籍何以至此。」項王即日因留沛公與飲。

第2場　景：帳內　時：夜　人：項羽、劉邦、范增、項伯、張良

項王、項伯東嚮坐。亞父南嚮坐。亞父者，范增也。沛公北嚮坐，張良西嚮侍。范增數目項王，舉所佩玉玦以示之者三，項王默然不應。

第3場　景：帳外　時：夜　人：范增、項莊

范增起，出召項莊，謂曰：「君王為人不忍，若入前為壽，壽畢，請以劍舞，因擊沛公於坐，殺之。不者，若屬皆且為所虜。」

第4場　景：帳內　時：夜　人：項羽、劉邦、范增、項伯、張良、項莊

莊則入為壽，壽畢，曰：「君王與沛公飲，軍中無以為樂，請以劍舞。」項王曰：「諾。」項莊拔劍起舞，項伯亦拔劍起舞，常以身翼蔽沛公，莊不得擊。

第5場　景：軍門　時：夜　人：張良、樊噲、軍士等

於是張良至軍門，見樊噲。樊噲曰：「今日之事何如？」良曰：「甚急。今者項莊拔劍舞，其意常在沛公也。」噲曰：「此迫矣，臣請入，與之同命。」噲即帶劍擁盾入軍門。交戟之士欲止不內，樊噲側其盾以撞，士仆地。

第6場　景：帳內　時：夜　人：項羽、劉邦、范增、項伯、張良、項莊

　　噲遂入，披帷西嚮立，瞋目視項王，頭髮上指，目眥盡裂。項王按劍
而跽，曰：「客何為者？」張良曰：「沛公之參乘樊噲者也。」項王曰：
「壯士，賜之卮酒。」則與斗卮酒。噲拜謝，起，立而飲之。項王曰：「賜
之彘肩。」則與一生彘肩。樊噲覆其盾於地，加彘肩上，拔劍切而啗之。項
王曰：「壯士，能復飲乎？」樊噲曰：「臣死且不避，卮酒安足辭！夫秦王
有虎狼之心，殺人如不能舉，刑人如恐不勝，天下皆叛之。懷王與諸將約曰
『先破秦入咸陽者王之。』今沛公先破秦入咸陽，豪毛不敢有所近，封閉宮
室，還軍霸上，以待大王來。故遣將守關者，備他盜出入與非常也。勞苦而
功高如此，未有封侯之賞，而聽細說，欲誅有功之人。此亡秦之續耳，竊為
大王不取也。」項王未有以應，曰：「坐。」樊噲從良坐。坐須臾，沛公起
如廁，因招樊噲出。

　　第7場　景：道路上　時：夜　人：劉邦、陳平、張良、樊噲

　　沛公已出，項王使都尉陳平召沛公。沛公曰：「今者出，未辭也，為
之奈何？」樊噲曰：「大行不顧細謹，大禮不辭小讓。如今人方為刀俎，我
為魚肉，何辭為。」於是遂去。乃令張良留謝。良問曰：「大王來何操？」
曰：「我持白璧一雙，欲獻項王，玉斗一雙，欲與亞父，會其怒，不敢獻。
公為我獻之。」張良曰：「謹諾。」當是時，項王軍在鴻門下，沛公軍在霸
上，相去四十里。沛公則置車騎，脫身獨騎，與樊噲、夏侯嬰、靳彊、紀信
等四人持劍盾步走，從酈山下，道芷陽閒行。沛公謂張良曰：「從此道至吾
軍，不過二十里耳。度我至軍中，公乃入。」

　　第8場　景：帳內　時：夜　人：項羽、范增、張良

　　沛公已去，閒至軍中，張良入謝，曰：「沛公不勝桮杓，不能辭。謹使
臣良奉白璧一雙，再拜獻大王足下；玉斗一雙，再拜奉大將軍足下。」項王

曰：「沛公安在？」良曰：「聞大王有意督過之，脫身獨去，已至軍矣。」
項王則受璧，置之坐上。亞父受玉斗，置之地，拔劍撞而破之，曰：「唉！
豎子不足與謀。奪項王天下者，必沛公也，吾屬今為之虜矣。」

對白與敘事

分場一完成，整個故事就顯得乾淨清晰、綱舉目張。接下來就是寫對
白。

寫對白可以說是劇本最關鍵，最核心的工作。寫得好不好，其實和作者
對生活的敏銳度與文學修養有很大的關係。我們接下來，要把角色的對白和
三角區分開來，並賦予正確的格式。舉關鍵的第6場為例：

第6場　景：帳內　時：夜　人：項羽、劉邦、范增、項伯、張良、項莊
　　　△噲逐入，披帷西嚮立，瞋目視項王，頭髮上指，目眥盡裂。
項王：（按劍而跽）客何為者？
張良：沛公之參乘樊噲者也。
項王：壯士，賜之卮酒。（則與斗卮酒。）
　　　△噲拜謝，起，立而飲之。
項王：賜之彘肩。（則與一生彘肩。）
　　　△樊噲覆其盾於地，加彘肩上，拔劍切而啗之。
項王：壯士，能復飲乎？
樊噲：臣死且不避，卮酒安足辭！夫秦王有虎狼之心，殺人如不能舉，
刑人如恐不勝，天下皆叛之。懷王與諸將約曰「先破秦入咸陽者王之。」今
沛公先破秦入咸陽，豪毛不敢有所近，封閉宮室，還軍霸上，以待大王來。
故遣將守關者，備他盜出入與非常也。勞苦而功高如此，未有封侯之賞，而
聽細說，欲誅有功之人。此亡秦之續耳，竊為大王不取也。
項王：坐。

△樊噲從張良坐。

△坐須臾，沛公起如廁，因招樊噲出。

添加製作細節

若講究忠於原著，做到這個地步，對大部分的製作人員來說就已足夠，其餘就得依靠演員表演了。但好的編劇應該多為製作階段思考、籌畫，想像真實演出的情境。

　．補充編修對白

比如：「沛公之參乘樊噲者也。」這句話於今日已經不合時宜，改作：「我們家老闆的司機樊噲。」這樣會不會好一點？

　．補充表演指導

比如：（則與一生彘肩。）意思是項羽賞賜樊噲一隻生豬腳。那演員項羽在表演的時候，是應該自己拿給樊噲？還是請旁邊的侍從拿給樊噲？動作是快是慢？豪爽還是猶疑？

　．鏡頭指令及音效等

我並不主張在編劇階段添加鏡頭指令，除非真的要用某種拍法才能讓全劇更好看，否則儘量不加。

比如：「項王按劍而跽」這是樊噲一進場，殺氣四溢，項羽手按劍柄的場面。或許可以close-up項羽臉上的表情（或緊握劍柄時手上的青筋）；或許可以拉long-shot，項羽倏地站起身。

音樂音效也可以添加戲劇性，補足比較薄弱的劇情段落。

比如：「坐須臾」這樣的段落，眾人對峙喝酒卻相對無語。這樣的表演並不是一般演員可以作好的。如果不加點音效，恐怕戲會悶掉。你可以添加一點肅殺的背景音樂；或者另類思考，來點輕鬆的歌舞也不賴。

課堂練習 《牡丹亭》驚夢

　　請參考前面所附原文，將戲曲改編為電影劇本。

 習題

1. 請將《史記・魏公子列傳》改編為《俠客行》電影劇本。
2. 本講所介紹的是由故事改編為劇本的方法。實務上，很少從劇本改編為小說形式的範例，請參考閱讀文化部2012電視劇本獎原著小說《血花熱蘭遮》，寫下改編的要點。

第十三講

劇本實務

關鍵不在於寫作技巧，而在於表達。

表達的主題如果夠清楚，故事的骨幹自然呼之欲出。

觀眾們看到的是伸展開來的綠葉滿枝。

腳本的要務就在於向下扎根，培養出粗壯結實的樹幹。

————宮崎駿[1]

劇本要能拍！

　　要蓋棟房子，必須有藍圖。建築師從正面、側面、鳥瞰……等各種角度，把腦中想像的梁柱、牆壁、隔間、樓梯……等全都在紙上呈現出來，詳加計算應力結構，然後作成藍圖，交給負責蓋房子的工程人員，然後他們才能按圖施工，把房子蓋出來。

　　內容產品也是一樣，編劇人員就是建築師、製作團隊就是工程人員、製作人就是包商、導演／監督就是工頭，而劇本就是整部作品的藍圖。

　　現代的內容製作團隊，分工相當精密。編、導、演和其他工作人員，各司其責。依國情不同，有的是製片（作）人當老大，有的是導演（監督）當老大，編劇人員不過是一個功能性角色罷了。然而，「很久很久以前」，那可不是這樣的，比如莎士比亞、契訶夫、貝克特的時代，編劇就是上帝。戲想怎麼作就怎麼作，一切都是編劇說了算。整部作品一開始只不過存在於想像世界中，是編劇千辛萬苦才把它生出來。編劇是作品的母親，沒有更重要的了，切勿妄自菲薄。

　　建築師在繪製藍圖時，最重要的是，這一切必須「可實現」、「可執行」，工程人員拿到藍圖，只要照著做，就可以把房子蓋起來。否則這份藍圖就將淪為紙上樓閣，只存在於想像的世界中。和建築師一樣，為了讓建商能順利把房子賣出去、為了讓內容能讓市場接受，編劇常常會受困於「商業性」與「藝術性」的拔河——為了賺錢，必須犧牲某些藝術性。小津導演這麼認為，「藝術與商業不能分開思考……有時藝術甚至必須依靠商

業目的。要同時兼顧商業性和藝術性，出錢的製片和出力的拍攝團隊雙方必須相互理解。[2]」

　　製作人（Producer）挑劇本時，最重要的考量也是「可拍性」——在他有限的資源限制下，劇本裡所規劃的作品是否能夠實現。因此，編劇人員在創作時，必須先將可執行性納入考量。可執行性與編劇人員對於內容製作的理解密切相關。就像你不瞭解建築工程團隊的施工過程、工法、技術……等等，就難以掌握房子能否能夠依照藍圖被蓋出來。

　　劇本是一切的基礎、也是專案企劃書。「行有行規」，電影、電視、動畫、漫畫、繪本、電子遊戲等各種媒體形式的創作，看起來類似，其實有細微卻不可忽略的差異。因此，在動手開始編劇之前，我們必須先理解各種內容形式在製作上的差異，才能夠寫出足以製作好作品的劇本。

電影劇本

　　電影製作團隊一定有「三巨頭」：製作人（Producer）、導演（Director）和編劇（Writer），但常常可以看到兼著做，不一定是分別的三個人。在臺灣，電影製作正慢慢地從日式的監督（導演）制，慢慢地轉型成為好萊塢式的製片制（很奇怪的，並沒有「編劇制」）。前者是以著重電影藝術性的導演為製作團隊的領導人，後者則是以負責找錢拍電影的製片（Producer）為領導人。但無論是哪一種制度，拍電影（在某種程度上）畢竟是搞藝術，製作團隊的角色分工和階層組織，仍存在許多模糊、重疊的地方，並不像製造業那麼嚴謹、涇渭分明。

　　一部電影的構成大概分為三個階段：

2　《我是賣豆腐的，所以我只做豆腐》，p.197。

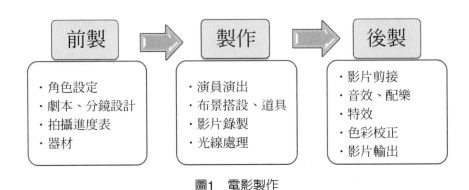

圖1　電影製作

I. 前製

當老闆（製片或導演）已擇定劇本，定案開拍時，電影拍攝將進入「前製作」階段（簡稱「前製」）。首先，導演或專門的選角人員，根據劇本內的角色設定挑選演員。有時會列出一些符合要求的演員名單，有時則會公開徵選，由拍攝團隊跟演員進行溝通「試鏡」。除了外型，試鏡之也要瞭解演員的性格和氣質是否和劇中的角色相符，是否可以賦予角色靈魂。試鏡結束後，便會進行演員訓練，要求演員熟悉對白和表演。

同時，導演要參與繪製分鏡表，製作拍攝進度表。然後組織製作團隊、決定拍攝時間、場地、道具、美術指導、服飾等人員，作好開拍的準備。

II. 製作

導演除了負責帶領拍攝團隊在實地進行拍攝外，也需要處理一些拍攝過程中發生的特殊狀況，例如道具數量不夠、演員生病、天氣不佳或場地出現狀況……等等的大小事項。角色類似「工頭兼設計師」。最重要就是監督團隊依預期進度拍攝，因為時間就是金錢，一旦延誤即意味將花費預算外的金錢，老闆不會高興的。萬一進度失去控制，將嚴重影響後製以及上映的時

間，那也就會影響到收入，老闆就會更生氣了！

III. 後製

拍攝完成，電影製作進入最後階段。導演以及後製人員要把所拍攝好的母片看完，紀錄哪一些鏡頭需要剪除，剪接影片控制片長以及流暢度，還有增加特效（例如調色、調亮度），配字幕、音效、音樂等。這些工作都是為了增加電影氣氛，進能表現劇中所描繪的故事，傳達戲劇的主題意識。由於工作沒有日夜天氣的限制，所以後製人員通常都是不分晝夜趕工，務求在極短的時間內完成電影。

寫劇本時多想想閱聽人！

曾拍過名片《楢山節考》的今村昌平導演訪臺時曾經公開表示：「當劇本寫完時，一部電影已經完成了十之六、七，我所從事的不過是剩下來的十之三、四。[3]」也就是說，編劇工作其實最重要，因為畢竟，編劇這行當最起碼兩千年了，而導演不過才一百年。

從劇本寫作的角度來看，「電影，跟書不一樣，要踩著既定的步伐，往前推進。導演再怎麼剪接變換，觀眾也只能耐著性子跟下去。[4]」也就是說，電影是標準的「線狀劇情」，無論有多少劇情分支、場面變換，最後終得回到主線故事來作Ending。那麼，標準的「開局—中段—結尾」三幕式結構必定派得上用場。

電影「通常」只能處理短篇故事。一部電影的標準長度是九十分鐘，最

3　《實用電影編劇技巧》，p.16。

4　《卜洛克的小說學堂》，p.195。

長兩小時。像《少年Pi的奇幻漂流》一般，三小時以上的商業作品非常少。真要做得很長，就得像《星際大戰》、《魔戒》那樣分成「三部曲」；而即使分集，幾乎也沒看到分成三集以上的。像007電影系列分成十幾二十集的，其實每一部都是獨立故事，互不相關。（只有主角相同，演員都換了好幾任）。這與電影觀眾的生理習性有關係，要你幾個小時都不站起來走走上廁所，的確有點困難對吧？

　　短篇故事是多短呢？李安導演的《色戒》是由張愛玲的同名短篇小說改編而來，原著大概只有5,000字。如果是「微電影」，所需要的故事更短，五分鐘的微電影通常沒法呈現1,000字以上的故事。

　　估計劇本長度常用的方法是「一分鐘一場」，每場戲500字。請注意，這只是粗略估計，幫助你瞭解劇本分量夠不夠而已。實際情況視個案可能會有很大的差異。一般而言，九十分鐘的電影需要90場戲，完稿30,000-50,000字的份量就足夠了。

　　故事長度與作者的寫作風格有極大的關係，有人喜歡簡潔洗練（我私心偏愛這種）、有人喜歡繁複華麗。青菜豆腐，各有所好。改編成劇本以後，又加上編劇的風格；變成電影時又加上導演的風格……所以，電影長度和故事原始長度並沒有一定的比例。

　　另外，電影的類型不同，所需的劇本長度也會有所不同。一般而言，「文藝片」（包括愛情、家庭喜劇……等）會需要較長篇幅的劇本。這一類片種中，角色多偏向靜態表演，動作較少，自然必須增加對白的分量和趣味；多變化場景，以免單調乏味；導演也必須常常切換鏡頭、演員走位，增加視覺上的變化，以免觀眾看到一半睡著。文藝片的劇本可以用一分鐘一場來估計，每場平均300-500字，九十分鐘的電影就有九十場戲，大約30,000-50,000字之譜。

範例 言情場面

這是改編自《浪花》（施百俊著，明日工作室出版）中一場典型的言情場面劇本，可以看出強調對白，也就比較長。

景：外景／料羅灣

時：早晨

人：浪花、五官、施郎、鄭森

　　△字幕：《定風波》回首向來蕭瑟處，歸去，也無風雨也無晴

　　△雲淡風輕，海面上只有細微的浪花泡沫；海鷗飛翔，一片寂靜。

　　△離浪花手邊不遠處的船板上，有一幅染血卷軸，其上一個字也沒有；頁面破碎，紙屑隨風飄揚。

　　△五官牽著她的手，兩人肩並肩躺著，在風平浪靜的海灣中飄流著，神情平靜，宛如只是睡著了。

　　△遠處舢舨上有兩名少年呼喊著，其真力充沛，聲遠數里。

鄭森VO：浪花姨……

施郎VO：五官伯仔……

　　△施郎賣力撐著槳，舢舨平穩地劃開海面，朝這邊而來。一靠上浪花的小舟，兩人迫不及待跳過船。鄭森探著兩人的腕脈。

鄭森：還有得救，快！

　　△兩名少年一人一個，分別伸掌抵住五官與浪花的百會穴，緩緩注入真氣。

施郎：森，浪花姨與我內勁不合，咱換過來！

鄭森：好，阿伯交予你……

　　△鄭森趕緊與施郎交換施救對象，兩人分別盤膝運氣。

施郎：似乎沒啥作用……（真氣如泥牛入海，五官毫無反應）

鄭森：我找找看五官伯有沒留下施救方法。

△他一一掏出五官懷中的物件，有幾枚碎銀、三個小卷軸、還有一
　本封面寫著「替天行道」的舊冊。

鄭森：（翻看了一下）咦！這本不是你家的「宋江陣」圖譜，怎麼在這
　　　裡？你先拿著……

△施郎不假思索把書放入自己懷中。

男聲旁白：日後，他據以旦夕苦練，終成武俠史上唯一身懷八門天罡的
　　　　　絕頂高手。

鄭森：那邊有用過破損的天之卷，那麼寫著「地」的卷軸大概有用，咱
　　　一起打開？

△徵得施郎同意，打開卷軸，才發現裡面寫的是施用天之卷術式
　後，真氣耗盡的解救之法。

△（insert）猿飛傳卷之時，五官與浪花感情不睦，故意騙他們地之
　卷內全是剋制浪花的絕招，以免浪花有恃無恐，濫用了天之卷內
　的珍貴奧義。他卻沒想到爾後兩人竟一起開卷，一起命危，若不
　是兩名少年來救，可害死了五官與浪花。

△兩名少年讀後，分別依卷施救。鄭森與浪花同是天活之人，不半
　刻就救醒她了；施郎內功是後天修練而得，年少功淺，多耗了點
　時間，五官才漸漸甦醒。

五官：是施郎啊……（深深吸了一口氣，閉目凝神半晌。好不容易坐起
　　　身來）你學的是圖譜內的少林內功？強韌有餘，醇厚不足，對身
　　　體有害……（摸摸懷中，發現沒了圖譜，看看鄭森，再對施郎
　　　說）老人家怕你轉戰大洋弄丟圖譜，所以暫時寄在我這，你這就
　　　拿回去吧。先甭急著練，有閒阿伯再教你。

浪花：阿尼基，這兩個孩子好得很，你先甭管別人，自己先將真氣上下
　　　盤走一次，看有無敗害……

△或有預感這兩個互相友愛的少年日後將爭得水火不容，視彼此如

讎寇，五官一邊按易筋經法門行氣，一邊以和緩語氣交待。

五官：你們倆前途都不可限量，圖譜要一齊修習——阿伯只能在這叮嚀
　　　你們，為人且記忠義為先，找到你的天命，找到你該守護的物
　　　事，才不辜負這本圖譜「替天行道」四字大義。

兩子：多謝阿伯教訓。（叩頭受教）

浪花：不，是阿伯阿姨才應該多謝你們——（張開雙臂，把兩人擁入懷
　　　中。）浪花姨學的都是旁門左道的忍術，就讓它隨波而去吧！沒
　　　啥好送予你們報救命之恩，還望你們……有空多來臺灣……來看
　　　看我……我們？

五官OS：依一官個性，他正向著襲吞大陸的夢想大步邁進，毫不把蠻夷
　　　　之島臺灣當一回事，兩名少年都從軍，以後見面機會少之又
　　　　少，如隔參商。

浪花OS：經此一劫，不知道他是否願意一起回臺灣？

五官OS：笨蛋！還一定要我說出來嗎？

　　　△五官似乎看透她的心。浪花雙頰飛紅。

浪花OS：猿飛阿公沒傳他讀心術啊？

五官：妳是臺灣人，我就會是臺灣人；有妳的所在，就是我的大本營
　　　——（一反常態，大方表白）臺灣是妳的家，也就會是我的家！
　　　咱永遠的家！

浪花：啞妹嗲，啞妹嗲（日：不行）……（雙手叉腰，假嗔）這樣還不
　　　夠喲，一定要說出來才算！那個字……

五官：哪個字？（裝傻，一會又說）臺灣話沒有「那個字」啦！

兩少年：啊……

　　　△兩個少年還得回營覆命，沒閒情看兩位大伯大嬸講那麼肉麻的
　　　事，暗自偷笑，划船離開。

鄭森：（揮手道別）阿伯阿姨，我們先走了，改天臺灣見……

施郎：臺灣見啊！我們一定會去找你們的，要等我們喔⋯⋯（運氣划
　　　槳，語音隨著小舟越去越遠。）
　　△遠方料羅灣的沙岸一片潔白，在陽光下閃耀。
　　△浪花目送兩人遠去，沒有感傷。

「動作片」（冒險、武俠、警匪、恐怖、情色⋯⋯等）的劇本篇幅就
會比較短。因為劇情以角色的行動為主，而且畫面鐵定刺激，能夠吸引觀眾
目光，那就少說一點話吧。再由於電影分工日趨精密，動作設計多有另外專
門的工作人員來處理，比如武術指導、殺陣指導⋯⋯等，編劇不宜越俎代庖
（老實說大多是文人出身的編劇也做不好），只要在劇本中交代與情節推動
相關、關鍵的動作即可。比如說，兩人打架輸贏如何？贏家出了啥絕招？
「亢龍有悔」？至於亢龍有悔這招實際上怎麼個打法，就不用太詳細了。動
作片的劇本場次會比較少，九十分鐘的電影大概六十至七十場戲就夠了。

範例｜動作場面

這是改編自《浪花》（施百俊著，明日工作室出版）中一場典型的動作
場面劇本，可以看出強調動作與視覺效果，劇本較多三角，對話較少。

景：外景／料羅灣
時：黃昏
人：尤努斯、奴易茲、浪花、五官、老乞婆
△戎克船？尤努斯獰笑道：「垃圾！」
△在火光之中，來自浪濤之道，老乞婆的身影翩翩而來。她一身襤褸，
　踏過處風息浪靜，黑色的臉龐滿是慈悲。
浪花：林祖媽咧！

△不知是呼喚還是叫罵，浪花轉身，將五官撲倒伏低在船板上。隨即，越過兩人衝來一陣巨浪，噴得那惡龍鱗甲鏗鏘，迎風悲嘶。「吼嗚……吼……嗚……」淒厲的哀號聲撕人心肺。

△媽祖婆啊……五官緊緊地擁著浪花，放聲大哭。「嗚哇～～雙龍搶珠！」

△老乞婆十指箕張，雙手成抓，無形的巨手捉住那龍──就是古蛇，又叫魔鬼，也叫撒旦──送他到該去的地方，再捆綁一千年。她猛地一折，那畜牲細長醜惡的頸子「轟鏘」一聲折斷，軟軟地倒懸在胸前。

△天使羽翅皆斷，消散在金光之中──

△幻術盡破，尤努斯軟軟地癱倒在甲板上。奴易茲連忙下令舵手掉頭，落荒而逃。

△片刻後，天空烏雲散去，燦爛陽光重新照射在海面上。

電視劇本

電視與電影最大的差異，就是電影是觀眾想看時才到戲院去看、或者租借影片回來看。電視則是無論如何，電視臺必須全天候播映節目，沒節目就等於「開天窗」。（開天窗是戲劇術語，意指舞臺上空空蕩蕩，沒有戲在演出，只好打開天窗納涼。）因此，為了滿足播映的需求，電視劇的類型比較多元：只有一集的「電視電影」（Television Film）、「單元劇」（三～五集）、數個故事單元結合的「劇集」、也有臺灣最獨特，沒完沒了可以做個七、八百集的「龍捲風式」連續劇。其劇本各有各的特色，分述如下：

(1)電視電影：起初是為了填滿冷門時段，由電視臺所發動製作的小成本電影，不在電影院線播放，只在電視上播。後來，逐漸演變成一種特殊的電視劇模式，而有類似電影的製作方式。從故事劇本的角度看，除了播映長度以外，和電影劇本的作法相差無幾。

(2)單元劇：一般三到五集為一個故事單元。在一週內，每天同一時間播

放完畢的連續劇類型。單元之間並沒有太大的相關性，人物、劇情、主題都不盡相同。從故事劇本的角度看，可以容納一個「中篇」故事，或者是可以明顯切成集數段落的電影劇本，大約30,000到50,000字。

(3)劇集：這是美、日等先進電視劇國家所流行的連續劇形式，一般是以「季」為單位，每週播放一集，也就是一季十三集上下。這樣劇集的好處是便於向國外輸出；觀眾也可以期待故事告一段落的時刻，觀賞就不會太累；故事比單元劇稍長一點，不會看不過癮，意猶未盡。這可是數十年電視工業的智慧結晶，不可小覷。

從故事的眼光來看，劇集需要長篇故事，若與目前書籍出版的規格相比較，大約就是一本三百頁以上的長篇小說。諸君可以發現，文創業其實是以極隱微的方式在互相協調運作著。

(4)連續劇：通常是「帶狀」每天播放，也有「塊狀」每週播放的。以往在臺灣，連續劇也有約定成俗的規格，要嘛二十集、要嘛三十集做一個結束。故事與劇本的長度就可以用劇集的方式，等比例估算。2012年最火紅的連續劇是《甄嬛傳》，總共作了七十六集，已經把版權逆向輸出到美日去，十分風光。

然而，十幾年前臺灣開發出一個新劇種，叫做「鄉土劇」，基本上就是永不結束、看不到盡頭的連續劇。鄉土劇本並不是在「前製」階段就完成，甚至也不是「製作」階段完成，而是一邊播映、一邊按照社會時事下去寫劇本。我曾經參觀過製作鄉土劇的電視臺。他們成立了一個編劇「工場」，有一整個編劇團隊，早上讀報看新聞開會，決定當日大綱後馬上寫稿，在下午兩點以前就能寫完一集；馬上進棚拍，趕著晚上八點播映。而且是日復一日，機械化生產線操作，這種編劇工作效率，絕對是全球獨步，臺灣之光。

這一類編劇工作，前製階段基本上只要把角色設計好，大致情境擺定就能寫了。講究速度、不講究品質。

電視和電影不同，電影主要是靠票房收入來彌補成本，而電視要靠廣

告。因此，電視節目必須考慮廣告的影響。不管是以上哪一種電視劇，一集的播映時間都是用一小時來估算。依各國廣電法令的不同，扣掉廣告，實際節目長度在四十三～四十七分鐘之間。

電視需要廣告，廣告需要收視率。因此在製作電視劇時，必須要考量到廣告的「破口」（節目中斷放廣告）。一般而言，一小時的電視劇會有「四破」到「五破」。好的編劇甚至會針對破口設計劇情懸念，以便在廣告後把觀眾拉回來繼續欣賞。這是相當深入的實務經驗，有待讀者諸君日後慢慢體會觀察。

電視劇本首重角色設定，因為這得是每晚在螢光幕上陪伴大家的人物，個性不好「歹鬥陣」可不行啊！（請注意，不一定要是好人；也有「可愛又迷人的反派角色」。）小津導演透露他的選角祕訣：「最上之策是讓新人搭配當紅明星一起演出，這比讓新人獨挑大樑來得安全，也更快獲得人氣。祕訣是盡可能安排新人演出令人同情的角色，尤其是女演員，演大明星主角的妹妹或密友最好。觀眾會因為他和她自己喜歡的角色（大明星）是同一國的關係，愛屋及烏。這樣看了幾次下來也喜歡上這個新人了。[5]」

Case 電影與電視製作

先談政府補助：

1. 電影

在亞洲國家（如臺灣、南韓……）較常出現政府補助製作費，由看不見

5　《我是賣豆腐的，所以我只做豆腐。》，p.85。

的手來控制審查你的內容，決定能不能製作或者要不要補助。早期臺灣電影非常興盛，尤其是臺語片，自然有票房來支持製作團隊開銷。推行國語運動後，開始管制臺語電影，加上開放電影市場，就出現很多大成本製作的國外電影，於是臺灣電影就被削弱了。拍電影的人抗議沒有製作經費，國家就研擬了一個輔導金政策，雖是美意，但這筆錢養成電影人依賴的心態——經費中有一部分的錢是政府補助，導演就只作他想作的東西，忽略市場的需求。所以有時候看輔導金電影不見得能瞭解電影中所要傳達的訊息。每十部片中可能僅有一部有亮眼票房，這對影視產業文化來說並不好。

另外一個政府補助是投資，這和輔導金是完全不同的概念。輔導金像父母給的零用錢，若有賺錢也不用還；投資則是當我給你錢，當你賺錢的時候就要跟我分。例如一人出一半拍電影，票房不錯賺錢時，我們也一人一半分利潤。若是更大的金額，就可能設計不同的投資方案，需要財務管理的專業。

2. 電視

電視有幾種方式可以從政府得到補助，比如戲劇節目《K歌情人夢》，內容主要是一個音樂性的偶像劇，所以除了製作團隊跟播放平臺的經費外，還可以申請文化部的流行音樂產業節目補助。整齣劇的製作經費就會往上加，和其他節目相較之下就會更精緻。不同節目內容可以申請不同單位的補助，像節目若和客家精神、文化有關，就可以試著申請客委會的經費。臺灣已經停止類比訊號播送了，平臺全面數位化。文化部有「HD的高畫質電視節目補助」提供比較高的經費來製作優質的高畫質節目。若你的故事、演員、場景、內容都很好再加上高畫質，後面還可能帶來好的收視率影響後續收入。這個能讓畫質、節目都看起來更精緻的HD補助通常是和製作單位對分，比如說一集製作經費是一百萬臺幣的話，政府大概就補助一百萬，節目製作費就會變成有兩百萬，不過實際情形會因你所申請的補助、製作陣容、節目內容等有一些差異。

以上這些補助在先進國家很少見，因為以自由市場來看的話，補助會使

創作人產生依賴。例如，今天本來只有一百萬能製作，但因為政府的補助，我能有兩百萬來拍攝，每次都覺得會有人來幫助，壓力就會變小；下一次創作也容易再依賴，惡性循環。一旦停止補助，就會作不出品質較好的戲，甚至連一百萬都賺不回來。正常來說，製作公司先把戲作好，收視率高就能賺很多錢。這種作法可以造就一個比較健康的市場。

身為一個創作者，應該在第一次申請補助時就作出名聲，未來就能拿到公部門以外的投資，雖然這樣的投資，賺錢後需要和對方分紅，但投資者願意再投資下一個作品，就能造成正向循環。比如電影《大尾鱸鰻》的導演寬姊就是一個例子，她過去沒有製作過電影，當她第一部片大賣，受到市場肯定後，以後就會有人願意投資，下一部作品就很快產生。把作品作好，自然會有企業願意支持，形成一個正循環。

電視製作費的來源：

製作費除了政府，另一部分來自電視臺。電視臺一定有節目部來製作節目，分成自製、委製、外包等類型。自製節目是由電視臺節目部的人自己製作，目前比例非常低。因為自製節目不只需要養一個團隊來作節目，還需要攝影班、後製剪接等人，成本非常高，除非電視臺有很多自製節目，工作人員可以作不同的節目，否則單人事費用就不划算了。一個節目的工作人員、節目製作費、演員、主持人林林總總可能就需要幾百萬的支出，所以電視臺通常會用發包給外面的製作公司。發包單位是以「集」計算，一集製作費假設是一百萬，一週一集的塊狀節目，就只要一個月花四集的製作費，不需要再另外花費個別的員工薪資，便宜多了。

若是製作單位自籌製作費，片頭片尾就會有電視公司的標誌。若是委製，就會有某某公司製作，某某電視臺監製的字樣。監製意指內容在這個平臺播放，但並非製作單位。委製通常會看雙方出的製作費，若製作費總額一百萬，就一人各出五十萬，之後若收視率好，就都能獲利分紅。若電視臺全額出資，最後全部的獲利就都是電視臺的。若雙方各出一半，報名金鐘獎

時就會有兩個製作單位，比如《全民最大黨》節目是由金星製作公司製作，但製作費是中天電視臺出的（包含一部分的政府補助），出錢的人就會出現在節目後面。若收視率好，製作公司可以分紅，比如說「破三」（超過3%）獎金三萬、「破四」獎金十萬。

外包節目則是電視臺把時段全部賣給製作公司，你要做什麼節目都可以，製作費自己出。可能這時段就收一百萬，如果節目好看、收視率好、廣告獲利多，那都算製作公司的；若收視率不好，製作公司就可能會虧錢。只有比較勇敢的製作或廣告公司會去買時段來作節目。

收視率與版權：

收視率在臺灣電視產業非常重要。電視臺賺的是從收視率來的廣告費，以十秒計算，如果收視率很好的話，每十秒是大概七萬五到十萬左右；如果收視率很低，可能只有兩萬五。六十分鐘的節目會有大約十四分鐘的廣告，也就是84個十秒，若每十秒七萬五，總額就是六百三十萬。有線電視像緯來、中天收視率好，十秒也只能到兩萬多，因為有線電視的基本收視人口比無線電視來得少。像華視、中視、臺視這些無線電視臺不需要裝第四臺也能看，所以收視的人比較多，廣告費也就比較多。扣除成本後才會是電視臺的獲利

收視率好還可能得到賣到海外的版權，像是我們看韓劇，對韓國人來講就是一個海外的版權，臺灣電視臺要付錢才能獲得這些內容。若我們內容作得夠好，一樣可以賣到韓國、日本等等海外國家，得到海外版權的收入。賣到海外的節目通常會以跟時效性比較無關的戲劇或談話性節目為主，版權要看出資者是誰，通常出資的人才能得到海外版權的獲利。有些單位則是看當初合約規範或以投資比例來計算。版權在影視產業裡特別重要，因為若戲大賣了，後面額外獲利很大。另外，收視率高也可能開發周邊商品再賺取其他額外收入。

綜藝類節目：（略，請自行參考相關資料）

戲劇類節目製作：

　　工作人員有劇本、後製、導演、場記、執行製作人等，以一集一百萬計算，主流的戲劇本一集大概會占十到十五萬，幕前三十萬左右，演員和主持人一樣是算集數，若是帶狀節目，演員費單價就會下降；集數不多的偶像劇單價就會往上，大概以四十萬計算。這樣其實就快要接近製作費了，再加上後製單位有十萬左右──戲劇在製作上大部分都是工作人員的薪水，幾乎沒有獲利空間，要獲利只能壓低成本。

　　一個劇組裡演員的單價也會因為是A、B咖有價錢差別，而付款給演員的形式不一，有的是演完剪過後電視臺審過才收錢，有的則是預收，會在合約上簽好先付。一次付清的風險在於，若演員突然不演了就會很麻煩。而且，拍戲可能會因為天氣因素、劇本修改等理由延長拍戲或需要加戲，但演員可能因為已經拿了錢就不幫忙。

　　拍戲會使藝人有加減分的效果，比如說演員演的是一個討人喜愛的角色，那就會有額外廣告收入，討人厭的角色就會無法得到代言。導致一般演員不太喜歡接反派角色，影響演員未來的戲路，會使他在戲之外的收入獲利機會減少。

　　最大的風險是如果是自製節目，因為錢全都是電視臺出的，他們就有權決定是否要繼續播，若收視率太差，全部二十集，可能到後面十集就直接放到網路上播完。若是委製節目，到第十集收視率不破一，後面十集就不播了，收視率不好被迫下檔，但你就只能拿到前面播的錢，後面沒播不能請款也無法再拿到其他電視臺播，等於後十集的製作費都沒有了。

　　另一個風險是戲劇常有順著劇本拍的概念，像看劇本是會從第一集第一場開始往後順著看，這樣才能理解故事內容，但拍攝時不會順著拍。比如說故事內容是一對情侶在談戀愛，他們可能在湖邊散步、在教室聊天、在宿舍吵架等，但劇組不可能同一天分別到這幾個點拍，就會把戲拆開來。導演或製作的工作日誌必須清楚的列出同一場景內的戲，雖然內容可能出現在不同

集數或時空中，劇組就不需要到處來回奔波。若戲在臺灣各地拍攝，那少拍兩場就會很麻煩，一次拍攝就是要出動全部的工作人員，沒拍到就必須所有人再去一次，不僅耗時也浪費錢，為了避免這些風險，就必須事先規劃好。

除了工作人員外，每場戲的演員也不相同，需要列出哪一場戲誰需要出現、整場戲有多少人，要如何編排場次時間才能節省彼此的時間。編排的人就需要有清楚的頭腦，演員出現不只是需要演出費，拍一整天戲還需要有便當，有些比較小氣的製作單位甚至會很精明的算好，讓演員在第幾場以後才出現，就可以節省掉便當。一旦戲不順拍，就要很清楚每一場戲在哪發生有哪些人，也需要有場記來記住演員在每一集的髮型、服裝等需要注意的細節。

不順拍的風險是當天可能會有演員狀況不好、導演心情不好等問題。本來早上需要拍三場卻一場都沒拍完，演員就會等很久。這就取決於導演和演員的功力，還有導演的妥協——若這場戲一直拍不好，是否就現階段成果去妥協，若不妥協就可能拍到三更半夜甚至天亮。搶時間也是一個大學問，若是在棚外有些戲天黑就無法拍，所以臺灣的鄉土劇很多都在棚內拍，不論日夜顛倒都可以拍。但有較有品質的偶像劇或背景充足的劇組就喜歡拍實景，因為用實景說故事會很有吸引力。例如今天故事中有一棟豪宅，劇組就會在攝影棚裡拍完再去拍其他豪宅外觀。若是去真正的豪宅拍就要很搶時間，租豪宅也要花不少錢，萬一弄髒就還需要付維護的費用，成本很高。

如果主要的演員臨時不能到，就只能改拍其他場面。所以劇組喜歡讓戲在臺北以外的地方拍，因為這樣演員就比較不會接廣告代言、綜藝節目之類的外務。若是不重要的演員沒來，就可能刪戲或改劇本。但是這樣做就需要編劇幫忙，因為他最瞭解整個戲劇的角色關係、口吻、形象等。

導演功力需要夠好，才能在預定時間內執行完進度，若每天進度都延遲，就會讓工作人員、演員、租金這些成本通通提高，追加的場次更是戲劇性節目最大的挑戰。照劇本完成後導演可能又覺得需要加什麼，但就牽扯到

編劇、演員、服飾、地點等等，製作費就會又往上提，除非收視率或票房很好，不然很可能會賠很慘。

因為有很多錢要花，所以最重要的是如何確實執行計畫（也就是劇本）來減少額外支出。製作團隊最好是把每一集的劇本都確實讀過後，覺得戲不夠在開拍前就加，財務規劃和時間掌控才會比較準確。劇本完成度若高，導演加戲的加分效果不大，執行製作人就需要阻止他，否則拍攝延遲就會連累到後面的進度。例如八月要上映，最慢應該六月前就要殺青，這樣才能上剪接、後製、送審。剪接非常耗時，一旦拖時間，後面進度就會非常緊迫，導演需要有一些妥協。

企劃的成功與失敗：

電視電影在企劃階段很難確定能不能得到觀眾喜好，例如綜藝節目《康熙來了》就是企劃的意外成功。當時作這個企劃是因為小S想作非政治性的談話性節目，和蔡康永碰面後覺得很能談，並沒有特別規劃，試了之後很有火花，節目就中了。

意外失敗的例子是，公司曾作一個給年輕人看綜藝節目叫《青春大王》，排在星期天晚上十點，原本以為這時間在外地的人都回家了，剛好看節目，準備隔天上課。然而實際狀況卻是年輕人回家了，早點睡準備明天上課。收視率非常差，不到三個月就下檔了。意外的是，隔年電視臺拿這節目去報名金鐘獎最佳綜藝節目獎卻得獎了。

製作公司和戲劇節目簽約通常是簽一季，但有些節目作不到一季就下檔了，穩賠錢。若節目能作越長獲利會越高，因為成本都攤到各集去了。比如花了三十萬作場景，但用了好幾年。能否成功在企劃階段，真的無法預期，只能說，作節目需要有一些勇氣，要知道失敗後如何馬上再站起來。

這行業中最重要的是紀律，所有的人要在一定的時間內完成計畫。若缺乏紀律，錢就會一直燒，沒辦法做好事情。沒有錢本的觀念，就很難繼續往前作。若是很有紀律，一天寫一集劇本，劇組根據這集拍出來，在時間內交

出作品，作出來的作品才會有質量、有分量，建立劇組的名聲和品牌。才能有人願意花錢投資，劇組才能再作更好的東西。

（感謝李欣蓉老師提供「電影與電視產業」課程內容，林怡伶記錄）

漫畫劇本

根據維基百科：「漫畫是指以透過虛構、誇飾、寫實、比喻、象徵、假借等不同手法，描繪圖畫來述事的一種視覺藝術形式。是靜態影像沒有聲音。可以加上文字、對白、狀聲詞等等來輔助讀者對畫的理解……主要為圖畫搭配文字，而不是以文本或小說為主體，所以不是文學書籍或繪本中附的插圖。

『漫』字，與漫筆、漫談的『漫』字用意相似。漫筆、漫談在文學中是隨筆、小品，而漫畫則是繪畫中的隨筆、小品。」

從劇本寫作的角度來看，漫畫類似電影的分鏡劇本。漫畫家可以說是「編導演」三位一體的單人電影工作室。他們用「畫筆」調動攝影機，創造出每一個畫格。而且畫格並沒有固定的尺寸、形狀，規格十分有彈性，挑戰性也一點都不下於拍電影。

由於這類「紙上電影」可以說是一隻畫筆就能畫，人人都能畫，入門門檻相對低，也就造成強烈的競爭。漫畫可說是「易熟難精」的一門藝術。漫畫家通常都得苦熬多年才能出頭，在養成過程中，必須同時磨練圖畫與文字的說故事功力。所以我們常常看到，頂級的漫畫家如手塚治蟲、井上雄彥……通常自己就具備原創故事的能力。

當然，頂級好手有如鳳毛麟角，其他大部分的漫畫家通常比較偏向擁有視覺構圖能力，而非語言能力。在這種情況下，與善於說故事的編劇人員搭配就更顯得重要了。再從團隊分工效率的角度而言，有份紙上的劇本更有助於前製階段的溝通和討論。畢竟，事前修改文字腳本遠比事後改已經畫好的圖容易得多了。

一般而言，一頁漫畫劇本頂多只能承受100-200字的故事，一本漫畫單行本約150頁，30,000字以下的短篇故事就足夠了。

漫畫劇本　《祕劍微雲》

以下就用獲得「2012 OACC金龍獎原創漫畫動畫藝術大賽最佳成人漫畫提名獎」的《祕劍微雲》來示範漫畫劇本的作法。最終的漫畫作品共十二頁，全彩水墨畫風，收錄於《祕劍》（施百俊著，明日工作室出版）中，請參閱。

《祕劍微雲》──貓咪、女體、劍
原著劇本
施百俊著·葉羽桐繪

角色：我（水墨畫家）、阿咪（酒樓侍女）、大爺、黑道等。
臺灣日據時代、臺南城、真花園酒家

OS：我年輕的時候，是個名不見經傳的水墨畫師。
OS：原本幫人家畫些燈籠、扇子餬口。後來日本人來了，流行浮世繪，我就跟著作了。
OS：有一次，我受邀到「真花園」酒家去幫日本大爺作畫。
△畫家作畫。
△胖子大爺坐中間，表情滑稽。女侍在旁跳貓舞。
大爺：把我畫得威風一點啊！

△大爺看畫，指著美女。

大爺：喂，妳過來，把衣服脫了！

△美女低頭，開始脫衣服。

大爺：聽說是從什麼峨嵋山學劍回來的！呸！現在還不是隨我玩！

△大爺熊抱，美女半裸，哭泣。

OS：我看她怪可憐的，就跟大爺說：不然這樣，你放了她，我再幫您畫一張像「龍馬」的！

大爺：好耶！好耶！

△大爺擺出**坂**本龍馬的姿勢。

△我畫圖，女侍感激地為我倒酒。

女侍：我叫阿咪，謝謝你！以後都讓我來服侍你吧……

OS：幸運的是，這張「肥佬龍馬」頗受好評，臺南城的達官貴人都指明要來真花園讓我畫。

△（連續畫格）

△主角站在酒樓屏風前，畫家用畫架。

△阿咪在旁磨墨、跳舞、搞笑。

OS：雖然是被當作如有如螻蟻般下賤的女人來使喚，阿咪卻始終帶著笑容，服務每個客人。

△被畫的主角很神氣，畫上卻明明是好笑的造型。（軍官、法官、商人……等）

OS：或許是感受到她傳遞的這股幸福吧？畫中的主角個個都很滿意。於是，一傳十、十傳百，我一下就變得很出名。

△貓咪翹著尾巴，神氣走過。

OS：人一得意，就變得心高氣傲。有時候畫得不順，我會找阿咪出氣。

△畫家丟筆、墨。

△撕畫紙砸在阿咪臉上。

OS：但阿咪都沒生氣，陪我畫完一張又一張。

△阿咪笑臉、扮貓逗畫家開心。

△轉場，樹葉飄零、風吹過、貓咪玩球——

OS：有一次，來了個重要的委託——

△畫家與小咪揹著畫具走到巴洛克洋房前。

△廳上掛著「任俠」二字卷軸。

△黑道老大抱著可愛的波斯貓，坐在太師椅上。

△旁有小弟身插武士刀。

△畫家作畫，小咪在旁跳貓舞。

OS：我改了七八次，他還是不滿意。

△老大撕畫、丟給貓咪玩。

老大：你到底創啥小？像這般三腳貓功夫，還敢在江湖走跳？

△畫家與阿咪皆害怕。

△老大脫去上衣、刺龍刺虎。

老大：再給我畫一次。還不行的話，就切腹吧！

OS：不知道為什麼，我那天就是怎麼都畫不好。

△特寫畫紙上，老大背上滑稽的龍刺青。

△老大暴跳如雷，丟了一把短刀到畫家面前。

老大：你自己動手還是要兄弟上？

△兄弟凶狠地走近畫家。

老大：那個女人留給我⋯⋯（色瞇瞇表情）

OS：奇怪的是……

△這次阿咪沒有害怕，臉上彷彿泛著光。

△她從地上撿起短刀，收起搞笑的表情。

阿咪：虧你們還敢自稱任俠之人？

△阿咪袒露右肩，露出巨乳的胸纏。

阿咪：峨嵋山的祕劍──微雲，你們這些混蛋聽過嗎？

△阿咪橫刀在臉前。

老大（驚愕）：上，上，給我殺！

△美女穿梭於劍陣。（這裡羽桐自由發揮囉，殺個痛快）

△劍光亂閃。

△黑道慘狀，倒了一地

△過場：浮雲飄過，字幕：祕劍微雲。

OS：從那天起，我才相信真有傳說中的祕劍。

△阿咪離去的背影

OS：後來聽說阿咪離開真花園，不知所蹤。

△畫家在街頭作畫。

OS：這二十年來，我在各地流浪，幫人作畫。

△畫家與波斯貓仰望天上浮雲。

OS：四處尋找著伊人芳蹤──

△特寫：畫紙上阿咪抱著貓咪微笑。

　　在傳統2D平面繪製的漫畫中，劇本分「場面」沒有太大意義。因為，畫格與畫格間並沒有場景轉換的問題，類似文字小說。上一格還在外太空，下一格已經在地底王國，不需要考慮劇組移動。畫家想讓角色「飛」到哪裡就

到哪裡，一點限制都沒有。

　　但由於數位技術的進步，也有一些漫畫家開始3D利用來做場景設定，甚至是角色繪製，可以節省相當多的手工，又寫實（但普遍來說，藝術性不如2D手繪）。那麼，分場面的工作就相當必要了。

　　我個人的習慣還是會分場面，即使不特別標註景時人，還是會稍微分段，斟酌情節的配重、轉折，還是很好用。

動畫劇本

　　動畫可以說以一定速度（如每秒12格、16格……等）連續播放的靜止畫面，利用視覺暫留來使人眼產生錯覺，誤以為是活動畫面。可以說是連續固定尺寸畫格的漫畫，也可以說是以虛擬圖像構成的電影。傳統的製作方式是在紙張或賽璐珞片上逐格手繪，因此，需要大量的人工。即使是在電腦動畫技術盛行的現在，密集勞動仍無可避免。由於觀眾視覺要求以及產業標準越來越高，工作量反而比以往有增無減。今日的電影製作利用大量的2D/3D動畫，使得真實與虛擬的界線模糊不清。比如說，奧斯卡金像獎得獎片《阿凡達》（Avatar），到底算是電影？還是動畫呢？

　　今日的動畫業，可以說是漫畫業與電影業的混合體，因此，一定會有專門的編劇人員編制。而不像漫畫可以由畫家一人全盤搞定。在迪士尼動畫王國，「在一個企劃剛起步的時候，導演會帶領它的製作團隊（包括編劇）在故事大綱分鏡圖上進行創作。[6]」以視覺圖像的方式來表現故事要點，比文字更加有效果。

　　從故事的角度看，動畫片比電影容許更多的幻想成分，特別適合奇幻、冒險……等令人目眩神迷的故事。動畫故事通常都是娛樂性質，「情節先

6《迪士尼的劇本魔法》，p.79。

行」或「角色先行」較常見,鮮少「主題先行」。華德・迪士尼如此說道:「我不會假裝自己知道藝術的任何皮毛。我只是為了娛樂而製作電影,然後再由教授們告訴我這些電影故事的意義。[7]」

　　動畫的文字劇本,長度和電影劇本相差無幾。製作技術「就像真人電影劇本一樣:如果你能看見,你就可以把它寫出來。[8]」

動畫劇本 屏東瘋迎王

2012屏東瘋迎王動畫　http://www.youtube.com/watch?v=U-BxSBnTc0g
施百俊原著劇本・張重金繪・嗨森數位文創製作・屏東縣政府發行

景:2012迎王祭發表會
人:東港王爺、南州王爺、小琉球王爺、今科王爺、女主持人
　　△Music in:鑼鼓嗩吶。
　　△記者會場,高懸紅布條:「2012屏東瘋迎王」
　　△紅布幕拉開,上設有投影機,背景為簡報布幕:燃燒的王船。
　　△美女主持人(低胸短裙長腿)站在直立麥克風前現身。安心亞式,語
　　　音嗲。
女主持人(國):歡迎各位來賓光臨「2012屏東瘋迎王」發表會。今年屏東
　　　縣政府擴大舉辦迎王祭活動,將於10月14日至12月1日,東港東隆宮、南

7《迪士尼的劇本魔法》,p.171。

8《迪士尼的劇本魔法》,p.172。

州代天府、琉球三王宮舉行盛大的迎王祭典，預計將有百萬人以上參加（音效：wow！），堪稱國內首屈一指的宗教盛事。今天我們非常榮幸請到了東港王爺、南州王爺和小琉球王爺親臨會場，為大家自我介紹，請掌聲歡迎──（音效：掌聲）第一位，東港王爺……

△女主持人鼓掌退後。

△觀眾歡呼。

△東港王爺進場。胸前有「東」字。

東港王爺（臺）：咳……咳……（掌聲停）吃飽了未？

△觀眾罐頭笑聲。

東港王爺：各位鄉親大家好，本王爺姓溫名鴻。一千五百年前，唐太宗貞觀時代，有一回，皇帝李世民聽說東南海上，有一座蓬萊仙島，上面都是美麗的仙女，想來大概就是今天的臺灣。

△說明時，背後布幕為ppt簡報式，翻頁變化（模仿powerpoint）

△Insert：蓬萊仙島，美女跳舞。〈大腿舞〉

△鏡頭帶美女主持人。音效：水喔！

東港王爺：他就邀大將尉遲恭一起微服出巡，沒想到才來到海邊，就遇到土匪〈音效：咚咚鏘〉。尉遲恭持九節鋼鞭拼命，就在危急的時候〈音效：咚咚鏘〉。嘿嘿……本王爺正好和三十六個兄弟作生意經過。拿這支……（掏出扁擔）……將土匪打倒，這樣功夫有厲害沒〈音效：咚咚鏘〉？

觀眾：有喔！

△（畫面用歌仔戲走場的方式加歌仔戲音樂）轉場

東港王爺：經過這一回，尉遲恭很挫，勸皇帝不可親自出海。於是，皇帝敕命封我們作「進士」，代天巡狩啦。（拿尚方寶劍）〈音效：咚咚鏘〉，沒想到，船行到黑水溝遇到大風湧卻沉了。（頓一下）本王爺和

眾兄弟也就成仙了……

△畫面出現王爺變天使升天……

△音樂響起：哈雷路亞..哈雷路亞……

東港王爺：咳……歹勢！那個翅仔給本王爺拿下來……

△南州王爺在幕後聽得不耐煩，出來搶麥克風。胸前有「南」字。

南州王爺：啊你是講完沒？落落長，換本王爺上場了！

東港王爺：好好，換你換你。（退場）

女主持人：讓我們歡迎南州王爺上場！（罐頭掌聲。）

南州王爺：皇帝很傷心，吩咐打造一隻大王船，在海邊火燒，送給咱兄弟作

座船。命我們三年一科，代天巡狩，人間若有壞事情，通通交給我們兄

弟來處理！〈音效：咚咚鏘〉

△大王船火燒畫面。

△小琉球王爺胸前有個「小」字，在舞臺區跳舞（和女主持人跳芭雷

舞？啦啦隊）、表演電音三太子、過火。

南州王爺：喂，小漢的，你吃飽太閒喔，不然換你講！（向觀眾）這我兄弟

小琉球王爺，外島來的，少年郎不懂事請大家見諒。

觀眾：安可！安可！

△南州王爺將麥克風交給小琉球王爺。

△小琉球王爺大搖大擺、威風地上臺。

小琉球王爺：大家好。也有人說，我們溫家三兄弟其實不姓「溫」。大家可

以唸看覓，我大哥東港王爺的名字「溫鴻」是不是和「瘟王」相同？

觀眾：溫鴻、瘟王……〈竊笑音效〉

小琉球王爺VO：三年一科的迎王祭，總共有十三個儀典：「角頭輪任」、

「造王船」、「中軍府安座」、「進表」、「設置代天府」、「請

王」、「過火」、「出巡繞境」、「祀王」、「遷船」、「和瘟押

煞」、「宴王」、「送王」。

　　△十三儀典分別插入靜態畫面簡報。

　　△觀眾注意聆聽、點頭！（罐頭音效：哦！）

小琉球王爺：我看這還是交給我們溫老大來講啦……

東港王爺：好好，這讓我來。首先，要先在海邊「請水」，就是請我兄弟
　　「今科王爺」上岸，我們三十六個兄弟，輪流下凡代天巡狩，有神祕
　　否？

觀眾：有喔～～

　　△今科王爺上臺揮手，胸前有「今」。臉上空白無五官，有個問號～～

南州王爺：喂喂喂……要神祕莫全部講瞭了……

　　△東港王爺臉紅，傻笑摸摸頭退後。

　　△小琉球王爺竊笑，一副被自己設計成功的樣子。

南州王爺：要知詳情，就是要全國民眾朋友那天做陣來……就知道……

　　△「對啦～～」東港王爺與小琉球王爺同時趨前異口同聲答……

女主持人：以上就是本次瘋迎王記者會現場記者會，謝謝大家……

觀眾：好耶好耶！一定來看覓。

南州王爺：有沒有東港三寶？黑鮪魚、櫻花蝦、油魚子？

東港王爺：嘿嘿嘿，有來就知道！不來就了多了！

小琉球王爺：啊～那個妹妹也會來嗎？

　　△三王爺同時瞄了女主持人一眼……

　　△鏡頭帶到女主持人。

女主持：yes！「2012屏東瘋迎王」！10月xx日至11月xx日，東港、南州、琉
　　球盛大舉行，歡迎全世界的朋友來讓我們請客喔！

　　△今科王爺乘王船，三王爺歡送。

　　△今科王爺回頭拋下一句。

今科王爺（臺）：本王爺在這等你啦！
　　　△王船在火焰中燃燒
　　　△劇終。

繪本與輕小說

　　繪本（Picture Book），顧名思義就是「畫出來的書」。早期被稱作為圖畫書，通俗的說法是指有圖畫、主題簡單、情節內容簡短的故事書。主要是針對幼兒、兒童所設定的出版品，多以適合幼兒、兒童閱讀的內容為取向；但也有供成人閱讀的繪本。「繪本則被視為藝術的一種，無論意義或實際運用，都給人更加精緻細膩的藝術感受。其功能包括提供有意義背景情境、建構基礎能力、提供情感的抒發、提升學習興趣、經驗學習的媒介。」（引自維基百科）

　　製作繪本，通常由文字作者（編劇）來建構故事世界，然後再交給畫家繪圖。編劇必須清楚的交代場景，寫好人物對白，但應該減少視覺細節的描述。畢竟，那是畫家創作發揮的空間，不要越線，變成一個令人討厭的控制狂。當然，也有很多場合，編劇和畫家是同一人，同時掌握文字與圖畫藝術，像幾米，是難得一見的「二刀流」高手。

　　換一種方式而言，繪本是以圖文搭配的方式來說故事，可以說是畫格數量較少的漫畫。然而，繪本更重視以圖畫呈現完整場景。目前出版的繪本規格，鮮少超過百頁，一般都在二十～三十頁之間。由於目標讀者是兒童、青少年，他們閱讀文字的意願與能力相對較弱，不要太多故事文字份量，每頁一百字就夠了。

　　劇本設計時，必須將最關鍵的情境，留給圖畫去表現。切忌把話說盡。

繪本故事 《小貓：林少貓傳奇》

《小貓：林少貓傳奇》繪本

施百俊著、葉羽桐繪，高雄市文化局／明日工作室聯合出版，ISBN：
9789860296426。

2012國家出版獎佳作

鱸鰻

臺灣中央山脈南端的最高的山，叫作「大武山」。

大武山有南北雙峰，峭壁相對，有如母親的乳房，臺灣先民叫她「大母」，
意思是「偉大的母親」；用臺語唸起來，與「大武」同音。

大母山上清澈的溪澗中，孕育著一種奇妙的魚類——鱸鰻。

雖然也是叫作鰻魚，但它可不是那種軟趴趴、隨你拿來紅燒蓋飯的角色。

最大的鱸鰻可以長到超過一公尺，十幾公斤重，相當於一位小學生；全身布
滿花紋，滑溜溜，只要尾巴一甩，就可借力岸上的樹枝石塊跳出水面，捕食
空中的昆蟲。水裡的小魚小蝦遇到它，不趕快躲起來只有被吃的份。

就因為這種水陸通吃、橫行霸道的流氓個性，我們臺灣話裡「流氓」就唸作
「鱸鰻」。

生為殺豬子

西元1866年，是大時代風起雲湧的一年。

促成日本明治維新的坂本龍馬被暗殺而亡；而改變中國歷史的孫中山出生在
廣東。同一年，我們這本書的主角，臺灣英雄「小貓」誕生於阿猴（今屏
東）地方。

由於他作事不正經，鄉里間都叫他「肖貓」，意思是「瘋貓」。再加上不識
字，所以他把原名「義成」給改了，就只叫「小貓」，寫起來也容易點。在

臺語中，「肖」、「少」、「小」同音，所以後來在歷史課本裡，有人寫成「林少貓」，有人寫成「林小貓」，甚至日本人的文獻中，把他叫作「林苗生」，喵～～

小貓祖上三代都在北勢頭市場殺豬賣豬肉，他父親是攤商們的老大，專門擺平糾紛，也就是大尾「鱸鰻」。

「阿爸阿爸，我不要去上學，我也要賣豬肉……」

林爸放下切肉刀，一巴掌打在他後腦勺，「呿！你沒一技之長，以後難道真要當流氓？」

流氓說大話

反正讀書也讀不懂，小貓鎮日和朋友四處遊蕩，成了不折不扣的流氓。

農曆三月二十三是媽祖誕辰，下淡水兩岸的陣頭都到羅漢門（高雄內門）來趕廟會，小貓自然也要去湊熱鬧。

壓軸的一場，是「宋江陣」。這是從《水滸傳》演變出來的古陣法。陣頭最前面是拿繡著「忠義」兩字大旗的宋江。他赤裸上身，背上繡著青龍，後面率領著一百零八名好漢大搖大擺進場。他一揮旗，陣形馬上變化，殺氣沖天！

小貓問旁人：「陣主是誰，怎麼這麼搖擺（囂張）？」

「你不知道喔，那是下淡水兩岸最大尾的流氓，叫作『鄭吉生』。庄頭只要有他在，山賊土匪都不敢踏進一步。他保護著咱所有人！」

看著鄭吉生威風凜凜的模樣，小貓大吼：

「哼，總有一天，我要比你更搖擺，成為天下最大尾的流氓！保護所有臺灣人！」

俗辣作英雄

從那天以後，懷抱「成為最大尾流氓」心願加入陣頭的小貓，拼命地練功

夫！

他最擅長的是《水滸傳》的「鉤鐮槍」，把鐮刀綁在竹竿上，用來採檳榔，臺灣話叫「刈戈」。

除此以外，小貓什麼事都沒作成。大家都笑他「俗辣！」

可想而知，沒有女生會嫁給一個不學無術的殺豬流氓人。不知不覺間，他就已經二十七歲了。

「娶不到老婆不要緊──」小貓如此深信著，「只要有志氣，有耐心等待時機，俗辣也能作英雄，幹出驚天動地的大事情！」

黑旗招軍

那一年是西元1894年，歲次甲午──

明治維新的成功，使得日本成為亞洲第一的軍事強權，逐漸顯露出對外侵略的野心。於是，清廷派出黑旗將軍劉永福來臺駐守。他手下帶著民團總教練，也就是我們在電影裡常見的「佛山黃飛鴻」。

武功天下第一的黃飛鴻站在臺南赤崁樓的城樓上，發出了英雄召集令，擊鼓高歌：

「大風起兮雲飛揚，安得猛士兮守四方──」

有如湧向漩渦的中心，全臺灣的壯士們紛紛投入黑旗軍的行列。

小貓也在其中。

「哈哈，終於輪到俗辣出頭天啦！」

臺灣割讓

隔年，也就是1895年，馬關條約簽訂，臺灣被清廷割讓給日本。日本人取得有史以來第一塊海外殖民地。

臺灣歷史自此發生重大的轉變。日本鐵甲戰艦兩百餘艘橫列於北海岸，登陸才不過三天，就占領了臺北城。

家園被侵略，各地的臺灣人紛紛抄起手邊的菜刀、鐮刀、竹竿、鳥槍……等原始兵器來對抗配備著現代化槍炮的日本軍團。

親王之死

日軍沿西海岸縱貫線一路南下，才花了一百多天，就掃平各路義軍，進逼臺南城。其中，最精銳的近衛第一師團，由北白川宮能久親王領軍，代表天皇御駕親征。

奉劉永福將軍之命，小貓率領著一小隊黑旗義軍，在曾文溪一帶伏擊日軍。

時入深秋，曾文溪水量不多，騎馬可涉水而過。兩岸白色的芒草密密麻麻，迎風搖曳。若是裡面躲了人，怎麼樣也不會被發現。

日方文獻如此記載：近衛師團渡河的那天，北白川宮親王染急病身亡。

臺灣義民軍則如此傳說：當親王經過時，有壯士躲在白芒之中，以採檳榔用的刈戈砍向馬上的貴人。親王頭顱只剩一層皮連在脖子上，急救無效，當場身亡。

直到百餘年後的今天，我們還不知道親王到底是怎麼死的，只知道那時小貓必定很爽。

「水啦！臺灣英雄最漂泊啦！」

阿公店大屠殺

連親王都死在這蠻夷之地──東京方面得到戰報，百思不解為何赤手空拳的臺灣人這麼難打？羞憤之餘，下令對臺灣全面實施「無差別大掃蕩」。

「無差別」是無分男女老幼，見人就殺的意思。最殘酷血腥莫過於1898年的「阿公店大屠殺」。

阿公店是今日高雄岡山、橋頭、阿蓮一帶，當地最有名的是「月世界」惡地形的景觀。

當時日軍殺害了2,053人，燒毀民宅2,783戶。男女老幼的頭顱堆疊在殘垣斷瓦

中，鮮血染紅了寸草不生的黏土地。

──這是一顆血色的月球。

觀音山起義

軍備實力相差太多，領袖人物相繼逃亡，黑旗軍還是無懸念地戰敗了。

然而，鄉親被屠殺，家園被洗蕩，最大尾的流氓豈能默不吭聲？

「土匪」鄭吉生在觀音山組織義軍，聯合下淡水兩岸七十餘庄宣布獨立，持續抗戰。

「鄉親們，把煙火放起來，讓南臺灣的英雄們都能看見！」

那一夜，下淡水河岸的沖天炮此起彼落，綿延數公里長、光輝燦爛的煙火，把日本兵給嚇了一大跳！

聲勢之浩大，連躲在十餘里外的阿里港，正因黑旗軍解散而灰心喪志的小貓也看見了。

他連夜帶著兄弟們趕到了觀音山。

天險下淡水

今日的高屏溪，以前叫作「下淡水」。因為城市取水與濫採砂石的緣故，已經不是百餘年前的樣貌了。

當年，橫亙在殺紅了眼的日本軍前面的下淡水，可是條河面寬達兩公里，浩浩蕩蕩的大河呢！

鄭吉生分派小貓回到了家鄉，招募了一群勇敢的浮浪人，扼守住了下淡水的渡口，就這麼守住了南岸百里的阿猴平原。

「哈哈，現在你們知道鱸鰻水陸通吃的厲害了吧！哇哈哈！」

小貓站在洶湧的大河邊拍手大笑，日本軍也無可奈何。

火燒庄

但是，小貓忘記了日本兵是坐軍艦來的。而且，他們的軍艦可是在黃海上把北洋海軍打得落花流水那幾艘。領頭的司令叫「東鄉平八郎」，是個海狼般的厲害角色。

東鄉率領著海軍陸戰隊從海上繞過下淡水，在枋寮登陸，南北夾擊臺灣人。

此時，六堆客家義軍也組織起來，奮勇前往迎戰。

「步月樓之役」是兩軍第一波交鋒，蕭家古厝至今彈痕累累。

六堆軍不敵，死傷慘重，只好撤退轉進至今日的長治鄉。他們挖下深達一丈的大壕溝，試圖阻止日本軍前進。

沒想到，瘋狂的日本軍用大炮炮轟，然後放火燒了村莊。從此以後，那庄頭就叫作「火燒庄」。

客家義軍數千人，包含婦孺老幼，全數葬身火海，無法統計死亡人數。

地方父老傳說：風中瀰漫著烤肉的焦臭味，直到數天後方才散去。

日軍突進阿猴城，小貓義軍只好撤退。

他趁夜潛入火燒庄，撿拾殘存的義民屍塊，用牛車拉到客庄去安葬。

地點就在今天的萬巒國中。

悲哀打狗門

臺灣民謠《一隻鳥仔哮啾啾》就是此時開始流傳，鄉親們如敗犬般嗚咽著。

然而，小貓是這麼說的：「咱臺灣人沒悲哀的權利。日本人狠，咱得比他更狠；日本人強，咱著比他更強。咱功夫差、武器差，打輸是應該，若你失志，整日哭爸哭母念歌詩，我林啊小貓看你不起！」

他變賣了所有家產，打算到大陸去買最新式的史耐爾步槍，要跟日本人輸贏。

然而，打狗港（今高雄港）已經被日本人封鎖，得逐船查驗有沒偷渡土匪。

打狗山、旗後山如左右門神峙立高雄港口，屏護著這天然良港，因此稱為
「打狗門」。

在打狗門下，小貓一天等過一天，終於等到了一個颱風天，連鐵甲戰艦也不
敢出航。

他搭著一艘戎克船，在狂風暴雨中，駛出了打狗門……

漂泊閃電戰

取得新式武器後，這隻貓已經不是你可以摸摸他的下巴、哄他睡覺的小貓，
而是恐怖的吃人大老虎。

1898年，小貓展開了閃電戰，日軍戰事記錄是這麼記載：

4月25日晨，小貓率四百餘人圍攻東港日軍營房及東港辦務署，一擊即走；

當日黃昏竟又率三百餘人襲擊潮州憲兵屯所，神出鬼沒；

9月13日小貓又領二百餘人攻阿猴憲兵駐屯所；

10月又協同黃布袋、廖泉、廖角、鄭家定等各地首領共率四百餘人擬聯合圍
攻鳳山城；

11月小貓單人潛入內埔辦務署及警察署，力斃日警七人；

12月27日拂曉，小貓又率二百餘義勇軍奇襲阿猴城，爭戰終日不成功，轉退
隱伏到溪畔密林中。

日本人投降儀式

那一年聖誕夜前，小貓率領義軍兄弟，趁夜突入日軍潮州辦務署，斬殺了日
軍巡查後藤松次郎，並將他的肋骨一根根拆下，挖出心臟；並且命令領軍的
瀨戶少佐向他下跪，寫了正式向臺灣人投降的文書。

在這場「日本人投降儀式」完成後，小貓將瀨戶斬首，割下他的頭髮，寄給
臺灣總督兒玉源太郎。

這恐怖的流氓行徑是臺灣抗日史上最具象徵性的勝利。大家若到潮州，仍可

以看到血紅色字跡的紀念碑。

族群大融合

日本人想當然不會善罷干休，負責臺灣治安的民政長官後藤新平隨即下令對高屏地區再次展開無差別大掃蕩。

又是屍山血海！當時的臺灣人口約有三百萬，後藤殺掉了三萬多，超過百分之一。

小貓在悲憤之餘，揮軍南下，想占領整個高屏平原，連在大武山上的原住民都響應他的號召，下山加入義軍。

日本戰史記載：「林小貓指揮閩、粵、番人為一氣，成員龐雜，但號令甚為嚴明」。

原本互相敵視仇殺的臺灣各族群，此刻都融合在忠義大旗下！

海角之戰

小貓帶領著臺灣聯軍八家將，攻打以「海角七號」聞名的恆春城。

鏖戰七晝夜，雙方死傷慘重，就在城破的前一刻，海狼東鄉平八郎又悄悄地出現在西方的海面上。

吉野號巡洋艦實施岸轟，將小貓打得潰不成軍。

加上路途遙遠，補給不上，小貓只好率領殘軍，遁入大武山靠原始山林來庇護。

你追我跑

鱸鰻回到山裡，可是大大地威風！

小貓不斷以游擊戰的方式，偷襲、結糧、暗殺……日本人想抓又抓不到，想追也追不上，只好在戰事紀錄上這麼評定他：

「富機略膽氣……」

「長於計略，有神出鬼沒之妙術……」

「有指揮數千抗日軍的雄才大略……」

你看，小時候不學無術的流氓真的幹出嚇死人大事情了！

林小貓十條

正面對敵打不贏時，也千萬不要放棄，小貓是這麼想的：只要保存自己的實力，不斷騷擾對手，先耐不住性子的人就輸了。

果然沒錯，1899年，不勝其擾的後藤新平終於指派高雄御用紳士陳、蘇、吳等好幾位進入大武山，向小貓勸降。

小貓以戰勝者姿態要求日本人割地賠款，以戰勝者的口吻向後藤新平開出條件如下：

一、同意林小貓居於後壁林（今日高雄小港）；

二、開墾後壁林荒地免繳稅；

三、日本官吏不得往來後壁林；

四、部屬如有犯罪可提訴林小貓、日方不得擅自搜捕；

五、該地如有犯罪者由林小貓逮捕交官；

六、同意林小貓等攜帶武器，如有誤被日方逮捕者由林小貓交保釋放；

七、保護林小貓以前的債權並補償被剝奪的財產；

八、不追究林小貓等前非；

九、日本當局應推誠待林小貓，林小貓亦改過自新；

十、日本當局應支給林小貓補助金二千圓。

此即抗日史上著名的「林小貓十條」！

蔗糖大王

後壁林原本是一片長滿雜草的荒地，臺灣義軍兄弟們把它開墾成一望無際的甘蔗園。

小貓搖身一變，變成了蔗糖大王，年收入高達10,000圓。

10,000圓有多少呢？當時日本人聘請臺籍傭人一個月最多只要6圓，買一頭母豬20圓。換算成今日物價，小貓大概有1,000,000,000圓年收入，和臺灣首富也差不了多少啦。

「臺灣人不作便罷，凡作都是第一等！」

小貓笑哈哈。

臺灣人的樂土

「打狗在下金子。」

那時在東京，流傳著這麼一句話。

臺語「打狗」與日語「高砂」（Takao）同音，因此以前臺灣也叫作「高砂國」。高雄港當時的吞吐量就高達三萬公噸，主要貿易商品就是蔗糖。蔗糖帶來源源不絕的財富，好像下金子雨一般，吸引了懷抱發財夢的日本人不斷湧來。

在十條條約約束下，日本人無法染指後壁林，臺灣人自治的獨立王國欣欣向榮。

是流著奶與蜜的應許之地，是臺灣人的樂土。

金山上坐著的那位山大王，名字叫作林小貓。

瘟疫消毒

日本人前來占領臺灣，最怕的其實不是像小貓這種「土匪」。

是蚊子。蚊子最可怕。

臺灣是亞熱帶氣候，最容易孳生蚊蟲。蚊子會傳染瘧疾等流行病，日本人通稱為「瘟疫」，死亡人數高達好幾萬。

1902年，瘟疫又開始在打狗一帶流行起來。

民政長官後藤新平於是以「消毒」為名義，調集軍警憲三千人包圍了後壁林……

入祀忠烈祠

1902/5/30，日軍在後壁林周圍的山頭上架設了數十門大砲。

在滂沱大雨中，從早晨炮擊到黃昏，總共數千發炮彈如暴雨般落在這小小的村莊。

蔗田變成焦土，屋毀房塌，男女老幼無一倖免。

小貓身著數彈，倒臥水田中。

——虎死留皮，人死留名。

現今，高雄市忠烈祠有「林小貓」牌位，排序31，第3階第7位。

只要沿步道上打狗山，看見上書「忠義」兩字的巨大白色牌樓就到了。

　　輕小說是繪本的變形，或者說，是強調視覺化表現的劇情故事。一般而言，封面會有精美「動漫風」的彩色插畫，以描繪故事的主要角色為主；有時有內頁插畫。

　　故事設計上最重要的是，主角必須要有「萌」要素。「萌」用來形容極端喜好的事物，也可以轉為動詞、形容詞等各種的詞性，例：「蘿莉（或正太、御姊……等）很萌」（形容詞）、「被XXX萌到」（動詞），還有「賣萌」（即賣弄萌）甚至是「不賣自萌」。但當「萌」作動詞時，不及物動詞可以當作「被可愛的性質所迷」，作及物動詞時，可以當作「喜歡」、「愛慕」等意思。（引自維基百科）

　　輕小說是以「角色先行」的方式來撰著的劇情故事，情節分明、場景設定清楚，強調視覺化的描述，相當容易就可以改編成電視電影劇本。一般而言，熟練的編劇只要有電子檔，啪啪啪兩三天的功夫就可以改編完一部輕小說。反之，輕小說作家不見得懂編劇，他們只是天生的說故事好手。

　　講到這裡，有些同學一定會問：「老師，你只講『輕』小說，怎麼沒講『小說』呢？」

嗯，雖然我自己也寫小說，但小說創作沒有固定的規範可以遵循，只能靠自己多寫才能體會。另外，有一些大師的寫作教學書也可以參考，這些都附在本書最後的參考資料中，請自行鑽研。

不過，如果你真有興趣要做小說。我的建議和卜洛克一樣：寫長篇（九萬字以上），不要寫短篇（一萬字以下）。看似違反直覺，但我們這樣建議的理由有三：

(1)點子有限、靈感有限，不要輕易浪費。當然要好好發揮徹底，才算物盡其用。

(2)短篇重技巧，長篇看布局。初學者技巧差，不要自曝其短。長篇反而容易掩飾你技巧上的缺點，充分表現故事的轉折，看出故事的價值。福克納（William Cuthbert Faulkner, 1897-1962）說：「短篇小說家是失敗的詩人，長篇小說家又都是不成功的短篇小說家。」

(3)長篇小說才能出版。短篇（結集）對讀者的吸引力較低，這是當今出版市場的生態。

遊戲劇本

數位技術日新月異，使得「互動式」的影像與文字作品成為可能，成就了「數位遊戲」這類特殊的內容產物。但究其實，遊戲的核心還是「故事」，人們才能「沉浸」（immersion）其中。尤其是「角色扮演」遊戲（RPG, Role-Playing Game），根本是戲劇的數位化變形。德國詩人和劇作家席勒（Johann Christoph Friedrich von Schiller, 1759-1805）就說到：「人類在生活中要受到精神與物質的雙重束縛，在這些束縛中就失去了理想和自由。於是人們利用剩餘的精神創造一個自由的世界，它就是遊戲。這種創造活動，產生於人類的本能。」讀者諸君若再深入思考，就會發現其實，所有遊戲都是角色扮演遊戲；所有遊戲都是戲劇，所以才叫做遊「戲」。

玩遊戲的目的不外乎：(1)娛樂；(2)脫離現實、尋求沉溺／自我催眠；(3)

建立社群關係。席勒說：「只有當人充分是人的時候，他才遊戲；只有當人遊戲的時候，他才完全是人。」（引自維基百科）

　　製作遊戲時，最常犯的錯誤就是想要「教育」玩家，導致遊戲的失敗。

　　要記住，說故事，別說教。先要好玩，才有教育意義。

遊戲企劃　4C競賽

　　一個完整的遊戲企劃，除了劇情腳本以外，還有遊戲設定（game design document）、遊戲概念（concept design document）等必須考量，尤其是RPG類型遊戲，則須另附人物關係及介紹表、故事大綱、分集大綱、背景敘述等。茲以經濟部工業局所舉辦的「2013 4C數位創作競賽」（http://www.dcaward.org.tw/4C_Website/，為臺灣最大型的數位內容競賽）的範例提供大家參考。

〈遊戲企劃名稱〉作者資訊等

一、緣起（創意發想）

二、遊戲世界觀（應含故事主要情節、時空背景描述、遊戲精神主軸）

三、主要角色介紹

四、遊戲設計內容：作品內容需含至少三～五個關卡，參賽作品內容要有情境趣味性的描述，人物、關卡與遊戲系統要有概念設計圖，以展現遊戲的內容。

五、設計內容應包含：

　　1. 遊戲類型與平臺

　　2. 遊戲性（Game Play重點）

　　3. 遊戲訴求對象與市場定位

4. 遊戲進行方式

5. 角色設定

6. 場景設定

7. 遊戲關卡設計

8. 遊戲系統描述：如戰鬥系統、經濟系統、劇情系統……等。

9. 遊戲流程介紹

10. 劇情腳本

11. 操作說明

12. 技術可行性分析

13. 開發風險評估：如SWOT分析

14. 開發時程設定（里程碑設定）

詳細請參考相關課程和網站教學。

遊戲故事最重要的是容許「互動性」，由玩家自行決定劇情的前進方向。一般而言，劇本製作的重點放在「世界觀」與「角色」設定，接下來，只要提供一點點「動機」，遊戲就會動起來了。屬於「多線分支」的劇情結構。

Case 施如齡教授談遊戲劇本

意涵的作品主要重點在於「多向文本」。數位遊戲如果一次的故事做得太長，玩家則不容易以關卡來區段故事段落，遊玩時間會拉得太長，對於設計者來說，沒有區段的長篇故事也比較不容易掌握其故事的轉折與高潮迭起。

因此，在撰寫遊戲劇本時，不使用長篇故事的寫法來製作。我們也不傾向用連續劇的寫法，玩家在單線軸上玩，會覺得冗長，跳過某一兩個關卡也會讓故事失去連接性。此次，我們使用單元劇的方法撰寫，利用十五至二十分鐘可以結束一個小故事的時常，來提高玩家的玩興，每個關卡的結構也會相對的緊湊、內容豐富，支線也比較能夠產生變化。

　　每個單元劇中，均布署故事主線與支線，此支線在別的單元中會變成主線。不斷穿插與交替，故事的延展性將會提升。玩家能在每次遊玩時，選用不同的角色或關卡，加上互動文本的變化，遊戲的整體感與變化度也將提高，讓玩家比較不會在線型的故事中覺得無聊。

　　另外，在遊戲中也提供四個角色，各自具備不同的身分背景。在不同的單元中，會偶然與其他角色交錯，甚至產生衝突。所謂的衝突，是指不同角色在事件中所代表的不同觀點或立場，包括語文、文化、利益、觀念上的衝突。在這些衝突當中，並沒有任何立場有絕對的是非對錯，玩家能從不同的角色身分與觀點中，看到不同的視野。

　　再者，由於遊戲不像小說會有長篇的描述，即使有文字旁白或過場，也不像電影般可以使用鏡頭與音樂等效果來引人入勝。因此，遊戲中的開場與過場情節均需簡潔帶過，大多依靠對話去引導玩家前進。對話中多以互動的方式進行，意指玩家必須是對話裡的一方，讓玩家與NPC（Non-Player Character）有互動的對談。玩家以第三人稱的角度去觀看其他NPC之間對話的情形，則應儘量減少。

　　由於對話變成劇本的主要支柱，設計時需儘量置入有意義的對話，避免消耗玩家的能量與耐心。加上遊戲中的對話全部依靠視覺來進行對話，需要比較沉重的負擔，因此語句需簡短而平易近人，毋須使用文言文或冗長的描述來陳述情節或任務。

　　每個單元的主線劇本需要獨立的開頭、挑戰、任務與結尾。此在故事的

敘事上，與長篇故事是一樣的。（請讀者參考其他章節。）支線故事則僅需要開頭與挑戰，任務與結尾於其他關卡中接續進行即可。

內容引自國科會《跨平臺3D「臺灣史詩遊戲」之開發與學習歷程分析》（NSC 100-2628-S-024 -002 -MY3）

 習題

1. 借一片你最喜歡的電影DVD回家，計算它的場面數，並分析劇情結構。
2. 收看一小時電視劇，用「逆向工程」的方式，把劇本寫出來。
3. 以2013年最流行的《進擊的巨人》爲例，試分析動畫與漫畫作品有何異同？
4. 找一則發生在你居住地附近的傳奇，改編爲繪本故事。

限於篇幅，完整的遊戲企劃與劇本作法，請參考書末所附參考資料。

第十四講

創作這回事

千萬不要搞電影，需要被鼓勵就不要搞了……會走上電影的人都是勸不了的人[1]。

——奧斯卡金獎導演李安

不要聽別人的建議，就連我的話也一樣。[2]

——卜洛克

1 《中央通訊社即時新聞，http://www.cna.com.tw/News/aEDU/201305100390-1.aspx
2 《卜洛克的小說學堂》，p.69。

你理別人說什麼幹嘛？寫就對了！

　　說故事的人有兩種，一種天生就會說，不用學不用教，想創作的時候只要打開電腦，劈哩啪啦像開水龍頭一樣，故事就被源源不絕地「倒」出來了。像許多有名的網路作家（現在也有劇作家），每天要生出幾千字、上萬字的故事好像是家常便飯。我曾經聽過一個像這樣的天生好手私下透露，她認真坐下來寫的話，一天可以寫出「三萬字」，那也就是說，一個禮拜搞定一本書綽綽有餘，還可以放三天假出門去玩。

　　而且，她從不改稿，從頭到尾一氣呵成，有問題丟給編輯去傷腦筋。

　　而且，她從不閱讀別人的創作。她認為那會搞亂自己的思緒和節奏。

　　最重要的，她本本暢銷，只要一出新書，就有人會被擠出排行榜。

　　出版社得排隊、賣盡人情、捧著大把鈔票，才能求得她一本新作……

　　很神奇，很羨慕吧？

　　但老實說，全臺灣有兩千三百萬人，這種天生好手的數量，十隻手指數得出來。（有些還是謊報。）

　　絕大部分的人，都是像我一樣算不上天才、得絞盡腦汁才能寫出一個故事來的平凡人。對我來說，「創作」是一項專門技藝，像蓋房子、設計電路或者煮佛跳牆一樣，得兢兢業業，照規矩來，方能有所得。

　　然則無論你是屬於前者或後者，創作首先必須有熱情，才搞得成。

Case 你沒有熱情！

世界知名的小提琴大師海飛茲（Jacha Heifetz, 1901-1987）曾說：「如果我一天沒有練習，自己聽得出來；如果兩天沒有練習，樂評家也聽得出來；三天沒有練習，那麼全世界都知道了。[3]」可見練習對於創作的重要性。

海飛茲曾在某個場合被一名年輕人纏住。年輕人硬要拉琴請大師鑑定，若大師說好，他就要以音樂為志業；若大師說他沒潛力，他就要放棄，以免浪費時間。結果，年輕人使出渾身解數拉完琴後，大師卻搖搖頭說：「你沒有熱情。」

幾十年過後，這名年輕人變成了成功商人，贊助了大師的演奏會。會後他向大師道謝：「您改變了我的人生。」他解釋說，「幸好您直言，我才沒有浪費人生在小提琴上，反倒在商場成功。不過，當初您是怎麼聽出我沒潛力？」

「喔，我根本沒聽你演奏。不管是誰要我聽他們演奏，我都會跟他們說沒有熱情。」

「您怎麼可以這樣？或許我也可以像你一樣成為小提琴大師啊！」

「你還是沒搞懂。」大師搖了搖頭，「如果你有熱情，你才不會理我怎麼說。」

這個故事改寫自卜洛克的引述[4]，也常在其他作家書中看到，可見大家都認為熱情最重要。但是，像其他所有的故事一樣，沒辦法證明是真的。

3　《你拼命了嗎？》，p.127。

4　《卜洛克的小說學堂》，pp.97-98。

大導演李安二度獲得奧斯卡金像獎後，回臺與年輕人分享，也說了類似海飛茲的話。他說：「千萬不要搞電影，需要被鼓勵就不要搞了……會走上電影的人都是勸不了的人。」

　　對創作有熱情的話，你根本不需要鼓勵，也不在乎別人對你的評價。

　　法國作家朱爾‧勒納爾（Jules Renard, 1864-1910）：「讀他人作品的書評，感覺寫得很對，讀評論自己作品的書評，就怎麼都覺得不對勁。[5]」

　　寫就是了。

Case 為自己而做：水滸傳序

　　《水滸傳》大概是中國四大小說之首，故事藝術的最高結晶。作者施耐庵先生所作的序言中，道出了創作者的心態：

　　人生三十而未娶，不應更娶。四十而未仕，不應更仕。五十不應為家，六十不應出游。何以言之。用違其時，事易盡也。朝日初出，蒼蒼涼涼，澡頭面，裡巾幘，進盤飧，嚼楊木，諸事覊甫畢，起問可中。中已久矣。中前如此，中後可知。一日如此，三萬六千日何有。以此思憂，竟何所得樂矣。每怪人言，某甲於今若干歲。夫若干者，積而有之之謂。今其歲積在何許。可取而數之否。可見已往之吾，悉已變滅。不寧如是，吾書至此句，此句以前，已疾變滅。是以可痛也。

5　《我是賣豆腐的，所以我只做豆腐。》，p.189。

人生匆匆如白駒過隙，過往之事都不可復追，只有創作，才能讓生命有意義。

　　快意之事，莫若友。快友之快，莫若談。其誰曰不然。然亦何曾多得？有時風寒，有時泥雨，有時臥病，有時不值。如是等時，真住牢獄矣。舍下薄田不多，多種秫米。身不能飲，吾友來，需飲也。舍下門臨大河，嘉樹有蔭，為吾友行立蹲坐處也。舍下執炊爨，理盤槅者，僅老婢四人。其凡畜童子大小十有餘人，便於馳走迎送，傳接簡帖也。舍下童婢稍閒，便課其縛帚織席。縛帚所以掃地，織席供吾友坐也。吾友畢來，當得十有六人。然而畢來之日為少。非甚風雨，而盡不來之日亦少，大率日以六七人來為嘗矣。吾友來，亦不便飲酒。欲飲則飲，欲止先止，各隨其心。不以酒為樂，以談為樂也。吾友談不及朝廷，非但安分，亦以路遙，傳聞為多。傳聞之言無實，無實即唐喪唾津矣。亦不及人過失者，天下之人，本無過失，不應吾詆誣之也。所發之言，不求驚人，人亦不驚。未嘗不欲人解，而人卒亦不能解者，事在性情之際，世人多忙，未曾嘗聞也。

　　與朋友喝酒聊天、擺龍門陣，扯些傳奇故事，大概是最快樂的事了。

　　吾友既皆繡談通闊之士，其所發明，四方可遇，然而言畢即休，無人記錄，有時亦思集成一書，用贈後人。而至今闕如者，名心既盡，其心多懶，一。微言求樂，著書心苦，二。身死之後，無能讀人，三。今年所作，明年必悔，四也。是水滸傳七十一卷，則吾友散後，燈下戲墨為多。風雨甚，無人來之時半之。然而經營於心，久而成習。不必伸紙執筆，然後發揮。蓋薄莫籬落之下，五更臥被之中，垂首撚帶，睞目觀物之際，皆有所遇矣。或若問，言既已未嘗集為一書，云何獨有此傳。則豈非此傳成之無名，不成無損，一。心閒試弄，舒卷自恣，二。無賢無愚，無不能讀，三。文章得失，

小不足悔，四也。嗚呼哀哉。吾生有涯，吾嗚乎知後人之讀吾書者謂何。但取今日以示吾友。吾友讀之而樂，斯亦足耳。且未知吾之後身讀之謂何，亦未知吾之後身得讀此書者乎。吾又安所安所用其眷念哉。東都施耐庵序。

我們既然不知道以後有誰會看這些故事，也就不必顧念他們。放手寫就是了，為自己而寫，不管他們怎麼說。

在劇場裡，有個著名的「第四面牆」（the fourth wall）理論，劇作家在三面牆中調動角色、鋪排劇情。而觀眾就是第四面牆，他們可以任意詮釋你的表演。卜洛克認為，「沒法控制讀者如何去詮釋我們的小說的，也不該試圖去控制他們。[6]」把他們當作一面牆就可以了，書評也好、影評也好、藝評也好……根本不需要看；不小心看了就放一邊，不須放在心上。無論是好評或惡評，要記住，他們都是沒法創作才只好去評論別人的作品。要多體諒。

你永遠只是為了自己而創作！

在故事與劇本的課堂上，只要交出作業，不是抄來的，對我來說都是「100分」。藝術創作嘛，風格口味因人而異，青菜豆腐各有所好，一個人的垃圾可能是另一個人的黃金。

有夢最美。只要相信，夢想就能成真。一定要有自信心，你寫的東西一定會有人賞識。華德‧迪士尼說道：「我不相信對那些懂得如何讓夢想成真的祕密的人而言，有什麼高度是他們無法達到的。這個祕密在我看來可以用四個C來總結：好奇（Curious）、自信（Confidence）、勇氣（Courage）和續航力（Constancy），而這之中最重要的就是自信，當你相信一件事時，你就要徹頭徹尾、全心全意、毫無懷疑的相信它。[7]」

6　《卜洛克的小說學堂》，p.247。

7　《迪士尼的劇本魔法》，p.232。

沒有靈感只是偷懶的藉口！

　　創作需要熱情，再來才是能力（或者說「本事」）。能力可以後天培養，這本書的目的也就是培養大家創作的能力。對於初學者來說，小津安二郎導演這段話值得大家省思，「年輕時充滿熱情，但缺少能相對應的能力，兩者取得平衡後，才能展現真正本領。有創意沒本事很麻煩，但若反過來卻也令人頭痛。[8]」

　　無可諱言，創作需要靈感（Genius）。

　　靈感從何而來？至今科學家還沒有辦法給我們明確的答案，只知道大概與「潛意識」活動有關。

Case 與天才攜手創作

　　《享受吧！一個人的旅行》（Eat, Pray, Love）的作者伊莉莎白・吉兒伯特（Elizabeth Gilbert, 1969-）在演講中提出她的經歷。（http://www.youtube.com/watch?v=8SATX4w1LpQ）

　　伊莉莎白・吉兒伯特在過去立志成為作家時，周遭的人便質問難道她不怕永遠不會成功或毫無所獲？當她出版了這本造成世界轟動的書後，人們卻又開始憂慮的問她會不會害怕未來再也寫不出更成功的作品。然而她父親是一位化學工人，卻沒有任何人對他的工作不安或懷疑。她認為人們對於藝文類或是需要創意的行業總是抱持懷疑，總害怕新的挑戰不會成功。但其他

8　《我是賣豆腐的，所以我只做豆腐。》，p.180。

中規中矩的行業中卻不存在這樣的偏見。或許是因為創意人長期給人負面印象，如酗酒、憂鬱、甚至自殺等問題，所以人們害怕創意產業會危害彼此的精神心理健康。

　　作家諾曼・金斯萊・梅勒（Norman Kingsley Mailer, 1923-2007）也曾說：「我每一本書都殺死我更多一些。」仔細想想，用這句話來形容自己的心血並不尋常，但我們卻幾乎不會多想。因為社會給了我們太多創意一定要和受苦天性連結在一起的資訊，大眾總覺得藝術才華最終總會變成苦惱，但這對創意人而言相當危險。我們應該鼓勵創意人讓心靈繼續活躍、不斷創造新事物。

　　過去的古希臘和古羅馬只認為創造力只是一種跟隨著人的靈魂，他們將它稱之為「守護神」或「天才」（Genius），有點像是一種小精靈（也是Genius），祂能不為人察覺的出現並幫助藝術家完成作品。蘇格拉底就相信自己有這樣的精靈會給他智慧完成一些事。所以，古代的藝術家就能和作品保持某種距離，不被某些事所影響。當你有令人讚嘆的作品時，功勞並不歸屬於你本身的才華，而是非實體的精靈暗中幫助。即使工作不完美也並非你的錯，是精靈的錯。到了文藝復興時期想法改變，理性人文主義使人們相信，創意完全來於個人本身。開始有人說藝術家是天才（Genius），但卻使得藝術家不能承受人們的諸多期待，扼殺了許多的藝術家。

　　這些小精靈跟著人們到處走動，在某些時刻突然出現在作品中，詩人露絲絲彤（Ruth Stone, 1915-2011）就曾說過說她過去下田工作時，偶爾會突然感應到或聽到一首詩，若她沒有及時的記錄下，這些詩就會離她而去，去找下一個詩人。偶爾你會遇見某些靈感（Genius）或點子突然出現，你必須嘗試掌控、管理和支配這些不受控制的創意脈動，這可能會使你表現的比平常更好，也或許未來再也無法達到一樣的高峰。這是創作生涯中必須面對的痛苦妥協之一，但若你從一開始就不相信這個獨特性來自你本身，只是某個小精靈借給你的，這樣的想法就能改變很多事。當你對人們的期待感到驚慌，

或靈感遲遲無法出現時。別擔心，你要作的只是繼續在工作崗位上努力，如果那個非凡的精靈決定透過你的創作使你在某些瞬間令人驚嘆，那很棒。即使祂沒有出現，你依舊還是最棒的，所以毋須驚慌。

（林怡伶整理）

再好的作家也沒辦法控制靈感什麼時候會來，我們能做的只是「準備好」等它來。

要隨時準備好把靈感記錄下來的工具。依我的經驗，最好的工具是隨身攜帶的小筆記本和自動鉛筆。原子筆在許多場合容易斷水，也可能弄髒你的衣服。

次佳的選擇是隨身攜帶的錄音筆或手機。（有些場合不適合說話錄音，比如無聊的會議中。）

手提電腦的開機速度太慢，往往等你開好文書處理軟體，靈感已經飛走了。

靈感就像變了心的女朋友，一去再也不回來。

創作紀律

新手常常誤以為，創作是「有靈感才寫」。

大錯特錯！專業寫作者會告訴你，「寫了才會有靈感！」

靈感需要自由，紀律是限制自由，看似對立的兩個概念，其實是一種辯證發展關係——越有紀律，就越有靈感；越有靈感，你就會越遵守紀律。法國現實主義作家福樓拜（Gustave Flaubert, 1821-1880）說道：「生活維持常態和規律，工作上才有衝刺的動力和原創的靈感。」

如果一生只作一部作品，有靈感來才作。創作只是你的休閒娛樂或副業的話，那麼老實說，讀這本書的工夫都白費了。

如果你想把創作當成「專業」，那麼就要嚴守下面這些紀律：

- 「每天」固定時間寫固定的分量，沒做完不要去做別的事。我的建議是，早點起床，利用上班／上學前的一兩個小時寫。那時，潛意識剛經過一晚的沉澱，往往是最多靈感的時刻；思慮清楚，寫起來也最有效率。

- 每天的意思是「每一天」，包括例假日和國慶日。這一行可以說「超自由」，不用上下班打卡，每天都在放假。也是超「不自由」，寫作沒有假期，這就是專業。

- 這一行也沒有老闆，你就是自己的老闆。你必須自律，才寫得出東西。小津導演這樣選角，「因為隔天要拍戲、必須背劇本，所以朋友一邀就去的人，成不了一流明星。[9]」作家也是。

- 天道酬勤。你寫得越勤快，「把構想化為作品的能力」就會被烙印進潛意識，變成一種習慣。那你就發了，以後只要靈感一來，其他的工作潛意識會幫你完成。

- 寫上手了，靈感會很多。要記得，寫完一個再寫一個。因為，沒寫完的故事就只是塞在抽屜或硬碟裡的垃圾。

- 一定要寫完。只要堅持，再長的故事都會有寫完的一天。

- 不知道要寫什麼題材？你喜歡看什麼，你就寫什麼。喜歡武俠寫武俠、喜歡言情寫言情……永遠從最熟悉的題材開始。再說，你自己都不喜歡的題材，寫它做什麼？不可能寫得好。

- 有好幾個點子不錯，要從哪一個開始寫？永遠選「第一個」。那是潛意識給你的信號。（交男女朋友也一樣。）

- 題目找到了，要從哪裡開始寫？從腦海中浮現的第一句話開始寫。不要管這本書教你要怎麼開局。想到第一句話就開始寫——這叫敘事推

---

9 《我是賣豆腐的，所以我只做豆腐。》，p.187。

力法（Narrative Push），好處很簡單，作者不知道接下來會發生什麼事情，讀者自然也不會知道——自然就能創造故事的驚奇。

・全部寫完了再來找開局！把最具爆炸性的段落，移到故事的最前頭，其他再順一下就可以了。

・先有故事再調整結構。既然沒必要在開始的地方開始，也沒必要在結束的地方結束。故事發生的順序，並非你講述故事的順序。

・一直寫不好怎麼辦？重寫再重寫。古老的編劇格言是這樣說的：「劇本不是用寫的，是用來重寫的。[10]」

寫作素材

故事要生動，端賴栩栩如生的細節，才能創造出令人驚嘆的轉折和令人信服的衝突。

細節來自於現實經驗中，敏銳的觀察與紀錄，持續不斷地蒐集整理素材。小津安二郎認為作品來自於現實，「只有立於積極肯定精神下的現實主義，才能如實看清實際存在的事物。[11]」

第一類的素材，來自於日常生活。包括與同事、家人、朋友間的互動與對話以及每天的遭遇。要得到這一類的素材，其實是現代習慣宅在家裡的寫作者最困難的挑戰。我的建議是，偶爾也要出門，至少走出房門，和其他人「面對面」說說話。那和在通訊軟體上打字，絕對是截然不同的經驗，寫對白也會較活潑生動。而且，遠距的社群互動缺乏肢體、表情的傳遞寫出來的表演也不真實。（看看那些網路作家寫的戲就知道我在說什麼。）為了蒐集素材，隨身攜帶便於紀錄的工具（如紙筆）是非常必要的。現在也有一些速

---

10 《迪士尼的劇本魔法》，p.194。

11 《我是賣豆腐的，所以我只做豆腐。》，pp.110-111。

記、備忘軟體，如Evernote，免錢又好用，大家不妨一試。

　　第二類的素材，來自於持續閱讀他人的作品。每個人都只能活一次，因此個人的生活經驗必定有限。故事是人類生活經驗的結晶，別人好不容易、嘔心瀝血整理撰著了那麼多故事，不讀實在可惜。老實說，這也是蒐集素材最有效率的方法。有研究指出，文字的資訊承載量遠高於其他媒體形式（如影像、聲音），學會有效率的閱讀，對寫作的幫助太大了。閱讀時，大腦會自動整理資訊，篩檢進入潛意識。日後總會在某個時候，不經意的起作用。

　　初學者閱讀別人的作品，一定要學會整理大綱。「讀完一章，就寫一份大綱，是一種逆轉式的思考。[12]」把故事中，角色的對話全去掉，背景細節也去掉，只留下最簡單的情節脈絡。久而久之，做習慣了。你就會發現大綱越來越短、越來越簡潔，那就是你能一眼看穿故事內容的時刻。以後要做不做就無所謂了。

　　等到了熟練階段，你就會赫然發現，根本不一定要讀完一本書。大部分的書只要看了開頭幾頁，你就知道後面的發展——要嘛沒有參考價值，你可以丟開，一點都不可惜。因為你的時間永遠比買書的錢更有價值，不要浪費；要嘛是經典重要作品，你乖乖仔細讀完。

　　不只要讀書，也要讀報紙、網站。報紙是一種「綜覽式」的媒體，專業的編輯人員萃取資訊的精華，下標題、編排成有意義的順序，讓你一眼就能掌握世界，可以大幅減輕大腦篩檢資訊的負擔。至於網站，要挑選有意義、有編輯的資訊網站，每天至少讀十個。（未經篩選的網路論壇不必浪費時間去讀。）現在流行的臉書Facebook，如果只用來打屁聊天、牢騷抱怨，實在太可惜了。你有一百個臉書朋友，就相當於你擁有一百個素材編輯，有一百個活生生的人的人生可讀。（可不是瑪格麗特‧愛特伍（Margaret Atwood,

---

12 《卜洛克的小說學堂》，p.44。

1939-）所說的，「與死者協商」呢！）但別忘了，垃圾進垃圾出，善選你要讀的素材，交到言不及義的朋友也是枉然。

史蒂芬金說得好，「如果你想成為一個作家，在所有事情之上有兩件事你一定要做：多閱讀和多寫作。就我所知，除此之外別無他法，沒有捷徑。[13]」讀得越多，寫得越好。

第三類的素材，來自有目的的調查與研究。為了提高故事的可信度，運用調查方法，實際進行研究是絕對必要的。即使要做幻想類的作品也一樣，幻想永遠得立基於現實經驗，否則大腦並沒有參考的依據，如何幻想得起來？

調查研究有固定的方法，如：田野調查法、內容分析法……等等，請參閱個別的專業書籍。歸納要點不過兩個：

(1)要作訪談。訪談相關當事人、從業人員、有做過類似題材的研究人員，絕對讓你獲益匪淺。訪談要作紀錄，紀錄回家要重新看過整理。比如要作武術相關主題，你自己又不會打，找會打的師傅談談準沒錯。

(2)要閱讀相關研究。同第二類素材。

創作，說穿了只不過是一種具有創意的素材組織方法。

素材要多少才夠？這你一點都不用擔心。持續蒐集整理，一旦夠了，潛意識會自動發出訊號，告訴你可以動筆寫作了。到時你自然會知道。

有同學說在網路上看見一些「自動編劇軟體」、「故事產生器」……。只要輸入角色、素材，就會自動生出劇本？

我會說，「別傻了」。

---

13 《史蒂芬・金談寫作》，p.164。

風格

創作風格，完全是個藝術問題。大詩人楊牧說道：「風格完成之一刻，也就是主題充分傳達之一刻。[14]」

藝術問題最忌諱定於一尊，定於一尊就不是藝術了。

然而要記住，要別人如何看待你，你就得先如何看待你自己——你想要別人把你當作三流小混混，你就儘管衣著邋遢、言行粗魯。相同的道理，如果想要別人把你當作專業寫作者，行文打字之間，最好還是有專業的風格、名家的風範。

專業風格是啥呢？寫作聖經級的著作《英文寫作風格的要素》（*The Elements of Style*）中，作者史壯克與懷特（William Strunk Jr./ White, E. B.）強調：「沒有所謂最好的寫作方式，不過清楚可能是最接近完美的一種風格。」

人生境界三階段：見山是山、見山不是山、見山又是山。

文字創作也是一樣：一開始最起碼的要求是清楚、簡單明瞭；後來你漸漸熟練了，懂得更多，很容易走到歪路上去，追求繁複浮誇的形式美感，隱晦象徵的主題意義；到得最後終於了悟，又回到簡約清楚的路子來。

清楚，簡單明瞭，是文字藝術的基本條件；也是最終的美感所在。

Case **海明威的「冰山理論」**

海明威（Ernest Miller Hemingway, 1899-1961）在著作《午後之死》

---

14 《疑神》，p.239。

（Death in the Afternoon）中提出「冰山理論」。文學作品中，八分之一的部分是文字形象，作者應該只寫出這個冰山具體露出水面的部分，其餘的八分之七則是情感和思想，則由讀者自行想像。

冰山理論有兩個層面涵義：

1. 簡約藝術，就是刪掉小說中可有可無的東西，內容不要是八分之八，只需要八分之一，所有的解釋、探討、鋪陳、繁複的比喻都不需要。這樣簡單的文字，也形成一種「電報體風格」，幾乎沒有形容詞和修飾語。法國文豪伏爾泰也提出「形容詞是名詞的敵人」，因為只有名詞能直接呈現出事物，加上形容詞後反而會遮蔽視物的內涵。

2. 小說家馬原將冰山理論更內在的質素概括為「經驗省略」，和傳統的留空理論完全不相同，傳統的省略方法類似刪節號的作用，省略的是情感和韻致，但海明威省略的是實體經驗。例如《永別了武器》（*A Farewell to Arms*）的結尾：

> 我往房門走去。
> 「你現在不可以進來。」一個護士說。
> 「不，我可以的。」我說。
> 「目前你還不可以進來。」
> 「你出去。」我說。
> 「那位也出去。」

海明威並沒有在對話中說明房間裡有幾位護士，我們卻馬上知道這房裡有兩位護士，也能知道句中「我」的失常。這些語調變化在文字中都沒有使用任何的敘述，作者不說，大家還是能知道。海明威的省略方式讓讀者憑自己經驗想像冰山下的八分之七，也讓讀者的經驗參與提高。而非喋喋不休的全盤托出，或是拼命想煽動讀者情緒，於是不僅節省了小說篇幅，也產生了

新的表現方式。

　　當然，也有不在少數的大師反對冰山理論。藝術嘛，各說各話，不必定於一尊。

　　不過，這一派的說故事大師我都很喜歡，推薦給大家：海明威、錢德勒（Ramond Chandler）、日本的司馬遼太郎。當然還有說「電影是以餘味定輸贏。[15]」的小津安二郎導演、山田洋次導演。

　　他們共同的特色是：簡約留白、明亮乾爽、硬拙通神。值得大家好好體會。

寫出最真誠的文字！說故事專用的修辭技巧！

　　落實到寫作技巧的層次來，「海明威應該會這麼說，然後，再把你的作品從頭到尾的看過一遍，把所有的形容詞與副詞刪掉。結果呢，你會得到乾淨、純粹、誠實的文字，撥去繁文縟節，只剩下最乾淨的精華，連作者的感受，都被你趕走。[16]」

　　時至今日，「冰山理論」已經得到了腦神經心理學和語言學上的支持：理解語言訊息就像是透過透明的東西來看訊息內的意義。這個譬喻將意義視為具體可見的物體，而語言文字則是我們藉以看見意義、並傳達意義的工具。文字不該「擋住」我們的「視線」。文字越不引人注意，品質就越好。[17]

　　首先，儘量不要用副詞，最好完全都不要用。

---

15 《我是賣豆腐的，所以我只做豆腐。》，p.195。

16 《卜洛克的小說學堂》，p.261。

17 《微寫作》，p.57。

史蒂芬金認為，副詞「不是你的朋友。是拿來修飾動詞、形容詞、或是其他副詞的字，如同被動式，副詞似乎是為膽小作家所創造的。[18]」

無論何種語言，動詞永遠是句子的核心。我們常常會想要為動詞「添加聲勢」，於是自作聰明為動詞加上了累贅的副詞，反而顯得句子矯飾過度，拖泥帶水。「結果就變成三流小說或是平裝書原稿讀者所熟悉的樣子。[19]」史蒂芬金發怒了，「我相信到地獄去的路是用副詞鋪成的，而我會從屋頂上大聲怒斥它。[20]」舉例如下：

- 「把刀放下，跟我走！」小貓俠咬牙切齒地說。
- 那個吻是如此的激情，激情到連天上的繁星都情不自禁地眨眼睛。
- 她嬝嬝地捻熄菸，慢條斯理地脫去了全身的衣裳，挑逗地說道：「來吧，好好的疼惜我。」

再來，形容詞也要減到最少。

形容詞用來修飾名詞。名詞是行動的主角，加上太多的裝飾，一樣會拖慢句子的節奏。

小津安二郎這段話也請細細品味：

「首先，劇本本身的內容就是有電影性的。

而且應該是構成電影的『基礎』，不應具有其他意義。

有人就是寧可把這種明明算是『基礎』的劇本寫得像『讀物』。因為是當成讀物而寫，實際寫劇本時，就用了太多不必要的形容詞。

18　《史蒂芬・金談寫作》，p.143。

19　《史蒂芬・金談寫作》，p.146。

20　《史蒂芬・金談寫作》，p.144。

身為劇作家，要在按照劇本顯示的文學性所謂的累贅形容詞拍成的電影中，承擔編劇的名分，難道不覺得有些落寞嗎？[21]」

形容詞無可避免，然而喜歡加油添醋的習慣很差勁，請務必戒掉——

- 「把你手~~上~~的刀放下，跟我走！」~~高大帥氣的~~小貓俠說。
- 那個吻是如此的激情，~~激情到連天上閃爍的繁星都情不自禁的眨眼睛~~。
- 她捻熄那根還有大半截的菸，脫去了全身的衣裳，~~以銀鈴般的話聲~~說道：「來吧，疼惜我~~，像你疼惜可愛的貓咪一樣~~。」

講到這裡你可能會覺得：「這樣也不行，那樣也不行；學得越多越難做。」

十分正常。因為手上每多了一樣利器，就等於多了一項限制。要把限制當作指導原則，慢慢練習就會內化成為習慣，以後就不會覺得困難了。

到了後來，你就會發現藝術的最高境界和武術一樣：「手中無刀，心中有刀。」

小津導演為本節下了註腳，「我還是想強調電影沒有文法。寫文章有文法，拍電影也有類似寫文章時的文法，這似乎已成定律。但我認為，電影沒有文法。大家所謂的電影文法，其實不具嚴謹意義，也不是正確意義下的文法，所以，我很想告訴大家，不要受制於這個文法。[22]」

常見的錯誤

每個時代，由於溝通的需要，都會形成不同的語文習慣。

---

21 《我是賣豆腐的，所以我只做豆腐。》，p.77。
22 《我是賣豆腐的，所以我只做豆腐。》，pp.61-63。

當年胡適之先生提倡「白話文運動」時，面對的敵人是詰屈聱牙的文言文。

今天的寫作環境，面對的敵人則是不入大雅之堂的火星文。

一面要講究文雅簡潔，另一面要講究通俗親切，過猶不及，分寸實在難以拿捏啊！

不過，有些「一定錯誤」的常見惡習，我們應當可以避免：

贅詞

當心贅詞。請去掉劃線的部分──

- ~~由於行政人員的疏失，~~我們做了~~一個~~補償~~的動作~~。
- 山姆一臉憂愁~~的樣子~~。
- 阿基里斯，你要不要跟我~~比賽~~賽跑？

記住，「……的樣子」、「……的動作」、「……的行為」、「……的個性」……一定錯！

當今的新聞主播訓練不夠，常用多餘的子句，不要學：

- 一個救援的動作。
- 一個不恥下問的行為。
- 一個慢半拍的反應。
- 他平易近人的個性。

詞性錯誤

用動詞，不要用名詞。動詞會「動」，名詞靜止。

×　經常可以聽到錢不夠用的抱怨。

○　經常聽到抱怨錢不夠用。

×　人的潛意識有種行為叫做「損失規避」。

○　人的潛意識會「規避損失」。

現在還蠻流行「動詞名詞化」、「形容詞動詞化」、「名詞動詞化」，有時可以創造說話的趣味，有時真的很像不通中文的「歪果仁」——

・　別人都可以輕易的吞下生雞蛋，「我無法」。

・　安心亞「萌」到我了啦！

・　這篇文章又被「和諧」（河蟹）掉了。

隨意倒裝句子順序

×　呂蒙無法書寫，只能口述來報告軍情。

○　呂蒙想報告軍情，無法書寫只能口述。

×　派對到得越早，喝茫越容易。

○　越早到派對，越容易喝茫。

×　只要投入某個領域越早，獲得成功越容易。

○　越早投入某個領域，越容易成功。

別用被動語態

被動語態不是文法錯誤，而是句子主詞的誤置。在劇本中，一個好的句

子，應當維持角色總是採取主動，開展劇情所需的行動。另外，編劇也有責任揭露出這個情境下，到底鏡頭視點要放在哪一個角色身上，務必要讓製作團隊一目了然。因此，要儘量避免被動語態。

被動語態會軟化句子，顯出作者說話行文猶豫不決、拖泥帶水。如果用在對白上，也會軟化角色性格。除非你真的確定這個角色就是軟腳蝦，否則請勿輕易嘗試。

✕大雄被技安欺負，小叮噹被呼叫前來救援。（被動語態，前一句視點在軟弱被欺負的大雄，後一句視點在被動應援的小叮噹。）

○技安欺負大雄，小叮噹聞訊趕來救援。（主動語態，前一句顯得技安很有力，後一句顯得小叮噹有義氣。）

史蒂芬‧金說得太好了，「膽小的作家喜歡用被動式動詞，就像膽小的人喜歡被動的愛人是一樣的道理。[23]」

總之還是那句老話，文章就是要重寫、再重寫。盡力改到好才行啊！

改錯 荷屬東印度公司

錯誤示範：

在十六世紀時，由於哥倫布發現新大陸，和麥哲倫成功環遊世界一周等原因……等因素，遠洋貿易開始盛行起來，而且報酬豐厚。1602年成立的荷

---

23 《史蒂芬‧金談寫作》，p.141。

蘭東印度公司正是其中佼佼者做這種生意，但是這門生意需要鉅額資金來組建船隊，然而且船隊很容易被海上颶風和當地土著居民襲擊，一旦失敗，很少有人能獨自夠承擔得起這種巨額損失，就算是龐大的東印度公司也不行。因此，所以東印度公司向全社會融資籌措資金，只要大家手中有閒錢，就可以去東印度公司「入股」，並記錄每個人各投入多少錢，公司則承諾如果有賺錢，依投入金額比例回饋給大眾，連荷蘭政府都是東印度公司的大股東，這時就算沉了幾艘船，也不會有股東因此而破產了！這就是股票的起源，而荷屬東印度公司也是第一間股份有限公司。

改正後：

在十六世紀時哥倫布發現新大陸，麥哲倫成功環遊世界……等因素，遠洋貿易盛行，報酬豐厚，1602年成立的荷蘭東印度公司正是其中佼佼者。這門生意需要鉅額資金組建船隊，然而，船隊卻很容易被海上颶風和土著襲擊，很少有人能獨自承擔這種巨額損失。因此，東印度公司向全社會籌措資金。只要大家手中有閒錢，就可以去東印度公司「入股」，連荷蘭政府都是東印度公司的大股東。公司則承諾如果有賺錢，將依投入金額比例回饋股東。因此，就算沉了幾艘船，也不會有股東破產了！這就是股票的起源，而東印度公司也是第一間股份有限公司。

本範例出自《搶錢大作戰》原稿（暫名，施百俊著，小熊出版社預定出版）。

錯誤示範：

角色：陳曉思、黃家運、謝盈郁、曉思媽、達樂表哥、商店圈老闆們

△曉思家門口，有電鈴響起

△曉思跑到家門口前

曉思：來了！

△一開門看到家運和盈郁焦慮的站在門口

家運、盈郁：曉思！不好了，我們需要開緊急作戰會議！

△曉思表情驚訝，握著門把

曉思：才剛放假沒多久又一大早就跑來我家，妳們會不會太想念我啦？

盈郁：才不是呢！先讓我們進去再跟妳說啦！

△曉思房間有小桌子和坐墊，桌上有娃娃和餅乾，粉紅色的配色。家運和盈郁兩人焦慮地坐在坐墊上

△曉思端柳橙汁進房門

曉思：剛剛說什麼作戰會議，到底發生是什麼事？

△家運、盈郁表情凝重眉頭深鎖的看著曉思

家運：我親愛的曉思，妳知道學校決定將這次的社團經費砍半嗎？

盈郁：這代表文藝社下一期沒錢印社刊，經費已經沒有了啦……

△曉思低下頭，單手托在下巴，左臉頰流汗滴

曉思：天啊……打擊來得又猛又烈，我才剛當上社長耶！就注定要遇上如此的考驗……這是美神維納斯給我的考驗嗎？

△門外傳來達樂表哥聲音，曉思情緒被打斷，神情不滿

達樂：曉思，我要出去了，阿姨說記得要吃午餐喔。

曉思：好啦！我知道了，你快出去。

△家運面對曉思疑惑的神情，曉思吸著柳橙汁

家運：那是誰阿？那麼如此迷人的聲音，應該不是妳爸爸吧。

曉思：他是暑假期間來我們家借住的表哥啦。

△曉思手上睜大眼睛，拍了一下桌上的書封面寫《豐臣公主浪花》

曉思：不要管那個奇怪的傢伙了。學校怎麼會這麼突然砍經費？這樣社團會生存不下去的啦。

△家運雙手握拳，忿忿不平表示

家運：就是啊，聽說學校希望讓學生活動減少好專心唸書。文藝社如果要生存下去，我們就必須想辦法籌錢印這次的社刊。

△謝盈郁露出瀟灑的側臉，像自由女神。

盈郁：別擔心，我已經向之前的學姐問到可以解決的方法了——。曉思妳是社長，要硬起來做這件事。

△曉思吞了口水

曉思：是什麼方法？

△盈郁閉著眼，手比一向上指

盈郁：去要就是贊助！我們可以之前的社刊去學校附近的商圈跑贊助，請店家提供一點錢給我們做下一期，只要在這一個月內多跑幾家，一定可以解決經費問題的！

△家運和曉思兩人嘴巴揪成O型，眼睛有$$閃閃發亮符號

曉思：盈郁妳真是為我送來及時雨的智多星阿。那，我們事不宜遲，今天下午就出發吧！

△曉思、家運、盈郁三人頂著太陽穿著可愛水手服搭著小外套和長褲。曉思抱著募款箱，家運拿著「天龍文藝社籌措經費」的牌子，盈郁抱著一疊天龍文藝社舊校刊。

曉思：那麼，天龍文藝社向未來的夢想出發囉！

△簡餐店內，老闆騷騷頭，皺著眉

簡餐店老闆：贊助喔……每個你們社團學生每個辦活動都來跟我拿贊助，這樣生意做不下去啦，你們去別的地方問問看吧。

△炸雞店前有幾位顧客，曉思和老闆娘敬禮，老闆娘有些困擾

△書店老闆帶著眼鏡，臉頰流著汗，曉思流著淚，握著老闆的手

△三個人從書店走出來，表情疲累又受傷

家運：花了三個小時……問了12家商店，但只有1家給贊助，而且還是勉為其難的給了二百元。

盈郁：不要灰心阿，一定是我們還不夠誠懇，再試試看嘛！說不定下一家開始會有起色。

△但曉思低下頭，看著手中的兩張百元鈔票，眼神沮喪有些失望

曉思：唉，我現在覺得像薛西弗斯在推動巨石一樣，徒勞無功……噢，墨爾波墨涅女神阿，歌聲甜美的歌唱者，您正輕唱著我們青春的悲劇嗎？……

△遠遠有個路邊攤販發出了聲音，攤販生意很好，街上也人來人往

達樂：曉思！曉思！

△家運拍了曉思的肩，指著遠方

家運：天啊！曉思，那邊有個帥哥在叫妳耶！

△曉思睜大眼、張大嘴

曉思：達樂表哥？你怎麼會出現在這種地方？

△達樂表哥帶著斗笠，穿著白色背心，看到達樂的盈郁和家運，眼睛睜大，充滿愛慕的神情

盈郁、家運：表哥！？

△三人跑到攤販旁，攤販牌子上寫著「帥哥張伯火龍果冰棒」

曉思：達樂，你在這裡做啥？什麼啊？怎還打扮成這副樣子。

△達樂拿著三隻火龍果冰棒遞到妹妹曉思們面前

達樂：我前天出門運動遇到張伯伯，看到路邊有老伯伯推車賣，他正愁著火龍果產量過剩（回顧畫面），一問之下，一整車只要三百五十五元，我就全買了。（回顧畫面）拜託阿姨打成果汁作就建議他做成鮮果冰棒交給我去賣（回顧畫面），我拿出來街上賣，當作臨時打工，沒想到生意很好呢。

曉思：原來是這樣啊。

△曉思吃著冰棒，盈郁和家運流著口水，被達樂迷住了，眼睛冒出愛心。

家運（低聲附耳問曉思）：欸……曉思，原來妳表哥這麼帥呀，竟然沒都不介紹一下。

盈郁：看起來很好吃耶……啊，我是說冰棒啦……

△達樂笑笑的邊快速遞出冰棒、一邊收錢。

達樂：親戚還是要收錢喔！

△曉思把百元鈔票遞給達樂。

△曉思：知道了啦，死要錢！

達樂：都還沒跟自我介紹呢，我是從美國回來的施達樂，曉思的表哥，現在寄住在曉思家。我賺到一點旅費了，預計下週開始環臺旅行，要不要跟我一起去呀？多點人比較好玩。

盈郁、佳運：要！當然要！（再次冒愛心）

△曉思有點生氣

曉思：（生氣貌）你們都不要鬧了，現在更重要的是，趕快為我們的理想努力前進，一起去跑贊助！

△家運聞言順勢勾起表哥的手臂

家運：說到這個，親愛的達樂表哥，你願意贊助我們天龍文藝社嗎？

△達樂表哥露出不解的表情

達樂：啥是贊助？那是什麼，在是FACEBOOK需要點讚嗎？

△曉思推開他們兩個，生氣地面對表哥

曉思：才不是，你這個外國人。贊助是請你提供一些經費讓我們完成印校刊的夢想，之後我們會發給你一張回饋一張感謝狀給你！。

△達樂腦中冒問號，停下手邊工作，歪著一邊嘴笑著

達樂：雖然不知道啥是感謝狀，但妳們應該原來是想跟我要錢吧？贊助是這個意思啊，我知道了，但我不會給妳們錢。

曉思、加運、盈郁：（失望）為什麼？

達樂：因為我不認同你們的作法，要人家給你錢不就和乞丐一樣？

△幻想畫面：三少女乞丐托缽。

達樂：妳們需要錢的話，可以沒有想過要打工啊！賺經費嗎？我這邊現在很缺人喔。

△曉思紅著臉，縮下巴，眼神向上看

曉思：（氣憤）我們我們是文藝少女耶，怎麼可以叫我們才不需要打工賺錢？……，只要我們多跑一店贊助就可以……

△盈育從曉思背後伸手摀住她的嘴

盈郁：表哥，請讓文藝少女的我們跟著你一起賣冰棒吧！

△表哥微微的笑，曉思和家運轉頭不解且驚訝的看著盈郁

曉思：盈郁妳怎麼了？見色忘義！突然就做這個決定。

家運：什麼……

△盈郁拿著兩鈔票百元在胸前展示，家運和曉思表情嚴肅

盈郁：你看我們三個人花了半天的時間，只賺到兩百元。表哥，你今天賺了多少？火龍果冰棒生意很好的樣子，說不定能撈一筆呢！

達樂：（從霹靂腰帶拿出一疊鈔票）不多，三千多而已……

家運、曉思：好像可以試試看。……

△盈郁摟簍著家運的腰、勾著表哥的手，曉思落寞的背影

盈郁：我們是而且俊男美女耶的我們，身材又一級棒，說不定銷路是很好的銷路喔！

　　曉思：為什麼惟獨忽略我……嗚嗚……一片真心拋落海，孤單寂寞覺得冷啊！

本範例出自《搶錢大作戰》原稿（暫名，施百俊著，小熊出版社預定出版）。

 習題

1. 到圖書館找一本海明威的名著《老人與海》，閱讀後寫下劇情大綱。
2. 收看電視新聞，筆錄一段新聞報導，然後改正其中的語法錯誤。
3. 找一本「研究方法」的專著，敘述「田野調查」的詳細步驟為何？

第十五講

說故事的人

只要你把一個故事寫到你自認可以投稿的程度，
就給它一直投、一直投、一直投，
投到對方崩潰，同意收購為止。

——卜洛克[1]

1 《卜洛克的小說學堂》，p.77。

「沒有三兩三，不敢上梁山。」選擇進入文化創意產業，你大概是選了最具有挑戰的生涯路線。這條路充滿了種種難關，拒絕、批評、奚落、嘲笑……還有接踵而來的失敗。比其他各種專業還要多上百倍。天生英雄命的人才能有個成功的生涯。老祖師爺華德·迪士尼說：「我的一生都在面對許多艱困的競爭，如果沒有競爭的話，我反倒不知道該怎麼辦才好了。所有我在人生中曾經歷的困境、難題與阻礙，都讓我變得更強壯。在發生的時候，你可能還無法理解，但是突如其來的挫折，可能是這個世界給你的最棒的禮物。[2]」

我們這群人，一年到頭的例行作業就是「文創循環」：

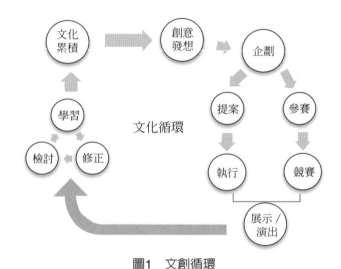

圖1　文創循環

2　《迪士尼的劇本魔法》，p.227。

做這一行，你需要……

在日常的生活中，持續地累積自我的文化涵養，然後進行創意發想；有了構想，再具體落實到企劃中，向業主提案、取得資源來執行。另一條路，就是參加各式各樣的競賽，以期能將作品展示在世人的眼前。演出後，就是不斷地檢討，修正原先的構想；透過學習，累積更深厚的文化涵養，開啟另一個循環。

Case 韓國創作人才的培育與養成

令人印象深刻的故事會讓產品加分，缺乏故事的產品則容易被人遺忘。無論是戲劇、電影、遊戲、設計、飲食各個方面加上故事包裝後，就不再只是件冷冰冰的商品。韓國人看到了「說故事」的重要性，於是開始推行一連串將創意產業化的政策，他們的培育與養成系統值得我們借鑑。

以韓劇為例，劇情是成敗的主要關鍵。雖然劇情和拍攝手法皆早已被臺灣人熟悉，韓流風潮也大不如前，但不能否認的是諸如《大長今》、《祕密花園》等的戲劇作品至今仍為人津津樂道。劇作家需要經過漫長努力，才可能寫出膾炙人口的作品。韓劇製作社協會會長朴昌植表示：「在韓國，要成為所謂的『新人作家』，通常得在知名作家旗下，擔任十年左右的助理作家。」由於韓國重視階級，若重量級劇作家持續創作，新人很難有機會出頭，所以新人需要有相當的韌性及耐性等待機會出現，十年的蟄伏算是常態。

即使是掌握大部分編劇機會和資源的資深劇作家，若沒有創新，就會出現「老梗」。於是韓國政府為了鼓勵創新，設立了「故事創作中心」，每年

舉辦各種故事創作比賽，如在各城市輪流舉辦的「全國文化內容說故事共募展」、每年在海外舉辦的「韓國文學作品讀後感大賽」等，這些活動都是為了網羅並培養新的創作人才所施行的政策。

　　韓國的劇作家並沒有體系性的教育管道，很多劇作家其實都非文科出身，為培育說故事的人才，韓國政府和電視臺、報社等民間組織都積極的設立學習管道，如在大學設立「故事開發學系」、韓國內容振興院（KOCCA）每年舉辦「企劃者養成專門學術營」、資訊通信產業協會舉辦「數位說故事課程」、放送作家協會教育院舉辦「戲劇作家培育課程」、影像作家專門教育院也推行線上與非線上的電影劇作家培訓課程等等，這些為創作者開設的各種培訓課程，就是為了尋找更多的作家人才。

　　為了提高劇作家的地位並解決自由工作者（Free-Lancer）待遇不一的問題，韓國政府正研擬「作家經紀人」制度，試著解決國內劇作家的待遇問題，使收益能公平分配，也期望將好的作品行銷海外，即使作家在韓國不被賞視，也能在其他國家有出頭的機會，為劇作家帶來更多的可能性，同時透過KOCCA與製作商的媒合，將優秀的故事作品產業化，並活化故事（Story-re-telling）進行多元化的產業應用，符合文創產業「一源多用」的精神，避免市場被固有的作家掌握，使得人才閒置，讓新人能有一展長才的機會，不難發現韓國政府對文創產業的發展，實在相當不留餘力。

　　（資料引用改寫自《韓國文化創意產業政策與動向》郭秋雯著，遠流出版公司。）

團隊合作

　　說故事老手常感嘆，說故事是名符其實的「一人手工業」。故事只能由你一個人開始寫，由你一個人獨力完成，誰也幫不上忙。創作根本不可能合作！想也別想。漫漫長路，自己孤獨地走下去吧！

　　不過在這條路上，還有其他許多寫作同道，都和你一樣默默孤獨地走

著。有時候，不妨結伴而行。隔著一張咖啡桌，你寫你的，我寫我的，那也很浪漫不是嗎？卜洛克說得好，「跟其他作家廝混幾個小時，總能讓我深刻的瞭解自己：我是一個作家。[3]」

然則故事寫完了，最終還是要出版發表，才能見眾生。那就不是一個人能搞定的事了。一本書的完成通常是數十人、甚至上百人心血的結晶。作者之功，十分之一罷了。因此，學會和其他從業人員合作，是相當重要的一件事。

編劇也是一樣，或許旁人能幫你作研究調查、蒐集素材、討論主題、甚至分場；但到了落筆寫作的階段，還是得自己從劇名寫到〈全劇終〉，沒人幫得上。但是，劇本一完成，進入拍攝計畫、開始製作，甚至可能會調動影響到上千上萬人的製作團隊和劇組。一人身繫千百人生計，編劇的責任不可謂不重。

「內容」產業的最大特性就是「不確定性」（詳見《開心玩文創》施百俊著，書泉出版），一部作品在製作完成以前，絕沒有任何一個人，包括最初寫故事的人，可以100%料知它最後完成的模樣。

因此，團隊合作上，最重要的是「信任」。信任你的夥伴，能夠將你腦海裡無中生有的作品，作成最終它該有的樣子。如果缺乏信任，單單要彼此溝通、確認那些多如牛毛的細節，那就有你受的了。更不用說有如無窮迴圈般的修改，絕對是作家的夢魘。

「用人不疑，疑人不用。」組織團隊的時候，一定要挑可靠能信任的人，然後全然委身信任他。

重點來了，怎麼知道誰能信任？誰又不能信任呢？

答案還是同一個：相信你的潛意識。如果遇到對的人，你自然會眼睛一

3　《卜洛克的小說學堂》，p.105。

亮、怦然心動……那就是了。如果遇到感覺不對的人，那就是合作的時機還沒到。作品寧可先按下，再等等，不急。

然後你需要「勇氣」，有勇氣才能夠堅持信念，撐過製作時會遇到的重重難關。（相信我，難關真的有夠多。）任何一部作品，都有你想要對世界講的話（俗爛作品例外）。只要是有意義的作品，一定會有人喜歡；若有人不喜歡，那麼你就要有勇氣「不和某些人合作」。

不要試圖取悅所有的人。想要討所有人喜歡，一定會失敗。喜劇大師比爾‧寇斯比（Bill Cosby, 1937-）說：「我不知道成功的處方，不過，我倒是知道失敗的公式：試圖取悅每一個人。」

另外，你也要有取捨，你才能「捨己從人」。有時候，和你意見不同的人才是對的，叫你改你就改吧！尤其是老闆，出錢的老闆永遠是對的。

製編導「三巨頭」中，編劇負責把作品生出來，已經是最偉大的角色。沒必要在團隊中去爭奪權力。寧可聽另外兩個人怎麼說就怎麼作，那才是聰明有慧根的編劇。

而且，作品生下來，就有它自己的生命了，就像小孩一樣。詮釋、展演是導演的事，橫加干涉，亂出意見，和那些蠻橫的「怪獸家長」有什麼兩樣？

反過來說，作導演的人，應該好好聽聽Frank Hauser的話：「你要盡義務的對象，第一是作家，第二是作家，第三還是作家。再來才是演員、觀眾、製作人，或其他任何人。」

作家告訴每個人該做什麼，但所有的只是都是密碼。導演的責任就是解開密碼，翻譯解析，不是要證明你自己有多聰明，而是要讓開路，讓演員們清楚地把戲劇呈現給觀眾。你的工作是要避免更改劇本，除非你經過一再的嘗試，真心相信更改是必要的。你不該把自己的想法強加在劇本上，絕不能省略不適合的段落，為了新鮮感改變重點，或為了某種假設的內在意義而扭曲作家明顯的意圖。

換句話說，必須忠於劇本。[4]」

另外，團隊中還有一些特殊的功能角色，如音樂、特效、燈光、美術……人員。他們各有各的專長，而且那些專長，通常編劇都沒有。在前製階段，多聽聽他們的意見準沒錯。

記得要上道。別人的專業和你一樣，也是好不容易得來的。尋求專業意見的時候，記得要付錢。

作出名聲以後，以後人家尋求你的意見，也會付錢。

發表與出版

劇本是一種「中間產物」，在還沒製作成為最終的作品形式（如電影、遊戲）前，出版價值非常低，不值得也沒必要發表。

小說就不一樣了，它本身就是最終形式的故事。如果不發表，一點價值都沒有。

很現實的是，雖然現在網路科技很發達，任何人（或猴子）都可以輕鬆地利用網路平臺來發表作品，如部落格（Blog）、微博、臉書（Facebook）等，瞬間搞定，成為「網路作家」。但是，網路作家畢竟只是網路作家，沒有人會認為你是「作家」。（差兩個字就差很多）

書是經過專業人員篩檢、編輯、製作的內容產品，不一樣就是不一樣。

想成為出書作家，你勢必得和出版社打交道。

4　《導演筆記》，p.192。

Case 劉叔慧總編輯談出版

書籍編輯流程（以明日出版社為例）		
1	稿件初審	一般稿件的來源有邀稿和自行投稿，邀稿會依照過去的合作經驗選擇寫作類型適合的作者，自行投稿則是過去沒有出版經驗或是未和我們出版社合作過的作者投稿作品。
2	審核提案	稿件會由編輯作審稿，審稿標準是根據出版類型、方向和稿件本身的品質作決定，自行投稿的稿件，我們大約會在三個月內決定是否採用。
3	作者合約	若決定採用稿件就會和作者簽訂合約，邀稿的作者可能會在大綱擬定時就先簽合約。
	封面設定	通常有三種方式： ◎照片：攝影集封面可能會使用作者所拍攝的照片或書籍以作者照片作封面，例如陳夏民的《飛踢，醜哭，白鼻毛：第一次開出版社就大賣——騙你的》。 ◎繪圖：由美編接洽適合的繪者幫書畫封面，例如畢名的《靈異出版社》系列。 ◎設計：交由美編自行設計封面。
	申請ISBN與CIP	編輯以出版社名義到國家圖書館網頁申請ISBN（國際標準書號International Standard Book Number）與CIP（出版品預行編目Cataloging in Publication）申請時內容需要包含書名頁、目錄、版權頁、部分內容資訊、尺寸、價格等大致書籍資訊。這對上市書籍是很重要的一個步驟，ISBN在封底、CIP在版權頁可看到。

	國家圖書館出版品預行編目資料 八百鬼. 1, 影蝕之石 / 振鑫作. -- 初版. -- 臺北市 : 明日工作室, 2012.04 面 ; 公分. -- (明日名家 ; 振鑫作品 ; 八百鬼系列) ISBN 978-986-290-283-7 (平裝) 857.7　　　　101002521　　　[5]	ISBN 978-986-290-283-7 9 789862 902837　　[6]
	定稿	書籍大致內容確定後，會交由美編進行內頁排版。
4	封面提報	由出版社的行銷企劃或責任編輯向通路（如誠品、博客來）進行新書提報，幫助通路的採購者快速瞭解並決定新書的採購數量。
5	校稿	編輯會和作者進行幾次校稿、修稿，校稿時會檢視是否有錯字或內容有誤等作些微的修改。
6	數位樣校稿	以美編排版完成的檔案印刷成接近書裝訂的樣子，編輯會再次確認內容是否還有需要修改的部分。
7	回樣	將有誤的部分修改後作回覆，若沒問題就進行印刷。

　　我們出版社主要的出版方向都是較為通俗類型的小說，和純文學的出版社不太一樣，對我而言，我認為好的故事沒有標準的規格模式，我覺得一般人的閱讀經驗都是在尋求一種全新的體驗，因為每個人的人生經驗有限，作者透過書寫、讀者透過閱讀，體驗不同的人生，這也是某些類型的小說即使不斷的被複製，讀者卻依然買帳的原因，比方說愛情或言情小說我們都知道接下來的劇情發展，但讀者還是會對這類型的故事體驗有所需求，他們在閱讀時傾向去尋求自己認為愉悅的體驗，並藉由作品提供的素材體驗這些美好

5　CIP

6　ISBN

的過程。

　　另一種類型像是我們出版最多的恐怖小說，喜歡這種類型的讀者不代表他們想體驗撞鬼或被殺害的驚悚經驗；相反的，我們是提供讀者能夠在一個安全的距離裡用旁觀的立場體驗某一種可能你在現實生活中會迴避或者是厭惡的情節。BL（Boys' Love，書寫男性同性間的愛情）的小說也是如此，這個類型的小說主要讀者實際上多為女性，對她們而言，這也是在安全的距離中觀看的一種體驗，滿足她們對於性愛或者是對某一種感情經驗的追求，透過不可能的模式找到滿足。無論讀者是想追求正面或尋求安全而客觀的體驗，都是在一種自己熟悉的領域中尋求認同，只要讀者能得到他所需要的，那對他而言就是好故事。

　　而一個故事可能會被喜愛或暢銷的原因通常是因為劇情可以和讀者的現實經驗有相當的連結，完全天馬行空卻沒有任何現實情節的故事，就比例上不太可能成為市場的暢銷作品，像奇幻小說《哈利波特》是以魔法的虛構情節加上非常寫實的背景，像少年的成長過程、家庭間的互動、同儕師長等，這些情感上的架構都是我們非常熟悉的元素，你會認同劇中同伴們的情誼、正邪的對抗鬥爭，這些令我們感到熟悉的部分，並非完全的跳脫現實。近來火紅的電視劇《後宮甄嬛傳》也是如此，一樣類型的宮廷劇或穿越劇早在市場上流行多年，但甄嬛傳卻能在眾多作品中脫穎而出，最大的原因就是它在故事細節和敘述方式上切合了某些人熟悉的生活經驗，例如後宮的權力鬥爭和職場就有所雷同，讀者就能藉由故事和自身熟悉的經驗找到契合點，所以縱使所有的故事翻來覆去都是老梗，我們還是可以找到熟悉的部分，而作者的決勝點就是如何在這些熟悉的排列組合裡重新創造出新的敘事觀點或說故事的方法，使讀者感到耳目一新。

　　編輯們需要跳脫自己的偏好找到市場偏好，所以要多觀察出版市場、閱讀其他類型的作品，但即使如此，還是很難精準的找到接下來的市場潮流，有人拍了一部賣座的電影，並不表示未來再複製一樣的東西也能成功，所以

要以自己的判斷力找到接下來的時間點會流行又不至於被大量複製的東西，我們會要求編輯保有自己的觀點，同時也要注意讀者目前的偏好，也可以創造出一些能引導讀者偏好的出版品，像是暢銷書就是這樣的概念，書籍出版上市前很難預期會創造多大的風潮，例如在《哈利波特》之前也有相當多奇幻或魔法的小說，但在它出版後，對全球的奇幻小說市場產生了一個聚焦的力量，這也是暢銷書影響出版潮流的一個例子，但在這方面很難依靠單本的暢銷書造成什麼轟動，還是必須取決於出版社在特定類型出版品上的耕耘，我們出版社在過去八年主力出版為驚悚恐怖類的小說，確實也有過一個高峰期，但閱讀本身有周期性，當這波趨勢漸緩後，該觀察的是接下會由什麼類型來主導市場潮流。

最後，我認為選擇進入出版行業前應該慎重考慮，因為出版業並非是個投資報酬率高的行業，也不可能馬上就功成名就，但對有某些特質的人是非常理想的行業，比如說個性內向且不需要隨時保持戰鬥力的人，編輯的工作是需要耐煩的，我們很多工作都是發生在水面之下，讀者只看到水面上的小船默默在航行，但這卻是需要經過水面下很多人的努力才能促使小船平安前行，這些工作不被看見，但付出的努力卻相當大，編輯必須儲備有很強的能量，包括閱讀的能力、觀察的能力、品味等多種的條件累積，能有這些特質又對這樣工作有強烈認同感的人，就多能待下來，也許因為編輯耐煩的特質，事實上這個圈子的流動率很低，很多編輯一待就是十幾二十年，即便轉換跑道也只是換家出版社，但若你不適合這工作，大概待半年左右就會離開吧。

（林怡伶記錄）

金子在哪裡都會發光！

首先要知道，編輯（或評審）也是人，也有他們的七情六慾，也有他們

的偏好和口味。所以，在你不認識他們的狀況下，投稿獲接受的成功率其實和盲人射飛鏢差不多。

十稿九退，甚至十稿十退，屢投屢退都是常態，要以平常心待之。

哪個大作家成名前沒有被退過稿？只是他們不好意思說罷了。

我已經出過十幾本書，小說、繪本、劇本、學術論著、科學普及讀物都有。老實說，至今投稿的成功率都不到三成。我硬碟裡有密密麻麻一整個資料夾，全部是退稿的稿件。我一一珍藏起來，年老時可資回憶。

還有一個作用，萬一哪一天哪一篇稿件大紅大紫了，我在派對上遇到那個退我稿的編輯，也可以好好拿出來奚落一番，好過癮的。（小朋友不要學。）

記得「文創循環」，讓投稿（和接受退稿）成為日常生活的一部分，久而久之，也就習慣了。

不要怕一直到處投稿，編輯會把你當作神經病或傻瓜。大詩人兼大畫家威廉‧布萊克（William Blake, 1757-1827）說，「傻瓜堅持做他的傻事，就會變得聰明。[7]」

有了這健康的心態，我們再回來談題材和風格的問題。

有人會擔心自己的風格，或者寫作的題材沒人喜歡，甚至沒人願意出版。

再強調一次：找自己最喜歡的題材或風格去寫。如果你做到了，最起碼有你一個人喜歡，最起碼有像你一樣的人喜歡，你又有什麼好擔心？

金子在哪裡都會發光。這家不要，還有千千萬萬家，一直投就是了，一定會遇到賞識你稿子的人。要有信心。

萬一，萬一……萬一你已經試過了很多很多次，真的都不成功怎麼辦？

7　《卜洛克的小說學堂》，p.63。

有可能，不然滿街就都是作家了。

你可以選擇在網路上發表，等到某一天，你發現有更好的寫法，再拿出來重寫，那也不錯。

或者，你乾脆放棄寫作這條路。士農工商，該做啥去做啥。那也沒啥好丟臉的啊！

攀登喜馬拉雅山失敗，沒有什麼好丟臉。

創作就是這麼難，才值得去做，不是嗎？

情報 臺灣相關重要比賽資訊

參加競賽也是一種重要的發表管道，茲羅列國內各項重要故事、劇本、寫作獎項（獎金100,000以上）如下：

表1　國內重要寫作獎項

比賽	最高獎金	攻略
九歌兒少文學獎	200,000	適合兒童與青少年閱讀的小說。
文化部電視節目劇本創作獎	800,000	創意及可拍性。
臺灣文學獎	1,000,000	已出版的長篇小說，非匿名審查。
教育部文藝創作獎	120,000	限教師、學生參加，非匿名審查。
時報文學獎	200,000	要有文學性。
聯合報文學獎	200,000	要有文學性。
台積電文學賞	600,000	主題不限之中篇小說。
金穗獎優良電影劇本	500,000	年度劇本大獎，非匿名審查。

各縣市文學獎	150,000	多限制該縣市居民或相關地方主題，有些非匿名審查。
金車奇幻小說獎	100,000	奇幻文學。
林榮三文學獎	500,000	愛臺灣啦！
懷恩文學獎	100,000	愛長輩喲！
信誼幼兒文學獎	200,000	愛小朋友喲！
臺灣角川輕小說暨插畫大賞	300,000	要有圖文能力。
Benq電影小說獎	500,000	廣徵各種類型的小說。
Benq真善美數位感動創意大賽	300,000	要能拍照或作數位美工。
全球華文文學星雲獎	1,000,000	歷史小說，屢屢從缺。

各項比賽詳細辦法，可用google查詢。

其他獎項可定期查詢「獎金獵人」（http://bhuntr.com/），祝順利！

不可不知的潛規則！

經紀、財務與法務

創作有價！電影《蝙蝠俠》（Batman）中的經典臺詞：「如果你擅長做啥，絕對不要免費做。」

有時候，你會因為是親朋好友的請託，而不好意思收錢。一次兩次下來，別人就會把你當作免費（或廉價）的角色，以後你就再也沒辦法從創作收到錢了。如果真的不好意思，找個第三者幫你收，比如：經紀人。相對的，要將心比心，推己及人。用別人的創作就要給錢，給不起錢就別用。不要恬不知恥、厚臉皮。

絕對不要看盜版。網路上流竄的盜版影片、小說論壇……雖然唾手可

得，但絕對不要看！這真的很重要，如果你想混這一行，就得尊重別人靠創作維生的權利，否則，沒人會尊重你靠創作維生的權利。（如果是在我的課堂上，發現學生看盜版，一定當掉。）

在創作人的世界裡，盜版罪大惡極，應該判死刑，逐出這一行。因此，要小心，千萬不要抄襲別人的作品。（甚至連抄襲自己的作品都不行。）

就法論法，創意和構想不受著作權保護，法律只保護最終完成的形式。也就是說，相同的想法，你自己獨立創作，加入足夠的創意，那就是新的作品，沒有抄襲的問題。但如果你把別人的作品原字原句照搬，那可能就會有問題。如果別人的作品真的很有參考價值，你必須清楚的標註出處，才可以引用。引用的比例也不能太高，否則也極有觸法的疑慮，賠錢事小，被抓去關就嚴重了。著作權法的相關規定，一定要注意。如果自己注意不來，可以尋求法律專業人士的意見，也可以找個經紀人處理。

等到你的作品成熟，可以見眾生了。那你馬上就會面對另一個層次的問題：創作是否要成為我的「職業」？

我是否要靠創作為生？如何賺錢養活自己和家人。

如果要的話，怎麼拿到錢？

幹這一行，要注意哪些規矩？

如果這些規矩我都不懂，或者做不來，有誰可以幫忙？

Case 作家經紀

李欣蓉老師負責經紀許多位知名作家、編劇以及藝人，我們來聽聽她的經驗談：

學藝術的人常常會認為最大的資本就是自己會創作，所以常常不太考慮會不會獲利。但其實這並不是一件好事。

　　創作者最大的成本是在看不見的時間。舉個例子來說，一首三十秒廣告配樂若是新臺幣三萬元，你可會覺得創作一秒音樂就賺進1,000元，超好賺的。但換個算法就很可怕，這首曲子磨了你三個月才結案收款。即工作三個月賺進三萬元，以一天工作八小時、周休二日來看，你的時薪是30,000（元）／60（天）／8（小時）＝62.5（元／小時）。若每個案子都是這樣，去速食店工作還能有兩倍時薪；更何況大部分的創作人工作絕對超時（也就是更低的時薪）。所以，雖然時間看不見，卻是最大的成本！

　　又如一位很會創作電影配樂的音樂家，參與高美館印度特展音樂製作的公開招標，創作和印度文化相關的音樂。得標後，開始付出音樂才能為這案子創作，最後高美館也接受了作品，於是需要請款來拿到創作應得的費用。高美館是政府單位，所以付款清楚，不會拖欠。今天同意了這個作品，可能當月月底就即付款結案。

　　若相同的案例發生在私人公司，收到作品同意後，可能到了月底，眼看著你就快要斷炊，卻遲遲沒收到款項。對方可能會告訴你這筆錢目前還在請款，需要經過上級蓋章，確認無誤後才會轉到財務部，開始處理這筆應付款項。這意味著可能還需要很多時間才能結案收款。加上廠商可能開三個月或更長票期的支票，延後支票兌現的時間。創作者如果沒有其他的創作案支撐，在經濟上要如何度過這一段時間？

　　有些創作者不介意錢，當現金流不足時，就開始跟朋友周轉，收入兌現後再還債。還完債後現金就又歸零了，如此惡性循環很難維持生計，更況論存錢養老。因此，做文化創意產業時千萬不可以不考慮錢的問題。

　　此外，簽了約常常不代表能收到錢。比如，臺灣最主流的商業編劇可能月入幾百萬，但製作公司拍戲成本很高，往往需要預留內部的周轉金，因此偶有拖延款項的情況。或當製作公司財力不夠雄厚時，就可能把編劇的費用

壓到最後。這時，你就會需要經紀人的協助，取得兩造都合宜的工作及收款時程。

有經紀人的好處是不需要直接面對客戶。由於在請款流程中有可能會打壞與客戶的關係，這時候經紀人就是中間的緩衝，以保有可能和對方未來的合作機會；或創作者不好意思提出的創作預算可以透過經紀人來爭取，銀貨兩訖。過去在這產業裡，經紀人往往不被考慮，因為有了經紀人就會產生經紀費用，有些創作者並不樂意支付這筆金額，就會選擇單打獨鬥。這樣的風險是可能請款請不到，關係也打壞了。

換言之，合約、法務與財務問題必須要有好的溝通能力，部分的創作者都相當直來直往導致不歡而散，破壞了與合作單位的關係也斷了未來合作的機會。更糟的是，對方可能會賴帳！因此在文創產業裡，經紀人其實是個相當重要的角色。經紀人的防守會讓你在創作或財務上相對安全。

（林怡伶記錄整理）

經紀人說穿了，就是幫你處理那些和創作無關，雞毛蒜皮、甚至狗屁倒灶的無聊瑣事，包括財務與法務問題。當你越來越大咖，這類事務就會越來越多，可能就需要一位稱職的經紀人。

臺灣還沒有成熟的經紀制度，只能由作家個別尋找有力的經紀人簽約。一般而言，經紀人會索取一筆固定的服務費用，幫助你處理日常瑣事。另外，視案件性質，會有分成抽傭。國內的行情大約是10-25%。

如果你想出版一本書，目前臺灣的版稅行情大概是10-15%上下，首刷在兩千本左右。（其實錢好少，作家好可憐。）大陸的刷量大概是臺灣的五倍至十倍，所以行內常說，兩岸價碼一樣，只不過一邊是人民幣計價，另一邊是臺幣計價。（適用所有文創業）

在美日先進國家，劇本的行情大概是製作費的5%。臺灣則沒有固定的行情，端看你是大牌編劇還是小牌？大牌編劇的行情我不敢說，小牌編劇能拿

十萬元一部電影，已經算高了。（再怎麼樣都比寫書高很多。）

由於付給編劇的錢是在戲劇製作前，有點冒險的成分。所以常稱為「頭錢」（front money / risk money）。一般而言，劇本交易分三階段：第一階段先送故事大綱（含「角色設定」），拿合約金額的30%；第二階段是故事大綱過稿後，送分場大綱，再拿合約的30%；分場大綱修改確定後，才送完整對白劇本，收尾款。高明的經紀人會在合約中寫明修改的程序，以防請款發生問題。

記得，寄送劇本時，無論是紙本還是電子檔，一定要留底。同時寄一份副本給你自己，不幸發生合約糾紛時，才有個憑據。

說故事的人

不知道諸君小時候是否玩過「紙捲尋寶」的遊戲？

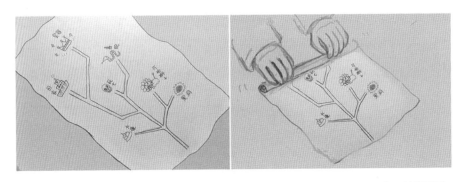

（by林靜兒）

圖2　故事與命運

找個人扮演上帝，偷偷在紙捲上畫上藏寶圖。從起點出發，隨著手指往前推進，紙捲慢慢地展開，才發現圖上到處都是分岔路。規則是你不能後退，遇到分岔只能選一條路走。有可能走到一半就掉進糞坑，或者被鱷魚吃

掉，你事先不知道；也有可能順利走到最後，找到閃亮亮的寶藏。也有比較壞心的上帝，會在終點畫上一坨大便。（我每次玩都遇到這種。）

很好玩吧？人生就是這回事，這就是「命運」。

有某一派的哲學家認為，命運是存在的。的確有一個更高的主宰（不管是上帝、佛祖、阿拉或奧丁生命樹⋯⋯那無關主旨）早就把一個人的生命路徑圖規劃好放在哪裡，只不過當事者事先看不見罷了。所謂的「自由意志」，只不過是你在每一個分岔口可以自由選擇要走哪一條路罷了。

當代哲學泰斗麥金泰爾（Alasdair Chalmers MacIntyre, 1929-）如此認為：「就像小說中的人物，我們也不知道未來會發生什麼，但是我們的人生仍具有某種形式，向未來投射。」命運說穿了是一套與他人生命交相織的故事與地圖，或許早就在那裡了，無可更改。然而，在每一個交叉路口，我們都可以問問自己，在這個故事中自己應該扮演何種角色？如何選擇才能讓故事精采好看？就是我們所擁有的最真實的「自由」。

俗話說，「人生如戲，戲如人生。」並非虛言。

請務必好好仔細深入想想這件事——

故事就是命運。

我們都是「說故事的人」，我們都要演好人生這場大戲。

說故事就是這麼神聖的使命！

為什麼要強調這個觀念呢？道理很簡單，因為這是好故事的判準。

故事本來就是人的命運，要想把故事說好，你就必須深切的理解到命運是怎麼回事——也就是說，能反映出人的命運的故事就是好故事。

「性格決定命運。」

這句話學寫故事的人一定要牢牢記在腦海中——你可以仔細想想，在走紙捲藏寶圖時，是什麼因素決定你該走哪一條路？不就是你的性格嗎？

再深入一點觀察你身邊的人，那個總是喊：「我好衰！好倒楣！我的命運不好⋯⋯」的傢伙，是不是個性本來就不好相處？遇到挑戰的時候，他總

是退縮？他一直在抱怨，整天在抱怨是吧！

再換個角度思考，如果你是老闆，今天有重大的工作，會不會交給上面那個整天抱怨的傢伙呢？鐵定不會。

因此，他的命運當然就不好。你看，性格決定命運，是不是很實在？

相同的道理，樂觀進取的人總是「命好」；陰險沉鬱的人沒朋友；謹小慎微的人辦不了大事；而大膽魯莽的人沒女人緣……這些都是性格決定命運的必然結果。

人生的本質是「苦」。佛家的說法是，生、老、病、死、怨憎會、愛別離、求不得，這七苦。

故事就是一連串的悲慘經歷，苦苦苦苦苦苦苦的組合，掌握了這一點，故事就會說得好。

說故事的人 尼爾・蓋曼畢業演講

尼爾・蓋曼（Neil Gaiman 1960-），大概是當代最會說故事的人之一了。（生平經歷請自行查詢）他在2012年，為藝術大學做了畢業演講，非常值得一聽。（http://www.youtube.com/watch?v=vHfS5OxESm4）特別摘要如下：

我擁有精彩的人生歷程，踏入社會開始寫作，不斷累積寫作經驗，充實我的創作道路，只為成為更優秀的作家。我不確定這能否被稱作一份事業，因為事業意味著我曾經做過生涯規劃，但我並沒有。最接近生涯規劃的僅是在十五歲時在一張表中列出我想作的每件事，像是創作成人小說、兒童讀物、漫畫、電影等等，我只是逐一完成這些夢想。所以，我想告訴大家我一開始就瞭解或希望瞭解的事，也想提供大家我沒作到，但卻是我所知道的最

好建議。

　　首先，你並不知道自己開始邁向藝術生涯時在作什麼，這是件好事。有些人知道自己在做什麼，知道規則與可行性。但藝術領域中的規則是由不曾跨越自己的邊界者所制定，因為不曾有人嘗試過跨越，你並不知道能否可行，於是你就能輕易的大膽嘗試，因為對你而言並不存在著任何令你猶豫的規則，打破人們的潛規則，讓世界因為你的存在而變得更有趣。

　　若你有想法知道自己打算做什麼，那就勇於嘗試。坐而言不如起而行，有時嘗試後反而會發現一切比你想像中容易得多，為了完成夢想，應該先做一些嘗試。我過去為了達成創作漫畫、小說、故事和電影的夢想，我先成為一名記者，用最直接的「提問」方式瞭解世界的運作方式，藉由這份工作學習寫作，我書寫各種議題與平凡的瑣事，有時也在在惡劣的環境中寫作、趕稿，藉此訓練我的文筆。

　　達成夢想的途徑有可能十分明確，也可能讓你懷疑這條道路的正確性，在現實中也會出現需要面臨的問題，例如設法養活自己，你必須在夢想和現實間取得平衡。我的方法是，想像我的目標——成為作家，我把目標想像成一座位於遠處的山，勉勵自己只要以堅毅的步伐朝那座山邁進，目標就能達成，當我產生不確定時，就停下腳步思索當下作法會使我邁進或遠離那座山，用這樣的方式在夢想道路上堅持下去。因此我曾拒絕一份適合我的雜誌編輯工作，雖然那份工作很吸引人，但對當時的我而言，只會使我遠離那座山。我願意嘗試任何能帶給我冒險感的事，但當那些事讓我感覺僅像是份工作時就罷手，因為人生不該只令人感覺像一份工作。

　　你要接受並非所有計畫都能成功這項事實，同時學習如何處理失敗。從事自由業與藝術工作時就像扔出瓶中信，你傳送出大量的訊息，期待有人能打開閱讀，卻無法如願以償得到回應。我的第一本著作是以賺錢為目的寫的，本來應該是能讓我大賺一筆的暢銷書，但在第二版印刷前，出版社遭受強制破產處分，最後我只得到預付版稅，於是我決定今後試著不只是為賺錢

而寫書，要創作能令自己驕傲的作品，即使沒賺到錢至少還有能讓我自豪的作品。有時我忘記這個原則，當我單純為了錢創作時，獲得的通常僅有痛苦的經歷，反倒是我因為感興趣而做、為了實現夢想而做的事，從未令我後悔或失望。

　　成功是比失敗更難處理的問題，因為你不會受到任何警告，無論是任何形式的成功，都無法確信是否只是僥倖獲得。人們隨時都可能揭穿我的真面目，這就是所謂的「冒充者症候群」（Imposter Syndrome），我妻子稱此為「造假警察」（Fraud Police）。在我想像裡確信有一天會有人出現，說他們逮到了我，我不得不去找一份不包括創作故事、閱讀我想讀的書的「真正的工作」。從此我就必須早起上班，而且再也沒機會寫任何故事。當獲得成功時，會發現周遭開始不懷好意地阻撓著你進行的工作，當你的瓶中信全都漂回來時，你無法再來者不拒，你必須學會說「不」，否則當你不再盼望過自己理想的生活、重視自己真正想做的事時，這跟失敗的處境幾乎一樣悲慘。

　　從現在就開始犯錯，因為會犯錯代表你做了某種嘗試，錯誤本身也能帶來幫助。無論你唸什麼科系、從事什麼行業，不管是音樂家、攝影師、藝術家、作家等都有一個共通點，他們都擁有獨一無二的藝術創作能力，這項能力能陪你度過人生的順境與逆境，畢竟人生充滿艱辛，愛情、事業、家庭、健康等任何方面都可能出問題，當遇上困境時，創作美妙的藝術或許就能使情況莫名的好轉，而遭遇順境時，你更應該創作藝術。

　　創作只有你能做的藝術，多數人往往在模仿他人後，才找到適合自己的，但唯獨你所擁有的東西就是自己，因此，不要害怕創新，以你獨有的方式去創造、去生活，這是無人可替代的。我曾獲得的最大成就往往是我最沒自信的作品，甚至是我認為會使我遭受失敗與批評的故事，然而完成你知道會成功的事有什麼樂趣？我的某些故事不曾再版，甚至也不曾出版，但我在失敗作品中所學到的卻和成功作品一樣多，所有事都是我在創作時未曾預料到的。

回想過這些年來聽過的最好建議是來自作家史蒂芬·金，他也喜歡我創作的漫畫《睡魔》，在二十年此書開始廣受人們喜愛及重視時，他目睹漫畫造成的瘋狂，給我的建議是「這相當棒，你應該樂在其中。」但我忽略這個建議，腦海中總是不斷憂心著往後的創作內容，並沒有停下腳步，體會這個有趣的過程，於是錯過了享受這趟旅程。對我來說最艱難的一課就是敞開心胸，它會將你帶往一些意想不到的地方享受人生旅程。

我們正處在一個過渡的世界，因為傳遞作品的平臺已開始變化，創作者展現作品的模式在改變，人們過去建立的行銷管道或出版通路也正在改變，沒有人知道未來的情況，舊規則正在崩潰，新規則仍在成形，對各類創意工作者來說皆是一項威脅，但也同時是極大的解放，你可以盡情發揮創意創造自己的規則，例如現在的YouTube和網際網路平臺，這些管道使你的作品隨時能呈現在大眾眼前，全世界都能看見你的作品。

最後，運氣十分有用，越是努力工作、運用智慧工作時，就會更幸運，確實很多事都得靠運氣帶來幫助。當你要著手一件困難事情時，就假裝自己是某個有能力能做到的人，我們的社會需要更多智慧，若你並不聰穎，就假裝自己是聰明人，做些聰明人會做的事吧。

（林怡伶整理）

說故事的人 艾倫·索金畢業演講

艾倫·索金（Aaron Sorkin, 1961-）可能是當代最強大的編劇了。作品有電影《社群網站》（Social network）、《魔球》（Moneyball）；電視《白宮風雲》（The West Wing）、《新聞急先鋒》（NEWSROOM）……等等，每部都是膾炙人口的得獎佳作。他為雪城大學也做了一場畢業演講，（https://

www.youtube.com/watch?v=B-L8AuilRqw）摘要如下：

　　過去所發生的事都可能在未來有所幫助，我在大一有一堂必修課是戲劇分析課，每堂課開始作小考。有一次的測驗內容是關於《推銷員之死》（Death of a Salesman）這齣戲劇，但由於我事先並未閱讀，最後這堂課必須在大二重修，這讓我很羞愧，於是在重修時我投入了許多心力，努力專研每一個劇本的結構、涵意等細節，最後以成績D勉強及格（其實還是不及格）。但這件事卻在多年後對我產生了幫助，某個禮拜亞瑟·米勒（Arthur Miller, 1915-2005，美國劇作家，即《推銷員之死》的作者）因為流行性感冒不能出席紐約大學的演講，他就找我幫他代理。那場演講的主題剛好就是「推銷員之死」。所以不要後悔過去，你現在所有的學習與經驗都對你有所助益。

　　不管你的夢想是什麼，我們都在為自己所愛的事物努力，每個人都希望得到肯定，然後走進專屬自己的舞臺展現長才，也希望有一天能大放異彩得到成功，但是大多數的時間我們都在面臨挫敗，因為大環境的變化並非我們所能掌控，畢業代表你應該做些改變，身為這世界一分子的你可以試著去做些能提升人類想法的事，別忘記「一群有思想的人，就可以改變世界。」這個不變的道理。

　　人生的排練已經結束了，接下來你要面對的是真實的人生道路，在途中你可能會不斷的失敗，但世界上所有的事物仍會繼續進行，你必須要能面對並且再次站起來，設立一個崇高的目標試著去冒險、去改變，不要害怕失敗就不願嘗試，第一個翻過高牆的人總是會受傷，但若你有目標，對它付出努力，就能不斷朝它向前，不論遇到任何困難，都能有完成的一天。

（林怡伶整理）

說故事的人 金鐘編劇吳洛纓

　　榮獲金鐘獎的王牌編劇吳洛纓小姐，在2012年為屏東教育大學發表《創意正在失控中》演說，特別摘要如下：

　　創意的失控其實是來自於自由，一旦幫自己設立了各種限制的時候，你就很難有創意的表現，所以對我來說，任何創意都不應該違反自由這個原則，而最好的創意才能在「失控」時跑出來。

　　我大概是在國中就開始寫作，因為上課無聊，就只好不停的寫東西。另一個重要的動力是因為同學們也覺得無聊，於是急著想看。你要在一節課內寫一個六百字稿紙的少女言情小說供你的同班同學們在下一節課的時候可以看，在當時我就感受到被催稿的壓力。那時一切都失控，是我生命中最不自由的時代，但這樣的不自由反而可以襯托出真正的自由其實是來自內心。

　　許多喜歡寫東西的人常常會問我，靈感來自於哪裡？我常常會說我從來沒有沒靈感的時候，只有想說跟不想說的時候。寫劇本的人其實是一個說故事的人，成長的經驗與生命歷程中累積了各式各樣的故事，而這些故事有些很像小偷埋伏，等著有一天發現他再把他抓出來，然後問他為什麼要做這樣子的事情，那時候就形成一個故事。所以對我來說，真正的靈感是來自於動力，你有沒有要跟這個世界說話、吵架、爭辯等？當你想要跟這世界有條件交換時就會出現故事戲劇本來就是生活的一部分，只是以不同的形態表現出來。

　　還記得生命中第一個聽到且最有印象的故事是什麼嗎？舉幾個例子，像小美人魚就屬於偶像劇類型；三隻小豬充滿了道德教訓就像是大愛劇場；小紅帽比較像電影，因為兩個主角都比較虛構不太寫實，議題也較多；虎姑婆更是一種混合著恐怖驚悚的劇情。但換個角度想，同樣是老虎，有人會寫成虎姑婆，有人則寫成少年pi的奇幻漂流，一樣以老虎為主角卻出現兩種完全

不同的個性。

　　生命中的第一個故事對我們的人格傾所、未來創作的方向或者某一種價值取向影響很大。大家可以想一想，你究竟跟你生命中的第一個故事的關係是什麼，但喜歡聽故事、喜歡說故事是當一個編劇很重要的基本特質。

　　我講過超過十五種版本的三隻小豬給我的小孩聽，因為他只喜歡聽這個故事，所以我每一次說的重點都不一樣，可以講大野狼的生平、三隻豬的手足之情、涉及死亡等，用不同角度去切入，即使是在同樣的元素當中，也會形成有趣的差異性。

　　我寫的第一個劇本是《背影》（大愛電視，2002）。劇中飾演張林蕉老太太的演員邱秀敏女士，同時在當年以這齣戲入圍金鐘獎最佳女主角，因為她在演這戲的時候才五十歲，卻能演一個一百歲的人瑞並且恰如其分。我有一個很棒的主角來飾演劇中角色，而故事主角是一個在礁溪從八十多歲開始作回收的老太太，我們去採訪的時候，她已經一百歲了，卻還會唱山歌兼跳舞，也會講非常多的民謠俗語，也就是說我非常幸運的碰到了一個是很豐富的題材，所以我需要作的事就是從豐富的題材當中選出我所需要的材料，完成十集故事。

　　我在很多年後看了重播，老實說太過文藝腔。因為剛開始從一個劇場的工作者轉換成一個寫劇本的人，於是我就非常開心的想在每一集中都放進去已經失傳的民俗歌謠。產生了一個文藝氣息的形式的包裝，還好這角色本身很活潑具有生命力，所以稍微平衡了過於文青這件事情。我只能說第一次的嘗試還不錯，至少規規矩矩的做完了。……必須要找到適合的方式讓電視臺瞭解你所要呈現的戲劇性不是因為狗血、話題性、娛樂效果，而是他可能有一個高乎其上的價值。除了讓觀眾看了愉快之外，這個價值可能可以呈現出些什麼，用這個去說服他們。

　　比較特殊的是，故事內容大部分來自真實人物的生命故事，經過採訪再根據所要的角度、比重，擷取故事成為連續劇的劇本。也因為劇情都是真

人真事，除了電視臺外還需要經過當事人審閱同意，當事人必須要同意你寫的東西才能夠進行拍攝跟播出……後來我受託要寫一個很大的家族故事，便開始了將近兩年的採訪，想要從真人真事當中取到資料，必須跟對方培養感情、觀察他們的生活細節，這樣對方才可能對對你產生信任，願意敞開心門分享不願意告訴別人的祕密，這過程並不是太容易……不要去輕忽身邊正在經歷的所有感受。對一個說故事跟寫劇本的人來說，都是未來生命中很重要的材料。

後來作的是大家耳熟能詳的《白色巨塔》（中國電視公司，2006）。這在我之前大概換過八個編劇，大家對這題材非常害怕。原著小說裡除了醫院背景外都是權力鬥爭，而編劇圈主要是以女性為主，女生看別人唇槍舌戰滿過癮，但自己要鬥爭就覺得很懶，所以很多編劇在第一步準備要接劇本時就往後退了。要把篇幅長、故事又大的小說劇情改編成連續劇，何況還是與全臺灣最難搞的蔡岳勳導演合作，只有我不知天高地厚的就接了。對有心講故事的人來說，在題材類型的限制上最好不要給自己太大的限制，沒有什麼題材是不能寫的，只有想寫和不想寫，不管是在創意還是寫作上面，你的能力永遠是最後考慮的事，這就是一開始提到的自由。

書寫白色巨塔並不是簡單的事，你需要做許多的功課，要閱讀、作調查、親自去作採訪，瞭解醫學的背景知識案例、瞭解病人跟醫師的心情，這些其實都超出我們的普通的生命經驗非常多。回到自由的主題上，改編東西其實也需要創意，最重要的是不要被原來的作品限制而失去自由。我一開始書寫，導演看出我被框架束縛住了。後來第二次寫時我就不再守規矩，寫了大概四十八頁的A4紙的故事大綱，就是將近四萬字左右的全劇大綱。想得很清楚，所以寫劇本的時候就不會慌張，可以寫得快一些。一般來說臺灣編劇的故事寫到一萬字就算很厲害了，有些戲一看就知道編劇和角色不太熟，對角色的瞭解跟情感不夠，就會容易在戲中穿幫。四萬字的大綱有四萬字的代價，一萬字則有一萬字的工作方法，我相信以導這樣的戲來說，四萬字的累

積是滿重要的。

改編文學作品，我認為對編劇來說，其實是很重要的養成訓練。主流市場裡改編是一個很重要的趨勢，不管是小說、漫畫、電影的改編，其實都需要某種程度的技巧。我覺得作品本身內在核心的價值是最重要的，並不是只是把格式弄成劇本。編劇也不像小說家僅是一個創作者，同時還牽涉到導演與其他工作人員，我跟蔡岳勳導演一開始討論作品時，就決定了我們想要講的核心是「珍惜」。這也是我認為在改編時不會被原著小說或漫畫拖著跑的重要原因。當你有自己的核心價值，那一個核心價值會像一個脊椎骨一樣，就不會在過程中不穩了。像是最近幾部李安導演的作品幾乎都是改編自文學電影，但你會發現有些改編自文學的東西超越了書本身，用他自己的電影語言再次說了個故事。這樣的改編故事和小說都是各自獨立，無法被相替代的，否則就會變成「熱飯熱炒」，還來不及變成冷飯就直接熱飯熱炒，以商業考量居多，在劇本寫作價值不高。

一直到這部戲，我才真正的踏進去殘酷的商業電視市場。電視劇就是一個商業的行為，臺灣電視劇的拍攝成本其實很低，一開始提到的《背影》單集製作預算是三十五萬臺幣左右；民視或三立的八點檔一小時大約是六十萬，但《白色巨塔》一集製作預算大概是兩百八十萬，一分錢一分貨，你必須要知道錢要花在哪，把錢砸在對的地方才有意義。尤其是在錢不多的時候，臺灣的電視劇的製作非常依賴把版權賣給海外，包含中國、東南亞市場，海外市場的播出版權費幾乎才是真正的收入，若賣得不好戲可能就會被停。《白色巨塔》共三十九集，每一集製作成本二百八十萬，總共花了一億多元，不是一個普通人消費得起的東西。其他一集六十萬總共四十集的連續劇，幾乎只有四分之一的價錢。一個健全的產業裡面，一定要有各種不同規格質量的產品才能夠稱為是一個比較完善的商業組織。《白色巨塔》就是第一個把產品的規格往上推的重要產業指標。

《白色巨塔》令劇組驕傲的地方，是它是臺灣唯一目前為止賣給NHK的

電視劇，也是價錢賣得最好的一部……比如說劇中演員身上白色醫生袍不像平常看到醫生穿的有點髒髒爛爛，反而看起來特別筆挺好看。因為這些袍子是特別向日本訂製的醫師袍。其他的戲中角色都能穿各式各樣五彩繽紛的衣服，只有主角的白袍很醜又邋遢，你會覺得他們一片白白的感覺很平，視覺的敏感度上差很多。我們在電視電影裡最忌諱的就是黑色跟白色，有顏色的東西反射出來的光才會比較有層次，黑白兩色就會讓畫面整個變平。花了很多錢去作這些主要角色的白袍，主要還是在建立美感。大家要知道，這齣戲是用手工做出來的。

《幸福派出所》（客家電視臺，2006）每一集製作成本只有六十萬。客家電視臺最近三年幾乎是得獎的常勝軍，他們經費不多但對戲劇可說特別用心。這部戲在臺東的關山鹿野一帶以單機拍攝兩個警察的故事……我們要作的是一個融合客家族群、阿美族群、閩南人與日本人的故事，在田野調查跟劇本的表現上，我不規矩的寫了在鹿野的高臺上警匪用飛行傘追逐的故事，害導演看到差點昏倒，但後來我們真的做到了。攝影師是有執照的飛行傘教練也很樂意接受挑戰，於是通緝犯、警察就真的用飛行傘追逐進行槍戰，雖然那高度我完全不敢接近，但我敢寫出來，失控的創意使他們真的在空中邊飛邊槍戰，大家也都不敢相信這樣的低經費也能完成。

在這環境寫劇本其實還滿無聊，會碰到很多類似的製作人、環境、題材，但最有趣的是你如何誘拐他們重新燃起熱情，這是我現在作這行業還滿重要的動力。參加我的戲劇製作或者拍攝的人比觀眾更早看到劇本，他們同時也是把劇本呈現給觀眾的人，若他們本身可以先被這劇本感動的話，這個戲就不會是按照小時跟薪水去計算的，而是從他的心裡被掏出來，付出就從一個可被計算的變成無可計算的價值。這樣無可計算的價值往往是我覺得是超乎一般經驗的。若是劇組的梳化美容說他昨天看劇本就哭了，我甚至會比收視率很好還要來得高興。對劇組而言，拍戲非常辛苦，不僅風吹日曬還可能幾天幾夜都不能睡，所以如果拍戲過程中還有一些可以打動他們的東西，

表示這個工作對他們來說是有回饋的，在這個回饋當中會形成一個正循環，這是目前臺灣電視最需要的。

《亂世豪門》（公共電視，2007）……拍攝的時間很短。體認到臺灣在歷史劇的製作很危險……光戲服來回修改就作了很久，因為臺灣已經沒有這樣的技術，所以戲服也是在北京作的……所有的製作條件跟經費都不允許再拍攝這樣的戲劇，所以我們只能看中國的《甄嬛傳》、《步步驚心》，沒辦法看到臺灣自己拍的古裝戲。

在這戲裡，我開始學習如何把真實的歷史跟虛構的故事交錯在一起。我們寫東西時常常為了表現想法而去創造故事，這是我們稱之為「意念先行」（概念先行），千萬不要在跟任何單位提案時犯這錯誤，你應該先講故事而不是點破主題。當他們對故事有興趣的時候，自然會去尋找故事背後的主題，如果他們找不到，就是你故事說得不好，就必須從頭再修改。

《痞子英雄》（公共電視，2009）完全原創，沒有任何改編。當初的故事概念是一個好警察和壞警察的故事。開始發展故事時，一樣是先弄成一個幾萬字的小說，在故事中加入了跨國性的商業勢力這個特殊的元素，此勢力影響了一個國家的國王，乃至於毒品交易等環節。當初參考高捷案，我們認為泰勞暴動乍看之下是一、兩個泰勞跟他的雇主之間的糾紛，但一直往回推，發現最根源可能是在凱達格蘭大道上面。用這樣概念來寫，事情越來越大條，所有問題像滾雪球一樣，巨大到無法解決。

我在開場時不守規矩的寫了一場捷運挾持的戲。一開始想的是，美國學校的校車在高架橋上被挾持，但後來我想，為何不能寫捷運？在臺北捷運裡追逐、交易、槍戰一定很精彩，就寫了公車版與捷運版讓導演看，我告訴他如果覺得很難就拍公車版。於是不服輸的導演就落入我的詭計中了，接下來就面對了要去哪找捷運拍的問題，臺北捷運每天人都很多，不太可能借。當時就天真的想，高雄捷運還沒通，說不定能拍，結果談一談之後，整齣戲就都跑到高雄拍，把高雄搞得天翻地覆，變成在行銷高雄。但其實剛開始根本

沒有任何行銷的概念，只是想要拍一個漂亮的海港城，劇中的社會背景完全是架空的，沒有任何一條寫實的路和寫實的分局名稱。我們不希望被過度的對號入座，去參考現實生活猜測是誰？這就是一個獨立的故事。這是一個滿重要的編劇技巧，清楚想要做的東西是什麼，不需要時不要給讀者或是觀眾過多的線索來干擾他們。

　　這齣戲的成本一集是四百萬，寫劇本大概八個月，拍攝了八個月，再加上後製二十集才能夠播出，在拍攝時，公共電視臺每一集只提供差不多兩百萬左右的預算，已經非常高。播出時據說是公視有史以來收視最好的節目，但我也收到一些讀者反應，觀眾覺得看《痞子英雄》很痛苦，一旦你少看一集就會看不懂。

　　……回想一下像手術房開刀的戲，飛行傘在空中射擊的戲，這些戲對臺灣來說都是過去沒有做過的事情，可是這些事越不作，我們能拍攝的背景就會越來越少，只有公園、咖啡廳、學校、家裡，除此之外，好像就沒什麼地方能拍了。導演包含運鏡、燈光、攝影，整體的表現都在一個越來越沒有創意的狀況。因為現在誰都可以用機器畫分鏡，在這樣的情況下拍出來的東西都會非常相似，滿令人憂心。……永遠應該去作衝高天花板的那個人，所以我不管他們能不能做到，還是繼續寫我想要寫的東西。……一個日本資深的首席製作人看了片以後很驚訝……

　　《給愛麗絲的奇蹟》（中華電視公司，2012）是我差點把公司拍到垮掉的戲，也是我目前收視率最差的一齣戲。內容是講兩個小提琴家對音樂截然不同的態度，故事中同時交錯著一些他們的身世之謎，我取巧的在裡面運用古典音樂，因為我相信不管是音樂本身的感染力或古典音樂本身的市場，應該是可以吸引到喜歡古典音樂的人來看。於是這兩個小提琴家在裡面使用了許多曲子，大部分的人都會把音樂當成配樂使用，很少會有連續劇像這樣在戲中直接放一分半鐘的帕格尼尼小提琴獨奏曲……。這齣戲對主流市場明顯過於複雜，裡面光主要角色就有十四個，相當違反主流連續劇的定義。據說

編劇界有個不成文的規定，在第一集最多不要出現超過七個角色，否則觀眾就會不認得。這是一個規範，但又好像有其道理存在，因為當每一集的播出時間約六十分鐘，扣除廣告，事實上只有四十八分鐘，這麼短的時間裡出現七個人，平均一個人出現不到七分鐘。你很難在七分鐘認識一個人，進而喜歡他且願意再看到他。

寫劇本時，我覺得有四個字要放在心裡：

1. 多（人）：人要很多，我們相信每個人會有不同的面貌，所以設計角色的時候，你應該不要只看到美麗善良的那一面，你要知道相對的那一面是什麼，另外一種角度是我覺得應該要認識更多各式各樣不同的人，並且在戲中儘量設計或書寫不同的人，才不會每一齣戲每個角色看起來都很像。……現在的連續劇之所以收視率這麼低，是因為編劇已經越來越不敢出手去表現創意。……不管她們演過多少的戲，你永遠都記不清楚她在其他劇中叫什麼，人格特質也永遠是模糊的。因為她的世界遠遠超過那個人物，我這十年來的工作經驗，非常重要的一件事：就是當你把人物處理好時、跟人物很熟時、戲就會出現了。不用再花心思去想怎麼鋪梗。

2. 高（視野）：在寫作時飛很高。各位看到的兩、三百集長壽劇或現在很流行的邊拍邊播，這些作法使戲很難看到結構。結構很重要，你一定要知道角色最後的結局，在一路上都能去鋪排，當戲沒有在一個更高的角度思考的時候，角色忽然就死了，絕不是一個好的戲。雖然很多人都這樣拍，像是逃避的藉口，編劇應該比任何人都更清楚結構和結局，若是等別人告訴你該怎麼作，就會很難有獨立性，仰賴於把自己的觀點跟視野調高。

很多人會問怎樣才能很高，我都會回答可以去高樓、高山。我之前去西藏，海拔五千公尺，我覺得在天上。全世界都在我的腳下，我覺得在高的地方，眼睛所看到的東西自然會提供你一個思考事情的方式，會覺得所有東西都變得很清楚。多去屋頂、多爬高山，從一個高的角度看這世界，你將會發現這世界非常不一樣。

3. 廣（類型）：見多識廣。首先你要看得多，讓你的知識變豐富。努力的去想辦法讓自己的視野和閱讀東西的角度變寬變大，而且類型要多元。我當戲劇系學生時，老師每個禮拜都要求要看一齣戲和一部電影，而且要交報告。當時演出也沒現在這麼多，學生又沒什麼錢，所以我們到處去找國軍活動中心、學校的音樂發表會、廟口看歌仔戲、布袋戲、脫衣舞各種表演形式都看。對我來說，這就是一個尋找類型很重要的東西，當別人說到廟口野臺戲的時候，我的腦子裡會有畫面，不是只有臺上的畫面，連臺下的人穿拖鞋嚼檳榔、吃香腸、有小孩在哭、熱情的歌仔戲迷上去送紅包種種的這些畫面都會出現在思考裡面。在類型上面真的要看得夠多。現在要取得資訊的管道，比以前多很多。每年都有各種影展，可是相對的，大家看的東西反而類型變少了，很可惜。

識廣就不用講了，我始終深深相信知識就是力量。我每次要寫新的題材前，我自己做的功課，要讀的書至少超過二十本。寫小提琴時，除了讀作曲家還要讀琴的歷史，寫亂世豪門就會讀歷史，寫白色巨塔就讀文學，雖然不一定有用，但你會增加了很多知識，發現生命更多采多姿。

4. 深（情感）：最後這是我覺得最困難的事情，所有的戲中都涉及了感情，我們應該盡可能去挖掘情感的深度，要注意感情不是只有指愛情，這世界上有各式各樣不同的感情，可以仔細想想真的讓你痛哭流涕的感情是什麼？李察帕克離開少年Pi的時候，很多人都哭了，簡單的說那是一隻老虎跟一個少年的感情，但若細究會發現，感情的深度根本到一個你無法想像的地步。

追求情感的深度，我實在無法提供什麼方法，我只能說你應該要對眼前所感受的一切事情跟人之間的關係有更多的覺察。有時候不要當「我」，而是當旁觀的第三人。我最喜歡叫學生玩的遊戲是，先講個故事，講完後換成第三人稱再說一次。雖然情節大同小異，但同樣的故事用第三人稱講後就會變得不太一樣。至少心情不一樣，這就是情感上的覺察。可以試著去覺察此

時此刻的心情，不斷的往回推，就可以慢慢覺察自己情緒是從哪裡來的。每個人生命經驗非常有限，若能從你有限的生命經驗裡去提煉出足夠的東西的話，即使是短短的生命，都會有可供書寫的材料或價值。

最後一點是「祝你幸福」。我常在每齣戲寫作時在心裡隱藏這個心願，我希望戲能對人產生很好的改變。若因為這樣的影響而讓人產生好的改變，這些過去所經歷的種種困難與血淚史都非常值得。你懷著一個希望祝這世界幸福，對世界來說會啟動一個好的循環方向，這也是改變目前電視產業負面循環的最好辦法。一個編劇有某種程度的社會責任，絕不只是把字寫出來然後賣錢就結束。在我目前所閱讀到的調查報告裡，不管是宣導流行病的防治或是國家的意識宣導，戲劇永遠是最好的方式。影響層面和深度總是遠遠超過我們的想像，如果能讓影響正面的話，就功德無量了。

除了作一個快樂的書寫者之外，還可以提供世界一個改變的機會，這也是我目前為止還想要繼續作這個工作，到我沒有辦法書寫為止的最大原因。我覺得只要我還活著，就能做這件事情，沒有退休時間也沒有太多商業的考量。

創意應該來自於最大的自由，包含商業都不能影響。

（林怡伶記錄整理）

學習資源

「故事與劇本」的世界如此的巨大，一輩子也探索不完。

直到現在，我還一直覺得有很多東西可以補充進來這本書。

然而，再美好的故事，總是會走到結局。我們在這本書中的學習旅程也即將到達終點。

如果你還意猶未盡，最後我還有幾句叮嚀：

首先，一定要找到好的老師。說故事這門技藝是古老的手工業，師徒相傳最有效。找到了師傅，一定要開放你的心靈，把自己倒空；全意順服，才

能學到好玩意。

　　師傅在哪裡？「三人行必有我師」略嫌誇張，但良師的確可能就在你身邊周遭。他或許不擅長說故事，但可以啓發你想法，那也就是教你說故事了。依這個標準，在學校裡也好、在工作場所也好；哪一個人最能對你的想法有所衝擊，那就是最好的老師。

　　文創正當紅，目前學院裡和坊間都開設了許多創作課程，請了許多「名師」教人說故事、編劇本。依我個人的經驗，課程的豐富程度絕對不如這本書。能不能學到東西？主要還是看你和上課的老師有沒有緣？

　　相信我，這種事很講緣分的。臺諺有云：「先生緣，主人福。」先生指的是醫生或老師。和老師有緣，那就是你的福氣。有緣能多多少少學一點，那是萬幸；沒緣那也沒關係，最起碼，那些課程提供了最重要的資源，也就是「時間」，你可以靜下來，拿起筆好好寫點東西。那就值得了。

　　另外，在創作課中，一定要與別人分享作品。善意的批評就接受，惡意的批評就當作馬耳東風，離他遠一點（那種人是沒法混這行的）。相對的，你也要多看看別人的作品，即使是拙劣的作品也一樣。把缺點找出來，改進自己的寫作，而不是拿來批評別人。

情報 臺灣相關課程開課概況

院校／單位		課程名稱
國立臺灣大學	戲劇學系	劇本創作
國立臺灣藝術大學	電影學系	電影編劇
國立臺北藝術大學	電影創作學系	劇本編輯

國立臺北藝術大學	推廣教育中心	故事創意—改編劇本創作
國立屏東大學	文化創意產業學系	故事與劇本寫作
國立臺東大學	美術產業學系	故事腳本創作
國立臺南大學	戲劇創作與應用學系	劇本創作
國立中正大學	中文系	中文劇本創作
中國文化大學	戲劇學系	劇本創作
世新大學	廣播電視電影學系	劇本創作
義守大學	電影與電視學系	劇本改編
義守大學	數位多媒體設計學系	劇本創作
輔仁大學	影像傳播學系	劇本寫作
淡江大學	大眾傳播學系	劇本編寫
靜宜大學	資訊傳播工程學系	劇本設計
實踐大學	媒體傳達設計學系	劇本實務與創作
樹德科技大學	動畫與遊戲設計系	劇本創作
高雄市立空中大學	大眾傳播學系	傳播寫作—電影劇本創作
華視訓練中心		電視編劇實務班
聯合學苑		電影劇本創作及導演實務班
台視		編劇工房
民視		戲劇編劇班
TVBS		亞洲編劇培訓營
三立數位敘事工場		編劇課
TFAI臺灣影藝學院		電影編劇實務班

說故事就是探索生命。

先問你自己，在哪一個故事中，有你自己的角色？

再問如何演繹、發展這個角色？深入你的思考和性格。

在人生的分歧道路上，你該如何做選擇？進一步掌握你的命運。

選擇人煙稀少的那條路，那就是英雄的旅程。

Good luck！

我將會一邊嘆息一邊敘說，在某個地方，在很久很久以後；

曾有兩條小路在樹林中分手，我選了一條人跡稀少的行走，

結果後來一切都截然不同。

——未走之路（The Road Not Taken），佛羅斯特（Robert Frost, 1874-1963）

參考資料

《開心玩文創》，施百俊，書泉，2012。

《走出二二八：以愛相會》繪本，施百俊，明日工作室，2012。

《浪花》，施百俊，明日工作室，2011。

《祕劍》，施百俊，明日工作室，2012。

《小貓：林少貓傳奇》繪本，施百俊，明日工作室，2012。

《遊戲大師談數位互動劇本創作》，Chris Crawford，碁峰資訊，2005。

《卜洛克的小說學堂》，勞倫斯·卜洛克（Lawrence Block），城邦，2008。

《實用電影編劇技巧》，Syd Field，遠流，2008。

《史蒂芬·金談寫作》，史蒂芬·金（Stephen King），城邦，2006。

《我是賣豆腐的，所以我只做豆腐。》，小津安二郎，新經典，2013。

《故事可以這樣寫》，蓋兒·卡森·樂文（Gail Carson Levine），天衛，2008。

《迪士尼的劇本魔法》，傑森·瑟瑞爾（Jason Surrell），稻田，2011。

《創意黏力學》，奇普希斯（Chip Heath）、丹西斯（Dan Heath），大塊，2007。

《微寫作》，克利斯多福·強森（Christopher Johnson），漫遊者，2012。

《編劇心理學》，William Indick，五南，2011。

《作家之路》，克里斯多夫·佛格勒（Christopher Vogler），2013。

《導演筆記》，Frangk Hauser、Russell Reich，五南，2011。

《生命的窗口》，謝錦桂毓，麥田，2011。

《折返點》，宮崎駿，東販，2010。

《出發點》，宮崎駿，東販，2006。

《疑神》，楊牧，洪範，1993。

《工作大未來：從十三歲起就迎向世界》，村上龍，時報文化，2006。

《你夠拼命嗎？》，黎智英，商周，2008。

《韓國文化創意產業政策與動向》，郭秋雯，遠流，2012。

《作家之路》，克里斯多夫·佛格勒，商周，2013。

《活著，就是創造自己的故事》，河合丰雄、小川洋子，時報，2013。

《High Concept: Movies and Marketing in Hollywood》，Wyatt Justin，1995。

您，按讚了沒？
趕緊加入我們的粉絲專頁喲！

教育人文＆影視新聞傳播～五南書香　等你來挖寶

---【五南圖書 教育／傳播網】粉絲專頁提供---

- 書籍出版資訊（包括**五南**教科書、知識用書，**書泉**生活用書等）
- 不定時小驚喜（如贈書活動或書籍折扣等）
- 粉絲可詢問／訂購書籍或出版寫作、留言分享心情或資訊交流

【五南圖書 教育／傳播網】臉書粉絲專頁

網址：http://www.facebook.com/wunan.t8

請此處加入按讚

封面圖不定期會更換

■ 其他相關粉絲專頁

五南圖書 法律／政治／公共行政

五南財經異想世界

五南圖書中等教育編輯室

五南圖書 史哲／藝術／社會類

五南圖書 科學總部

台灣書房

富野由悠季《影像的原則》台灣版　10月上市！！

魔法青春旅程—4到9年級學生性教育的第一本書

五南圖書出版股份有限公司
WU-NAN BOOK COMPANY LTD.

國家圖書館出版品預行編目資料

故事與劇本寫作：文創、電影、電視、動漫、
遊戲／施百俊著. －－二版.－－臺北市：五
南，2016.04
　　面；　公分
　ISBN 978-957-11-8559-0（平裝）

1.劇本　2.說故事　3.寫作法

812.31　　　　　　　　105004040

1ZEJ

故事與劇本寫作
文創、電影、電視、動漫、遊戲

作　　　者 — 施百俊(159.6)

發 行 人 — 楊榮川

總 經 理 — 楊士清

副總編輯 — 陳念祖

責任編輯 — 李敏華

封面設計 — 陳翰陞

出 版 者 — 五南圖書出版股份有限公司

地　　　址：106台北市大安區和平東路二段339號4樓

電　　　話：(02)2705-5066　傳　　　真：(02)2706-6100

網　　　址：http://www.wunan.com.tw

電子郵件：wunan@wunan.com.tw

劃撥帳號：01068953

戶　　　名：五南圖書出版股份有限公司

法律顧問　林勝安律師事務所　林勝安律師

出版日期　2014年 1 月初版一刷
　　　　　2015年10月初版三刷
　　　　　2016年 4 月二版一刷
　　　　　2019年 2 月二版三刷

定　　　價　新臺幣450元